Repouso absoluto

Sarah Bilston

Repouso absoluto

Tradução de
RYTA VINAGRE

EDITORA RECORD
RIO DE JANEIRO • SÃO PAULO
2009

CIP-Brasil. Catalogação-na-fonte
Sindicato Nacional dos Editores de Livros, RJ.

B496r   Bilston, Sarah, 1973-
       Repouso absoluto / Sarah Bilston; tradução de Ryta
   Magalhães Vinagre. – Rio de Janeiro: Record, 2009.

       Tradução de: Bed rest
       ISBN 978-85-01-08468-2

       1. Romance inglês. I. Vinagre, Ryta. II. Título.

09-1092
                  CDD – 823
                  CDU – 821.111-3

Texto revisado segundo o Novo Acordo Ortográfico da Língua Portuguesa

Título original inglês:
BED REST

Copyright © 2006 by Sarah Bilston

Ilustração de capa: Miriam Lerner
Editoração eletrônica: Abreu's System

Todos os direitos reservados. Proibida a reprodução, no todo
ou em parte, através de quaisquer meios.

Direitos exclusivos de publicação em língua portuguesa somente para o
Brasil adquiridos pela
EDITORA RECORD LTDA.
Rua Argentina 171 – Rio de Janeiro, RJ – 20921-380 – Tel.: 2585-2000
que se reserva a propriedade literária desta tradução

Impresso no Brasil

ISBN 978-85-01-08468-2

PEDIDOS PELO REEMBOLSO POSTAL
Caixa Postal 23.052
Rio de Janeiro, RJ – 20922-970

EDITORA AFILIADA

Para Daniel e Maisie

Agradecimentos

Agradeço a Daniel Markovitz e a Sharon Volckhausen, que deram sugestões e conselhos incrivelmente úteis sobre a vida em firmas de advocacia e a lei do inquilinato. Daniel leu e comentou uns 17 rascunhos deste romance, estimulou-me a escrevê-lo antes de tudo e (sempre) me apoiou em todo o processo. Minha mãe, Barbara, também me ajudou mais do que posso dizer.

Além disso, quero agradecer a meus agentes, Kevin Conroy Scott, da Conville Walsh, e Kathy Anderson, da Anderson Grinberg, por sua extraordinária orientação nos últimos anos. Tenho uma dívida para com Benjamin Markovitz, por seus conselhos sábios e práticos sobre redação e publicação, e Sheila Fisher e meus colegas do Trinity College, por generosamente me permitirem tirar uma licença para trabalhar no livro e por proporcionarem um ambiente de trabalho feliz e estimulante.

Por fim, quero agradecer a Joanne Dickinson, Vanessa Neuling e a todos da Little, Brown pela maravilhosa orientação editorial e o apoio caloroso e irrestrito.

I

Não escrevo um diário desde os 12 anos de idade. Espere, isso não é verdade. Tive um por seis meses quando comecei a namorar Mike Novak. Ainda tenho esse diário em algum lugar, um caderno de espiral verde e sujo, ainda pela metade, cheio de angústia adolescente sobre Mike, seus beijos horríveis e seu desejo lamentável por uma estudante de enfermagem chamada Susie.

Escrever um diário parece uma confissão de que você não tem nada melhor para fazer. É a história de vida de uma pessoa que não tem uma vida. E, francamente, não sei ao certo se a existência de alguém merece ser registrada para a posteridade, a não ser que você seja um líder mundial, um grande nome do teatro ou coisa parecida. Talvez nem assim. Certa vez li o diário de minha avó; ele só falava a respeito do clima, de suas idas ao Women's Institute e do crescimento de seu feijão-trepadeira. Prefiro não deixar registro de minha existência a fazer isso. Prefiro que minha vida seja uma grande página em branco, assim minha futura neta poderá me imaginar como uma linda gostosa cuja juventude foi uma longa sucessão de homens de pele morena e camisas de seda.

Por outro lado, quando você realmente *não tem* nada melhor para fazer, escrever um diário é uma maneira tão boa de passar o tempo quanto qualquer outra. Faz com que as horas e minutos pareçam menos um buraco — *eu pensava, eu sentia. Eu existia.* Acho que terei de esconder este caderno de minhas futuras netas.

Nesta tarde saí do trabalho cedo, pouco antes das três. Eu trabalho com... Peraí, por que estou dizendo isso a mim mesma? Eu sei em que trabalho.

Hora da primeira confissão. Sou uma obsessiva ansiosa. Odeio hiatos e omissões; tenho de registrar *tudo*. Aquele caderno verde de espiral teve um começo bastante normal ("Mike Novak tem o peito bronzeado e mamilos que ficam marrons quando eu os puxo com os dentes"), mas na página 5 já parecia um álbum de recortes, com listas das pessoas importantes da minha vida (1. Mamãe. 2. Mike. 3. Nosso gato) e uma poesia horrorosa ("Mike foi embora e minha vida /é uma página escura /Uma noite negra /Um mar sem fundo /De infelicidade inigualada"). Assim que ponho uma caneta na mão, ou um teclado de computador sob os dedos, não consigo me reprimir; lá está o conteúdo de meu cérebro em preto-e-branco, mitos e realidades, pensamentos, detalhes, imagens, tudo.

E de qualquer modo, se daqui a cinquenta anos eu ler isto, provavelmente terei me esquecido de coisas como o nome de minha firma de advocacia. Minha memória terá sumido e será muito irritante descobrir que meu "eu" mais novo não registrou os mínimos detalhes de sua vida. Então, lá vai.

Trabalho na firma de advocacia Schuster & Marks, em Nova York, na rua 55 com a Quinta Avenida. Hoje tranquei a porta de minha sala no início da tarde, deixei a impressora cuspindo páginas de um relatório que preciso rever antes de amanhã de manhã. Lancei-me pelas tempestuosas portas giratórias da frente do meu prédio e saí para a tarde ártica de fevereiro. Passaram 15 táxis, os passageiros aquecidos olhando sem emoção a mulher imensamente grávida num ensopado casaco caramelo dançando de um lado para outro e cintilando na calçada fria (esqueci uma parte importante, eu completei 26 semanas de gravidez na segunda, ontem). Não há nada melhor, pensei desamparada, do que água gelada pinicando meus cílios. Puxei a gola para cima, fechei as mãos em volta de minha barriga enorme e corri as 11 quadras até o consultório de minha obstetra, através de multidões de pedestres apressados, seus rostos tensos e esticados contra o vento gelado.

O consultório da Dra. Weinberg é elegante como uma galeria de arte em Chelsea. Litografias abstratas em molduras prateado-foscas decoram a sala de espera. A recepcionista fica de trás de um vaso de vidro alto e fino abastecido com maravilhosas orquídeas sul-americanas, branco-peroladas com um leve toque de rosa e o cálice amarelado. A médica em si é uma mulher de cinquenta e poucos anos, excepcionalmente bem conservada, com maçãs do rosto proeminentes, uma boca vermelha fina e um cabelo que parece ter sofrido um grave choque enquanto era afofado.

Depois de algumas perguntas preliminares, ela começa a sondar minha barriga, pressionando com força sob minhas costelas e o diafragma. Ela pega uma fita métrica de tecido enrolado e mede de meu púbis até pouco acima do umbigo. Depois desliza a banqueta com rodinhas pelo chão, folheia as páginas de um arquivo grande e rosa e finalmente olha para mim por sobre o aro de metal retangular dos óculos.

— Suas medidas estão pequenas — diz ela.

Hã?, pensei; eu estou *imensa*. As crianças apontam para mim na rua. Os trabalhadores — muito gentis — me indicam o caminho do hospital, eu visto calças com imensas nesgas de náilon na frente e dobras extras de elástico escondidas na cintura, e no fim da tarde ainda me sinto presa em um instrumento de tortura.

Pequenas?, eu disse a ela. *Pequenas? Em relação a quê?*

Ela explicou que a parte de cima do meu útero não estava onde devia — isto é, a meio caminho do meu queixo — e me pediu uma ultrassonografia imediatamente. Na sala de espera, liguei para Tom (meu marido, caso eu realmente desenvolva um Alzheimer galopante no futuro), em pânico, mas antes que ele pudesse sair de sua reunião no Tribunal Federal, eu me vi numa sala escura de ultrassom a três portas do consultório da Dra. Weinberg. Uma mulher pesadona e inexpressiva, de cabelo louro-acinzentado curto quase grisalho, um jaleco branco e calça bege folgada, olhou para mim quando entrei. Deu a impressão de ter passado a maior parte da vida nos subterrâneos. O rosto pálido e redondo cintilava estranhamente na luz acinzentada de um monitor de computador.

— Suba na mesa, por favor — disse a mulher, indicando asperamente com a cabeça a maca de exames ao seu lado. Ela deu as costas e se ocupou em encontrar e inserir um disco no computador, que zumbiu e estalou com deferência. Subi com dificuldade e expus minha barriga de baleia branca, sentindo-me subitamente vulnerável, desesperada por um tranquilizante papo entre mulheres. ("Não há com que se preocupar. Eu tenho certeza, vejo isso o tempo todo, não é nada.") Não tive essa sorte. A técnica espremeu em minha barriga meia bisnaga de um gel azul, grosso e nauseante de quente, e em seguida pegou uma sonda dura em forma de pilão, sem dizer uma palavra.

Depois de 40 minutos encarando a imagem que piscava em preto-e-branco, ela me disse concisamente que meu "nível de líquido" estava baixo.

— O que isso quer dizer? — perguntei, olhando bem nos olhos dela.

A mulher deu de ombros enquanto desligava o monitor e ejetava o disco.

— Seu líquido amniótico está baixo — disse ela, sem ser muito prestativa. — A Dra. Weinberg vai discutir isso com a senhora, está bem?

Eu não sabia se isso era um "tudo bem" ou não, mas estava claramente sendo dispensada; era evidente que a mulher não tinha intenção de explicar mais nada, e desapareceu no corredor. A porta imensa bateu depois de sua passagem. Sozinha no escuro, limpei a gosma azul de minha barriga com um pedaço enorme de papel áspero de um dispensador acima da maca, depois puxei minhas calças sintéticas de grávida. "Líquido baixo" não parecia assim tão ruim, pensei enquanto movia as pernas com cuidado para fora da mesa de exames azul e dura; não parecia haver nada errado com o *bebê*. Eu o vi na tela do ultrassom, os membros minúsculos se projetando para fora, a sola de um dos pés achatada por um segundo contra a sonda, cinco dedos brancos num arco perfeito. Ele me pareceu saudável. Voltei à médica com certo otimismo.

Em geral, a Dra. Weinberg olha para mim com uma expressão vaga, de pouco interesse, do tipo que os médicos sempre parecem usar quando recebem pacientes basicamente saudáveis. Mas dessa vez percebi o alerta nela, uma intensidade em seu rosto, nos olhos, como se ela estivesse me vendo direito pela primeira vez. Talvez eu estivesse mesmo me mostrando direito pela primeira vez. Houve uma pausa, depois ela deu um pigarro.

Estava começando a me parecer que as coisas não iam bem.

— Cherise acaba de me ligar — disse ela, a voz decidida e uniforme. — O bebê precisa de líquido amniótico para se desenvolver corretamente e você não tem o bastante. Ou seu nível de líquido aumenta, ou teremos de fazer o parto 14 semanas antes.

Tom bateu na porta bem a tempo de me passar um saco de papel pardo. Quando parei de ofegar, ele fez a pergunta óbvia.

— Essa coisa, esse negócio amniótico... *Como* conseguimos fazer mais dele?

Repouso absoluto, foi a resposta. Repouso estrito na cama, pela duração da gravidez. Pode se deitar no sofá ou na sua cama, mas não quero você andando, nem levantando peso, nem mesmo se mexendo mais do que o necessário. Um banho por dia, pode se sentar para jantar, vir me ver e é só.

— A boa notícia é que, até agora, o bebê parece bem — disse a Dra. Weinberg, tranquilizadora, um rubor de solidariedade de repente atenuando seu rosto. — Nem tudo é má notícia, *mein bubeleh* — acrescentou ela (a capa se ergueu, e por um segundo eu vi o espectro de sua verdadeira personalidade, uma pessoa num jantar, uma mãe, uma irmã, uma filha). — Cherise não encontrou sinais de deformidade genética e os rins do bebê parecem saudáveis, então acho que é apenas sua placenta que não está funcionando bem. Deite-se sobre o lado esquerdo para ajudar o sangue a fluir para o cordão umbilical, e esperemos que a situação melhore o suficiente para que ele se desenvolva normalmente. *Assim esperamos* — repetiu ela com uma ênfase significativa. — Não posso garantir nada. Mas você pode fazer uma grande diferença obedecendo a minhas orientações ao pé da letra. Não quero esbarrar com você na liquidação de primavera da Bloomingdale's, *versteh*? — Ela nos conduziu para fora com gentileza ("Agora vamos, crianças. Queixo erguido, vocês se sairão bem dessa, não é? Sim!")

Enquanto nos arrastávamos num táxi pela Terceira Avenida para nosso apartamento na 82 Leste, flocos de neve começaram a girar nas correntes de ar por baixo das luzes alaranjadas da rua como cardumes de peixes mínimos num mar de âmbar. Pelas janelas embaçadas vi as pessoas correndo pelas calçadas escorregadias, algumas protegendo a cabeça com pastas executivas, outras erguendo com os dedos roxos exemplares encharcados do *New York Times*. Tentei me inclinar sobre o lado esquerdo no assento duro e olhei para meu marido. Tom disparava mensagens freneticamente no BlackBerry, os ombros encurvados por baixo do sobretudo azul-marinho de lã, a gravata pontilhada meio torta. Passava aflito os dedos pelo cabelo preto, os lábios se mexendo rapidamente mas em silêncio enquanto digitava. Sentindo meus olhos, ele se virou e deve ter visto minha expressão, porque pegou minha mão esquerda e apertou firmemente.

— Desculpe, querida, tenho que mandar essas mensagens, eu estava no meio de um negócio quando você ligou. Ei, ei... — acrescentou ele delicadamente, puxando-me para seu ombro. — Não fique assim, não chore! Você vai ficar bem, o bebê vai ficar bem, tudo vai dar certo, eu tenho certeza. — Enterrei a cabeça no ponto escuro e reconfortante abaixo de seu queixo e inalei seu cheiro doce e quente. Ele me abraçou, sussurrando palavras tranquilizadoras em meu cabelo ("*Nós vamos sair dessa, eu garanto...*")

Em nosso apartamento, enrosquei-me sobre o lado esquerdo no sofá amarelo com estampa Liberty em nossa sala de estar. Tom saiu de nosso quarto depois de alguns minutos com uma manta de lã azul e cinza, que ele abriu com cuidado em cima de mim, enfiando-a sob os dedos de meus pés e em volta de minha barriga. Depois foi à cozinha, encheu uma jarra grande com água e cubos de gelo e colocou-a na mesa de teca ao lado do sofá.

Ele se abaixou para me dar um beijo, de leve, na testa.

— Não tem por que se preocupar, eu tenho certeza — disse ele mais uma vez, a voz segura, ao se acomodar na poltrona de couro de frente para mim. Mas enquanto ele se virava de lado eu vi — posso estar enganada, mas acho que vi — que seus olhos estavam cheios d'água.

2

Agora já faz sete horas que saí do consultório médico. Ligamos para todos em quem pudemos pensar — minha mãe e minhas irmãs na Inglaterra, os pais de Tom em Baltimore, o irmão e a cunhada dele em Sacramento e um monte de amigos. Prefiro contar a história eu mesma; como a descrição é minha, posso meio que fingir para mim mesma que estou inventando, exagerando para ter mais atenção. Ainda posso ser a pessoa que eu pensava ser há 12 horas, uma mulher que marcou pelo menos alguns itens importantes na Lista de Coisas a Fazer Antes dos Trinta da Mulher Moderna, uma lista mental que acompanha todas as mulheres de vinte e poucos anos.

Conseguir um bom emprego ☑
Casar com um homem atraente com um bom emprego ☑
Ter uma conta bancária saudável ☑
Engravidar ☑

(É claro que existem outros itens, itens que eu não consegui marcar ou que tive de desmarcar desde que engravidei.

"Fazer sexo três vezes por semana", por exemplo. E "perder 10 quilos". Os dois projetos agora estão suspensos.)

O pai de Tom, Peter, é cirurgião, e pareceu bem calmo com a história do líquido amniótico, o que fez com que nos sentíssemos um pouco melhor até Tom comentar que ele é o tipo de homem que pode soltar uma piada de *Seinfeld* enquanto segura um coração humano gotejante. Nada parece abalá-lo e é isso que você deseja de seu cirurgião, mas não necessariamente de seu pai. Tom admite que passou boa parte da adolescência tentando conseguir que Peter reagisse a uma sucessão de esportes radicais — rappel, paragliding, esqui *off-piste*, rafting. Mas nada disso provocou muito mais do que um leve erguer de sobrancelha, e ele estava prestes a se voltar para meios mais ilegais de chamar a atenção do pai quando um professor universitário sugeriu que experimentasse uma competição de julgamento simulado. Por fim ele encontrou uma coisa de que gostava mais do que alfinetar Peter, e agora ele despreza ostensivamente as preocupações do pai, embora eu não pense que seja indiferente à opinião dele, como prefere pensar. Depois de contar a Peter meu problema com a gestação, Tom desviou a conversa delicadamente para o tema "Por Que Não Conseguem Fazer Nada Sem Mim no Trabalho". Ele será sócio em breve na firma, uma das maiores da cidade, e pelo modo como descreveu é de se pensar que foi uma barbada. E isso não é *inteiramente* a verdade. Ele tem uma chance excelente, tenho certeza disso, mas só uma porcentagem mínima dos associados ultrapassa a linha de chegada.

Depois ele falou com a mãe, uma conversa breve conduzida em tons de *staccato* entre duas pessoas que carecem de afeto uma pela outra e suavizam a voz. Ela é uma aristocrata magra e tensa de Boston que nunca perdoou completamente Tom por não ser uma menina, por meio de quem ela poderia reviver seus anos de debutante esbelta. "Eu tinha *certeza* de que ele ia ser menina", eu a ouvi dizer certa vez a uma amiga enquanto tomava uma xícara de Lapsang Souchong. "No fim das contas, ele estava deitado de lado no útero", acrescentou ela, lançando-lhe um olhar de reprovação. Ela recebeu a notícia dos variados sucessos acadêmicos e judiciais de Tom ao longo dos anos com o olhar meio vidrado de quem preferia comparecer a seu chá de casa nova.

Agora Tom está atarefado em nossa cozinha minúscula. Atira fatias de presunto em algumas fatias de pão de nozes e uva-do-monte e grita no viva-voz, tentando reorganizar uma viagem de trabalho enquanto corre periodicamente para me dar um beijo de desculpas e sibilar contrito em meu ouvido — "Tenho de explicar as coisas a esses caras, Q, então desculpe, mas seu jantar está quase pronto…"

(Para todos os amigos e familiares tenho sido "Q" desde que me entendo por gente. Alguém na escola percebeu que o personagem "Q" dos filmes de James Bond na verdade se chamava major Boothroyd; meu sobrenome é Boothroyd, meu nome é Quinn *et voilà tout*. Gosto disso. Posso ser uma advogada casada e tediosamente respeitável, mas pareço uma espécie de estrela pop que dirige uma caminhonete perolada com vidros à prova de bala e bancos ensopados de champanhe.)

Liguei para meu escritório assim que voltamos do consultório e, depois de alguma confusão inicial ("Amni o quê?") e algumas longas pausas, Fay — uma das sócias da Schuster — concordou em repartir meus casos entre os outros associados seniores. A partir de agora, estou dispensada de todos os deveres, por ordens médicas ("Não quero nenhuma teleconferência de casa, entendeu? Corte todos os laços com o escritório. O estresse pode desviar o sangue do bebê").

Vamos encarar a realidade: três meses longe do trabalho não representam um desastre. A vida de uma advogada de Nova York certamente é mais bem remunerada do que a vida de uma advogada em Londres, mas não posso dizer que o trabalho seja tudo o que sonhei que seria quando me formei e saí da Inglaterra quatro anos atrás. O trabalho é muito monótono e o horário é consideravelmente mais longo. Tom e eu nos cruzamos no banheiro às seis da manhã na maior parte dos dias e nos encontramos ocasionalmente no fim das tardes de domingo para um piquenique no Central Park. Como concebemos um filho é um mistério que nenhum de nós é capaz de desvendar — ou seria capaz, se encontrássemos tempo para conversar sobre isso. Eu tenho uma vaga lembrança de uma agarração apaixonada depois de um evento de gala para receber os associados de verão da firma dele. Nós paqueramos ostensivamente durante todo o prato principal, cutucamo-nos como bêbados por baixo da mesa durante a sobremesa, caímos em um táxi às duas e acho que fizemos amor na mesa da cozinha quando chegamos em casa, embora eu não tenha certeza. Mas prefiro pensar que foi aí que concebemos nosso filho, e não durante um de nossos encontros mais conscienciosos, do tipo que acontecem simplesmente porque nós dois por acaso chegamos em casa antes das onze.

Então pelo menos os próximos três meses me darão a oportunidade de voltar a conhecer Tom adequadamente; nós nos amamos, mas eu tenho sentido que alguma coisa vem acontecendo entre nós nos últimos meses, um novo espaço se abrindo, como a água escura entre um barco e seu ancoradouro. Não é nada sério, é claro, não é uma separação real; não estou falando de casos, ameaças de divórcio, esse tipo de coisa. Certamente não. Na realidade, em nossos ocasionais dias juntos o hiato se fecha completamente, desaparecendo em um brunch no West Village e um passeio pela Washington Square, onde nos conhecemos há quatro anos. E então, uma semana depois, de repente sinto isso de novo. Pego um de nós num momento nada generoso — um comentário áspero, uma crítica hipócrita, um ato impensado, o tipo de coisa que nunca fizemos, nem dizemos, nem mesmo pensamos no início da relação.

Em parte são as longas horas de trabalho, em parte é a gravidez. Para um homem, os nove meses de gravidez passam de modo muito semelhante a quaisquer outros nove meses da vida adulta; Tom pode se referir a "quando o bebê chegar" como se já não estivesse aqui na sala conosco, dando chutes vigorosos nas profundezas de minha barriga. A *minha* vida mudou completamente uma semana depois de descobrir que eu estava grávida. Um dia eu estava olhando deliciada as linhas de uma pequena caneta de plástico cinza, no outro estava despejando meu jantar no banheiro e descobrindo que a escada entre os dois andares de meu escritório inexplicavelmente tinha se transformado na montanha K2.

Mas o repouso deve nos dar uma oportunidade de fechar permanentemente o hiato antes da chegada do bebê.

Talvez (quem sabe!) nós venhamos até a trepar, para variar. Eu não tenho estado nada sexy nos últimos meses; ando me arrastando para a cama, exausta demais para escovar os dentes, que dirá para passar por minha rotina gata-sensual-leitora-da-*Cosmo*. Deitar-me de lado pelas próximas 14 semanas pelo menos me permitirá colocar o sono em dia — embora, pensando bem, eu não saiba se este é o pontapé inicial ideal para tirar o atraso da vida sexual. *Oi, querido, passei as últimas milhares de horas vendo TV, quer transar?* E será que *poderemos* ter sexo enquanto eu estiver em repouso? A Dra. Weinberg não falou nada sobre isso, mas certamente desvia sangue do útero — ou será desviado *para* o útero? Devo me lembrar de procurar na internet amanhã.

Há outras coisas que preciso pesquisar on-line — para começar, todo esse problema. Eu mal ouvi falar em líquido amniótico até hoje. E a prematuridade, é melhor procurar por isso também; eu pulei o capítulo sobre "Filhos prematuros" no *Sim! Você vai ter um bebê*. Quatorze semanas antes parece apavorante, ele seria um daqueles seres estranhos e pequenos com pele translúcida e dedos do tamanho de agulhas de pinheiro. Mal posso pensar nisso. Acho que vou pesquisar "26 semanas de gestação" no Google...

Há, naturalmente, diversos sites para "26 semanas". O bebesprematuros.com informa que os bebês nascidos nessa fase de desenvolvimento correm o risco de ter alguns problemas de saúde desagradáveis. Mas esta é a boa notícia: na 30ª semana, sua probabilidade de sobrevivência está perto de 90% e o risco de doenças graves cai drasticamente. Então eu *preciso* fazer o que puder para conseguir mais desse líquido, preciso mantê-lo seguro dentro de mim por pelo menos mais quatro semanas. Pensando bem, são apenas quatro semanas deitada sobre o lado esquerdo 24 horas por dia, sete dias na semana, e isso não parece ser tão ruim. Será?

3

Quarta-feira, 11h05
Esta é a primeira manhã de meu primeiro dia de Repouso Absoluto. Acho que estou indo muito bem. Minha irmã Jeanie disse ontem à noite ao telefone que eu vou ficar deprimida de tanto tédio em 24 horas, mas Jeanie é o tipo de pessoa que não consegue se ocupar sozinha nem por um nanossegundo. Quando éramos crianças, ela sempre estava seguindo a mim e minha irmã Alison, tentando nos convencer a brincar com ela e gritando pela casa quando não queríamos. Sou a mais velha das três e sempre fui mais competente para me manter entretida.

Hoje de manhã, eu:

- verifiquei minha conta de e-mail no Yahoo. Duas vezes. Tudo bem, mais algumas vezes do que isso.
- li o *New York Times*, *inclusive* a seção de negócios.
- verifiquei o *Times* atualizado na internet.
- paguei as contas. Até as assustadoras de imensas.

(No topo da Lista de Coisas a Fazer Antes dos Trinta da Mulher Moderna está "Parar de esconder as contas de cartão de crédito furtivamente atrás de edições da *Cosmopolitan*" e "Ler as seções para adultos do jornal". Não acho sinceramente que já possa marcar estes itens, mas estou olhando para eles com um otimismo renovado.)

E não liguei a TV nem uma vez! Alison afirmou que eu ia ficar viciada em *Days of Our Lives* antes do fim da semana, mas até agora descobri muito o que fazer sem recorrer a novelas e programas de entrevista. Mas pode ser que eu veja *Ricki Lake* esta tarde, às cinco. O tema de hoje é quase relevante para mim — trata de gravidez, de qualquer forma.

Tom saiu pela porta às sete da manhã, depois voltou correndo às 7h05 em pânico, atirou um pedaço de queijo entre duas fatias de pão e deixou na mesa ao lado do sofá ("Desculpe, querida, eu me esqueci, que merda, estou TÃO atrasado..."). Isto, ao que parece, é meu almoço. Estou tentada a pedir alguma coisa em domicílio, mas depois vou ter que levantar para atender à porta...

15h20
O problema do almoço foi resolvido por Brianna, a advogada paralegal doida do trabalho. Começamos a trabalhar juntas num caso há mais ou menos um mês. Não éramos particularmente próximas, mas ela veio aqui no horário de almoço dela com, acreditem, pizza de pepperoni apimentada e uma salada verde levemente revirada. Eu decidi: terei de atender às visitas na porta — vou ficar louca se não fizer isso —, mas depois de deixar Brianna entrar, deitei-me virtuosamente no sofá devorando a pizza enquanto ela se sentou no kilim persa vermelho que cobre nossa sala de estar e me contou sobre sua vida

amorosa confusa e o apuro doloroso dos paralegais. (Oito meses atrás ela saiu do gabinete do promotor público de Manhattan para ir para a Schuster, onde recebe um salário melhor mas um tratamento pior.)

Recebi cinco telefonemas do escritório desde que Brianna saiu, todos relacionados a trabalho. Nada com que não pudesse lidar. Felizmente, eu já havia começado a reunir anotações sobre todos os meus arquivos na preparação para a licença-maternidade. A essa altura, minha caixa de entrada do e-mail do trabalho está a ponto de transbordar, mas decidi ignorar — depois que perceberem que não estou verificando, vão me deixar em paz. O escritório já parece estranhamente distante, de outro mundo, de outra vida.

Uma hora e quarenta minutos para o *Ricki*. O que vou fazer agora?

15h50
Pelo menos meu sofá dá para a janela da sala. Posso olhar o céu e ver o clima, o mais inglês dos prazeres. Se eu esticar bem o pescoço, posso ter um vislumbre das pessoas andando pela calçada no cruzamento da 82 com a Segunda. E também posso ver os habitantes do pequeno prédio de quatro andares do outro lado da rua, pelo menos nos dois andares superiores.

A janela por onde olho é retangular e muito larga (o corretor que nos mostrou a chamou de "ponto focal impressionante", que traduzido significa que a sala em si é apenas uma caixa simples e oblonga). Tem um banco de madeira no radiador abaixo da janela, largo o bastante para nos sentarmos. Colocamos algumas almofadas de chenile por cima e é um ótimo lugar para se acomodar com um livro (isto é, seria, se tivéssemos tempo). Ao longo da janela, penduramos pesadas cortinas vermelhas que roçam o piso de madeira. Algumas semanas depois da mudança, em um raro dia longe do trabalho, desencavei um vaso de vidro vinho em um antiquário na esquina. Ele mora na mesa de teca dinamarquesa ao lado do sofá e, quando a luz o atravessa, uma mancha vermelha intensa aparece na madeira atrás dela, como uma taça derramada de Pinot Noir. Uma desamparada poltrona de couro marrom fica no canto direito da sala, em ângulo, de frente para mim. Junto da parede pintada de amarelo, à esquerda, há duas estantes. A mais próxima da janela, numa balbúrdia de livros didáticos da faculdade e brochuras em alto-relevo de John Grisham, principalmente de livrarias de aeroportos, pertence a Tom. A minha, que fica mais perto do sofá, contém uma coleção cronologicamente organizada de livros de poesia, ensaios e romances de Austen a Atwood. Também é decorada com algumas fotos de família em porta-retratos de madeira e alguns seixos rolados ingleses.

A sala é pequena (afinal, isto é Manhattan), mas é iluminada e aconchegante. O radiador está a toda; posso ver as ondas de calor no ar acima do banco. Não acho que tenha passado mais do que dez horas em minha sala de estar desde que nos mudamos para cá. Mas está se tornando meu mundo pelo resto da gravidez.

O prédio do outro lado da rua desaparecerá no final do ano; ao que parece, será demolido e dará lugar a uma coisa maior e mais moderna. Ouvi em algum lugar — de duas pessoas conversando no elevador, ou junto às caixas de correio — que tem um mofo terrível. Pelo que posso ver (e se eu me esticar posso ver dentro dos cômodos), a maioria dos moradores é idosa, muitos até octogenários; andei observando-os andando lentamente de um lado para outro, passando de um cômodo a outro, na maior parte da última hora. Parecem viver numa zona de tempo diferente do resto de nós, cada movimento medido, cada passo cauteloso. Fiquei olhando um cavalheiro idoso no apartamento da esquina tentar trocar uma lâmpada. Quando chegou ao alto, tremeu como louco, largou a lâmpada e teve de recomeçar tudo. Foi uma boa distração. A senhora do apartamento ao lado está vendo TV na semiescuridão.

18h02
Merda — perdi o final de *Ricki* (impossível não adorar a Ricki) porque minha irmã Alison resolveu me ligar no meio, então agora nunca vou saber se Erik ou Vinnie é o pai do bebê de Taysha. Oficialmente, Alison telefonou para saber como eu estava. Extraoficialmente, ela ligou para tripudiar.

"Tem que me prometer que vai pegar leve de agora em diante", piou ela. Alison positivamente babava uma satisfação afetada. "A gravidez é bem dura para seu corpo, Q... Pode acreditar, eu sei! *Eu* tentei fazer o que você fez quando estava grávida de Geoffrey, mas na época percebi que é preciso fazer concessões para as necessidades crescentes de seu filho. O horário em que você trabalha é tão ridículo! Uma coisa é Tom ficar acordado até essa hora, mas não é razoável para uma mulher nas suas condições. Acho que este é um chamado de despertar para você, Q, é sério."

Depois tive de ouvir por vinte minutos Alison tagarelando que é preciso prestar atenção aos sinais de seu corpo, que o corpo de uma gestante é uma flor delicada em botão, que ela e minha mãe estavam dizendo *apenas uma semana* atrás que eu acabaria me arrependendo se não diminuísse a jornada de trabalho. Ela diz que ficou acordada na cama ontem à noite, preocupada comigo e com o bebê. Acho que ela não se diverte assim há séculos.

Alison não tem essa "coisa" comigo há anos, essa coisa de irmã do meio. Quando éramos crianças, ela precisava fazer o que *eu* fazia, só que melhor. Ela conseguiu ficar nisso até que fomos para a universidade, mas depois finalmente percebeu que havia coisas que ela podia fazer e eu não — atuar, ser legal, namorar homens atraentes com apelidos — e ela ficou muito mais feliz. E muito mais impossível.

Lembro-me da expressão infeliz e enojada dela no dia em que peguei meu certificado de conclusão do ensino médio aos 16 anos — só nota máxima. Ela trabalhou como um demônio nos dois anos seguintes para se preparar para os próprios exames; na verdade, teve síndrome do túnel cárpico e passou seis meses em fisioterapia. E eu me lembro da faísca de esperança em seus olhos, talvez até de triunfo, no dia em que descobriu que eu não conseguira o esperado A em física nível A. O engraçado é que ela era melhor em física do que eu, mas ela própria conseguiu um B. Não sei se ela perdeu a motivação ou se — e é isso que o Tom pensa — ela na verdade não consegue lidar com a ideia de me derrotar. Quer dizer, ela passou a vida toda tentando me superar e depois, quando apareceu a oportunidade, ela se conteve.

De qualquer modo, assim como eu, ela entrou para Oxford na última hora; como eu, ela fez PFE — política, filosofia e economia —, mas, ao contrário de mim, ela largou no segundo ano e pegou o papel principal de *Adivinhe quem vem para jantar*. Ela passou a usar jeans pretos, golas rulê pretas e casacos de camurça de segunda mão do Camden Market. Tingiu o cabelo de louro e o esmagava naqueles rolinhos brilhantes arrasadores, prendendo-o na nuca com hashis laqueados. E ela namorou uma longa fila de atores diabolicamente bonitos (que também usavam jeans pretos e gola rulê preta e exibiam penteados de quem acabou-de-sair-da-cama). Ela se tornou um "sucesso" social como nunca fui. Passei meus anos de universidade percorrendo sozinha uma estrada de Woodstock com 50 quilos de livros embaixo do braço, enquanto ela atuava à noite e recebia aplausos, as notas despencando no chão, mas ela não dava a mínima. Nos encontramos para almoçar sanduíches no Covered Market e ela apareceu com um maço de Camels enfiado no bolso traseiro (isto antes de ela decidir que seu corpo era uma flor em botão, você sabe) e me disse que eu não fazia ideia do que era *viver*. Não me importo de admitir que quase perdi a cabeça — estava tão acostumada a tentar ficar um passo à frente dela que não sabia o que fazer comigo quando ela optou por sair do sistema e repetir o ano pela segunda vez. Tentei ir a algumas de suas festas — em geral dadas em porões escuros e fumarentos junto a pilhas de cenários semipintados —, mas se há uma coisa seguramente humilhante é ser a irmã mais velha e intelectualoide de uma gostosona núbil de talento. Decidi deixá-la e voltar para meus livros.

Enquanto estava fazendo a especialização em direito em Londres, ela se uniu a Greg e teve outra mudança de atitude. Atuar era ótimo e tudo o mais, ela me disse, mas é uma profissão que esgota, não condiz com relacionamentos sérios. Ela conheceu Greg durante os ensaios de *Calígula*; ele era um dos atores desgrenhados com um sotaque *cockney* suspeitamente implausível. É claro que o mais próximo que ele chegava do East End era a Liverpool Street Station, indo para a casa imponente da família no norte de Norfolk. O Honorável Gregory Farquhar não pretendia passar o resto da vida com um bando de atores pobres e, assim que se formou (e quase não se forma) em Oxford, partiu para o centro financeiro de Londres, onde agora ganha um monte de dinheiro trabalhando para um dos amigos do pai. Greg, vamos reconhecer, era um partidão e Alison sabia disso. Eles se casaram aos 22 anos (o casamento teve uma curta cobertura nas páginas da *Hello!*) e Alison parou de atuar para trabalhar em sua escultura. Tradução: Alison se tornou uma máquina de fazer bebês. Ela gerou dois até agora e está se coçando para começar o número três.

Então, sim, ela tem mais experiência no quesito produção de bebês do que eu e não vai me deixar esquecer isso. Desde que Geoffrey nasceu, há três anos, ela esteve exaltando as alegrias da maternidade (na última vez em que veio me visitar, ela viu meus comprimidos na mesa-de-cabeceira e sacudiu a cabeça tão melancolicamente que era de se pensar que éramos uns tremendos drogados). "A maternidade é como um laço entre as mulheres, Q", disse-me ela com aquela luz pavorosa de iogue nos olhos. (Ultimamente ela usa Gaultier, tem uma casa de

750 mil libras em Pimlico e um conselheiro espiritual para ajudá-la a encontrar a iluminação no meio disso tudo.) "Seria tão maravilhoso poder compartilhar minhas experiências da maternidade com você! E quero que nossos filhos tenham a mesma faixa etária, quero que eles se vejam como amigos íntimos, não só como parentes... você não quer, Q?" A verdade é que Geoffrey e Serena são o tipo de crianças de que espero que meus filhos fujam aos gritos. Greg gosta de ver o filho e herdeiro com roupas de marinheiro e Serena passa a maior parte dos dias com um tutu rosa dizendo a todo mundo que quer ser uma "princesa" quando crescer. Espero sinceramente que tenhamos uma filha de arrasar que a certa altura leve Serena para trás de um arbusto e...

Bom, de qualquer modo, a ideia de Alison estar fazendo "o que eu fiz" quando estava grávida de Geoffrey é risível; depois de casada com Greg, ela mal teve um dia de trabalho sério na vida. Ela tem seu próprio ateliê (comprado pelo maridinho, é claro) e, pelo que sei, vaga por ali três dias na semana por algumas horas e sai com um vaso sem fundo, ou alguma coisa igualmente ridícula. Ela chega a pensar que é uma artista séria porque a prima de Greg é marchand, que conhece um cara, que conhece outro cara, que é dono de uma galeria no sul de Londres, então mais ou menos de três em três anos eu recebo um convite em cartão branco, pequeno e chique de um idiota obsequioso do *Evening Standard* (também amigo do maridinho, sem dúvida). Mas é claro que não posso dizer nada disso quando Alison fala asneiras sobre entender as pressões do trabalho, não posso...!

4

Quinta-feira, 10h30
Relendo a entrada de ontem do diário, ocorre-me que não estou "bem resolvida" em relação a Alison. Devo pensar mais nisso. "Ser superior à irmã mais nova sem fazer esforço" é um item importante da Lista de Coisas a Fazer Antes dos Trinta da Mulher Moderna.

Eu ainda estava bem magoada quando Tom chegou em casa às dez, para não dizer consumida da necessidade desesperada e dominadora de *comida* que tem uma gestante. Ele estava "prestes" a sair do trabalho lá pelas 18h e na hora em que realmente apareceu eu estava fervendo de fome, raiva e frustração. Cinco minutos depois que ele passou pela porta, eu atirava as almofadas do sofá, gritando e chorando porque ele não pegou comida no caminho para casa e agora eu ia ter de esperar *mais meia hora* pela chegada do jantar.

No meio de toda a gritaria, objetos atirados e alvoroço geral, peguei a expressão de Tom. Trinta e seis horas atrás ele tinha uma mulher moderadamente normal como esposa — na verdade, a esposa tinha um sotaque que fazia metade de Nova York ter uma síncope e a outra metade pensar em Cruela Cruel, para não falar de uma barriga que (como devo ter mencionado) levava os cães a recuar de medo. Mas, afora isso, ela era muito normal. Agora, no intervalo de um dia, ela se transformou num demônio da Tasmânia em pleno giro. Meu marido puxou o cabelo preto e crespo de uma forma desesperada enquanto olhava a esposa enjaulada espumar e soltar fumaça.

Parei de chorar quando ele de repente se ajoelhou perto do sofá e murmurou alguma coisa sobre "conservar o líquido". Quase contra minha vontade, eu toquei sua nuca e meti a mão em seu cabelo escuro e fino. Em seguida, depois de mais alguns soluços e gemidos (só para me reafirmar), peguei a lista telefônica na prateleira de baixo da mesa lateral, empurrei para ele e disse que encontrasse alguma comida, e rápido. Afinal, *eram mesmo* dez da noite.

Agora é o Dia Dois do Repouso Absoluto e Tom e eu instituímos algumas mudanças em nossa rotina:

- Ele vai chegar em casa em meia hora quando diz que está vindo, para eu não ficar presa num limbo crepuscular.
- Vou pedir comida no início da noite para ele pegar no restaurante de minha preferência.
- Ele vai preparar/comprar um sanduíche que eu realmente queira comer de almoço e deixar em um isopor perto do sofá, e ele também deixará uma tigela de frutas e algumas nozes para o lanche (eu estava tentada a acrescentar um pacote de cookies de chocolate, mas, se não me cuidar, terei de ser rolada até o hospital daqui a 14 semanas).

- Ele vai tentar entender como é ficar presa em casa o dia todo e vai tentar se lembrar de que está preocupado também (blá-blá-blá).
- Eu Não Vou Deixar Alison Levar a Melhor sobre Mim.

Tudo isso me parece muito razoável. Meu sanduíche de mussarela, pesto e alcachofra está na mesa lateral — bom, o que restou dele, comi metade às 8h30 da manhã — e eu já decidi pelo cardápio da noite. Esta cidade fervilha de restaurantes incríveis e tenho três meses para experimentá-los. Armada de meu *Zagat's* confiável e algumas edições da seção de restaurantes do *New York Times*, eu terei mais ou menos as dez refeições seguintes rapidamente mapeadas.

16h
Brianna apareceu aqui de novo, o que foi bom, porque o sanduíche de mussarela foi terminado às 11h. Eu estava começando a entrar em pânico sobre como ia fazer com que dois kiwis e um pacote de amendoim torrado durassem nove horas. Então Bri apareceu com quatro fatias de pizza crocante de La Margherita, pertinho daqui. Depois que consumi três, ela entendeu o recado e preparou uma omelete de presunto e queijo na cozinha. *E* me comprou dois cookies de chocolate, pelo que lhe agradeci de forma abjeta. Comi um de imediato e estou poupando o outro para comer enquanto vejo *Ricki* esta tarde.

Em troca de sua generosidade, tive de ouvir mais detalhes tediosos de sua vida amorosa. Como qualquer mãe diria, ela não é uma lâmpada de alta voltagem. Está tendo um caso com um homem casado mais ou menos há um ano e parece ludibriada por frases como "Tenho que ficar, pelo bem das crianças" e "Eu me casaria com você amanhã, mas minha mulher toma antidepressivos". Pensei que eles tivessem parado de fazer isso com as mulheres nos anos 50.

Se quer saber, ela é o tipo de mulher com quem os homens têm casos mas nunca se casam. Ela tem um decote fabuloso e pernas magras e longas, e é bem bonita; tem cabelo preto liso e comprido e sardas inesperadas no nariz. A mãe dela é de uma antiga família italiana que já foi dona de várias *villas* confortáveis e um olival de bom tamanho nas montanhas nos arredores de Florença, depois perdeu tudo após a Segunda Guerra Mundial. A família do pai era de imigrantes irlandeses pobres que se deram bem como construtores de barcos quando chegaram ao Novo Mundo. Mas, apesar da linhagem (ou talvez por causa dela), Brianna era uma espécie de tresloucada simples, com um ar inocente de "venha-tirar-vantagem-de-mim" que posso imaginar alguns homens achando irresistível. Quando sugeri que os casados têm o desagradável hábito de continuar casados, seus olhos escuros se arregalaram um pouco. "Ele quer deixar a esposa", ela me garantiu com sinceridade; "Ele só precisa descobrir a época certa, entende?" Ela jogou a cortina de cabelos por sobre o ombro com um giro delicado do pulso.

Depois que Bri saiu, comecei a navegar pela internet atrás de informações sobre meu problema — tinha um nome comprido, oligoidrâmnio — e encomendei assinaturas de várias revistas, uma mistura do que vale a pena (*The Economist, Time*) com o que não vale tanto assim (*Vogue, Glamour* e, por impulso, uma coisa chamada *Mãe executiva*. Depois de clicar no botão de assinar, entrei em pânico, sem saber se eu um dia seria uma mãe que trabalha, mas depois tive de pensar positivamente).

18h15
Por que as pessoas me incomodam na metade de *Ricki*? *Justamente* quando eu estava começando a gostar de "Eu era nota 10, mas agora sou gostosa", toca o telefone ou a campainha e é o fim de tudo.

Hoje foi Fay, do escritório. Ela é rude, baixa, de cabelo castanho curto e brilhante, muito simpática, mas sempre mortalmente preocupada com o trabalho. Francamente, fiquei surpresa em vê-la aqui. Acho que Brianna deve ter dito alguma coisa, porque ela apareceu com um saco de cookies — não era, tenho que dizer, um saco de cookies de chocolate, mas um saco de cookies de aveia e passas. Não gosto de cookies de aveia e passas. O que odeio particularmente nos cookies de aveia e passas é que, de longe, eles parecem cookies de chocolate. Fico empolgada. E era mentira.

Então eu fiquei mal-humorada assim que ela chegou e fiquei muito mais amuada quando ela descarregou um livro de capa dura pavorosamente sério em cima de mim.

— Andei querendo ler essa merda por séculos — disse ela, toda animada —, mas nunca tive tempo. Então, agora que *você* tem tempo, pode ler por mim e me contar tudo. *Hahahahahaha!*

Não é engraçado. Não é nada engraçado. Eu tenho muitos livros sérios em minha própria estante. O que a faz pensar que quero ler o livro sério dela por ela? Eu não tenho aonde ir, nada mais para fazer e a mulher quer transformar minha vida num inferno?

É claro que eu não disse isso. Eu disse: mas que gentileza de sua parte, me interessa imensamente ler sobre a caminhada solitária de uma mulher pelos Andes diante do diagnóstico de câncer terminal. Oh, e ela também usa prótese num dos membros do corpo. Maravilhoso. Estou louca para começar.

Depois disso, Fay falou do trabalho por uma hora — ela não tem mais nada para falar porque, pelo que sei, ela não *faz* mais nada. Terminou com a namorada de longa data dois anos atrás e diz que não namora desde então. Ela já é sócia, mas fica no escritório por mais tempo do que eu. Vai voltar lá agora e só deve sair depois da meia-noite. Que vida infeliz, solitária e horrível.

5

Sexta-feira, meio-dia
Dia Três de repouso absoluto. Acordei hoje de manhã e pensei: isto pode continuar por mais noventa dias. E desatei a chorar.

Mas me recompus a tempo de Tom sair para trabalhar, para alívio evidente dele ("Não posso ir para o trabalho e deixar você assim!"), e passei uma hora vigorosa fazendo humildemente as sobrancelhas. Eu também:

- Depilei a barriga com cera (os pelos passaram a crescer grossos e escuros na altura do umbigo e, já que serei examinada a cada cinco minutos pelas próximas 13 semanas e meia, posso muito bem ter uma aparência melhor).
- Tirei uma soneca (acordei e me vi babando em nossa almofada de chenile vermelha — por que as grávidas babam tanto? Será que é assim que se preparam melhor para os bebês babões?).
- Vi uma idosa no prédio em frente limpar o chão (o trecho que pude ver, de qualquer forma).
- Não aguentei e liguei para minha mãe.

A última atividade, devo admitir, foi um equívoco. Uma coisa é ligar para minha mãe para dar informações — o voo de Alison está chegando às 7h, estou mandando para você um artigo da *New Yorker*, tenho pouco líquido amniótico e nosso bebê pode ser prematuro. Outra coisa bem diferente é ligar em busca de conforto e apoio.

Então a conversa foi mais ou menos assim:

EU: Oi, mãe, como é que você está? Estou meio doida aqui, presa do lado esquerdo dia após dia! Pensei em ligar para me animar um pouco.

ELA: Bom, não quero dizer que seja culpa sua... Já tentou ilangue-ilangue?

EU: Minha culpa? Como pode ser minha culpa?

ELA: Não quero dizer que isso não teria acontecido se você morasse na Inglaterra...

EU: Como assim? O que isso tem a ver com o lugar onde moro? Não tem nada a ver com o lugar onde moro!

ELA: Eu disse que *não* quero dizer que isso tem a ver com sua mudança para a América...

EU: Você acha que é tudo culpa de minha carga horária, não é? Lá vamos nós *de novo*! Você acha que eu trabalharia menos em Londres, e todos os meus problemas são causados pela ética maluca de trabalho da América. Você não entende nada sobre a jornada de trabalho dos advogados em Londres, nem sobre a ética de trabalho americana, mas ainda assim pensa...

ELA: Na verdade, eu *sei* alguma coisa sobre isso, mocinha! A filha de Jane Cooper trabalha cinco dias na semana e chega em casa a tempo de pegar os filhos na escola...

eu: A filha de Jane Cooper é uma merda de advogada paralegal em Saffron Walden, as duas coisas não podem ser comparadas...
ela: Não precisa xingar, querida; foi você que ligou para *mim*, lembra?, e não tenho de ouvir suas grosserias...

A conversa terminou uns quarenta minutos depois, após eu ter a) admitido que talvez eu estivesse trabalhando demais e b) concordado em experimentar ilangue-ilangue em meu travesseiro à noite. Isto inspirou uma meia hora de comoção de minha parte depois de eu ter desligado o telefone; por que eu, uma advogada relativamente bem-sucedida e autoconfiante, costumo perder esse tipo de batalha com minha mãe? Por que eu me vejo ruborizada e lacrimosa quando ela me diz que fiz uma coisa errada? Por que me *importa* que ela pense que eu fiz alguma coisa errada? Eu queria ser o tipo de pessoa que pode rir com leveza, com um ar de indulgência, das excentricidades da mãe. Queria ser o tipo de pessoa que pode marcar o item que diz "Ter um relacionamento incrivelmente adulto com a mãe" na Lista de Coisas a Fazer Antes dos Trinta da Mulher Moderna. Mas não sou essa pessoa.

De qualquer modo, as várias atividades de arrancar os cabelos me deram uma saída construtiva para meu rancor e está na hora de Brianna aparecer para o almoço com algumas delícias.

14h
Nada de Brianna. Mas tudo bem, Tom deixou um monte de sanduíches feitos com um queijo ultrajante de caro do Zabar's (inspirado pela culpa, ele fez uma excursão de

compras a caminho de casa ontem à tarde para me comprar um pedaço grande e farelento de White Cheshire — "Aqui está, Q, não diga que eu nunca compro nada de bom para você, a propósito, pode ser que eu tenha de trabalhar até tarde amanhã...") — e eu ainda tenho os malditos cookies de aveia e passas que Fay comprou. Se eu tirar todas as passas (essas coisinhas enrugadas e nojentas), eles serão meu mimo desta tarde.

6

Segunda-feira, 10h
Por que ninguém vem me ver? Recebi pelo menos dez telefonemas de gente do escritório, ou explicando por que não *podiam* vir ou fazendo promessas vagas de me visitar no futuro (quando as crianças se recuperarem da gripe, quando o julgamento terminar, quando eles voltarem das Maldivas). Parece até que eu moro no interior de Nova York, e não no centro da cidade. É tão complicado assim pegar o metrô? É verdade que Lara e Mark vieram almoçar no sábado, mas este é um prazer que passo adiante. Não sou fã de nenhum dos dois: Mark fez a faculdade de direito com Tom, mas se tornou absolutamente apavorante desde que virou assistente do promotor e começou a perseguir traficantes furrecas de maconha; Lara é uma professora de educação física insanamente tonificada que parece ter parido os dois filhos pelo nariz, a julgar por todo o efeito que teve em seu corpo. Ela olha minha barriga flácida com uma repulsa indisfarçada. Eles também são as piores visitas do Universo. Tudo bem, eles trouxeram a comida, mas teria doído ajudar Tom a arrumar as coisas depois? Este lugar está uma zona! E eles

não me trouxeram gostosura nenhuma, só uma porcaria de garrafa de Chardonnay que eu não posso beber, por motivos óbvios. Nem uma fatia de bolo, nem um cookie à vista.

Estranhamente, a visita mais legal que tive foi de uma senhora grega, baixinha e engraçada que mora no térreo. Ela bateu na porta na tarde de sábado e perguntou se podia dar uma olhada em nosso apartamento; está envolvida numa espécie de briga com nosso senhorio sobre os serviços que ele presta e queria comparar nosso apartamento com o dela. De qualquer modo, meia hora depois de ter examinado os eletrodomésticos da cozinha e o estado das unidades de ar-condicionado, ela apareceu novamente com uma travessa de *moussaka* caseira e um prato de papel com doces de semolina. Seu inglês está longe da perfeição (o sotaque é pesado e grosso como mel), mas ela foi incrivelmente gentil. Disse que voltaria em breve com um *baklava* caseira, o que é *quase* tão bom quanto cookie de chocolate.

Então aqui estou eu novamente, começando uma nova semana, o fim de minha primeira de repouso absoluto. Estou com 27 semanas de gravidez. Se o bebê nascesse hoje, seria 13 semanas prematuro. Eu procurei no Google "sobrevivência com 27 semanas de gestação" e encontrei um site que afirma que as chances dele já são de 85%! Fico imensamente animada.

11h
Procurei no Google "sobrevivência a oligoidrâmnio" e "prognóstico de pouco líquido amniótico". Um erro dos grandes! Um erro imenso, Q. Gigantesco.

* * *

Fiquei respirando num saco de papel nos últimos vinte minutos, mas ainda não consigo parar de chorar. Um bebê com cerca de 27 semanas pode ter 85% de chance de sobreviver, mas os bebês com pouco líquido podem enfrentar coisa muito pior. O oligoidrâmnio no segundo semestre tem um "prognóstico ruim", ao que parece; o desenvolvimento dos pulmões "pode ser retardado de forma fatal". As crianças que parecem saudáveis no útero da mãe podem morrer no parto por causa de uma coisa chamada *hipoplasia pulmonar*.

Depois de descobrir isso, senti-me compelida a descobrir mais. E logo me vi lendo mensagens de salas de bate-papo de mulheres de todo o país que eram aconselhadas a dar um fim à gravidez quando recebiam o diagnóstico de oligoidrâmnio. Cujos bebês sufocavam ao nascimento porque seus pulmões não funcionavam. Cujos filhos nasciam com uma mistura apavorante de deformidades físicas e mentais.

Vomitei no banheiro há alguns minutos. Desde então, fiquei tremendo no sofá. Estou escrevendo isso para tentar me controlar. Por que minha médica não me falou de hipoplasia pulmonar? Será que ela pensa que eu não seria capaz de lidar com isso? Na verdade, não sei se *posso mesmo* lidar com o problema. Como vou conseguir passar pelas próximas cinco, dez semanas sem saber se o bebê vai viver?

Meio-dia
Desesperada, liguei para a Dra. Weinberg. A recepcionista gentilmente transferiu minha consulta de amanhã para

hoje às quatro horas. Eu disse a Tom que ele tinha de sair do trabalho para me pegar. Ele não ficou satisfeito ("Meu Deus, Q, estou atolado de trabalho, que inferno, não vou dar conta de tudo"), mas depois que comecei a chorar histericamente, contando sobre tudo o que li, ele ficou em silêncio. Isso me deixou ainda mais apavorada — eu queria que ele dissesse que eu estava sendo idiota, que não se pode acreditar em tudo o que se lê na internet. Mas ele não fez isso. Só ficou muito, muito quieto e eu podia ouvi-lo respirar lentamente e com dificuldade, como ele faz quando está tentando se acalmar. "Meu Deus", disse ele, por fim, à meia-voz.

 Não consigo comer, mas estive bebendo água febrilmente nas últimas horas. ("Mantenha-se hidratada", disse a Dra. Weinberg na semana passada. Será que isso significa que a água que eu bebo vai chegar ao bebê de alguma maneira? Como pode ser isso? Como vai do meu estômago para o útero?)

15h30
Tom chegará aqui a qualquer minuto. Mas agora estou mais calma.

 A senhorinha grega veio com um prato de *baklava*. Eu estava chorando compulsivamente quando ela tocou a campainha e eu não pretendia atender, mas ela deve ter me ouvido porque chamou com insistência pela porta para perguntar se havia alguma coisa errada. Pensei em lhe dizer que fosse embora, e francamente ainda não sei bem por que não fiz isso. Mas, qualquer que seja o motivo, levantei-me e abri a porta. Ela deu uma olhada em mim, me levou de volta ao sofá e disse que eu me deitasse novamente.

Ela de imediato viu que eu não tinha almoçado, então desfez o sanduíche em pequenos pedaços e me deu um pedaço de cada vez. Descobri que estava morta de fome e comi obedientemente, como uma criancinha. Depois disso ela me deu um pouco do *baklava* com um copo de leite. "Esta época difícil", disse ela, por fim, muito seriamente, "mas você tenta ficar tranquila. Não tem sentido pensar em coisas ruins, você briga com elas, entendeu? Boa menina, hein? Boa menina." Depois, para minha surpresa, deu um beijo maternal em meu rosto enquanto se levantava para ir embora. "Vejo você logo, venho com mais coisas, coisas doces, você come para ter saúde, sim?" Ela deu uma risada repentina e irreprimível. "Volto para ver você logo, eu prometo."

Ela falou de passagem hoje que não teve filhos; eu me pergunto por que não. Ela teria sido uma mãe perfeita.

19h
Voltei da consulta para casa, abrigada no sofá de estampa amarela mais uma vez. Tom teve de voltar ao trabalho.

Quero me sentir completamente melhor, quero me sentir 100% confortável depois de nossa consulta com a Dra. Weinberg. Quero me sentir como há uma ou duas semanas, como um simples animal saudável, talvez uma vaca, dando à luz sem pensar no assunto. Agora tudo parece tão complicado, uma questão que envolve exames e diagnósticos, leituras em centímetros (ou seria em milímetros?), gráficos, diagramas, estatísticas.

Para ser justa, as coisas poderiam estar piores.

Chegamos ao consultório da Dra. Weinberg alguns minutos antes. A sala de espera estava cheia de gestantes, as mãos pousando de leve nas barrigas redondas. Na semana passada, eu era uma dessas mulheres com o sorriso beatífico de Madona. Nesta semana, afundei num canto e escondi meu "pequeno" abdome atrás de um exemplar do *New York Times*. Senti-me tão deslocada.

Primeiro fiz outra ultrassonografia. Cherise esperava por mim em sua salinha sombreada, a sonda na mão. "Eu me lembro de você", disse ela friamente quando entrei. "Acho que vamos nos ver muito de agora em diante", acrescentou ela, abrindo com um estalo a bisnaga e passando a gosma quente e pegajosa em minha barriga. Eu estremeci.

E no entanto que alívio foi ver o bebê mais uma vez na tela, e quatro válvulas no coração claramente visíveis, cada uma minúscula, distinta, perfeita. E que prazer estranho e misterioso ver seu esqueleto em movimento. A tíbia e a fíbula num contorno delicado cintilavam à esquerda e à direita; a coluna com suas vértebras ondulava enquanto ele se revirava, girando em torno do cordão umbilical como um acrobata de circo em volta de uma corda. Uma cara entrou no campo de visão por um segundo e alguma coisa em suas bochechas, na estrutura do osso em volta dos olhos, lembrou-me meu pai. Que engraçado, pensei. Em todos esses anos que meu pai está morto, uma parte dele estava vivendo dentro de mim, esperando renascer.

Cherise parecia estar num humor expansivo pouco característico dela, porque no final da sessão me disse que meu nível de líquido era "estável; não houve muita mudança"; eu ainda não tinha o bastante, ao que parecia, mas pelo menos não havia perdido nada desde a semana passada.

Depois vimos a médica, que começou me repreendendo por ler sites na internet sobre o meu problema. Que tipo de *mishegoss* é esse? Ela agitava o dedo severamente. Fiquei bem feliz por ser repreendida, na verdade — tinha um tom de "não acredite em tudo o que lê" que eu queria ter ouvido de meu marido essa manhã. Depois ela disse que meu oligoidrâmnio não era "grave" e que a hipoplasia pulmonar só se desenvolve quando o nível de líquido amniótico é mais baixo do que o meu. Mas ela não a descartou inteiramente. E se o bebê tiver isso, não há nada que possamos fazer. Não existe exame que possa administrar para avaliar o desenvolvimento dos pulmões do bebê. É só uma questão de "esperar para ver".

Por todo esse tempo, eu encarava infeliz o piso de linóleo e Tom fitava com os olhos desfocados pela janela discretamente acortinada. A Dra. Weinberg deve ter visto como estávamos aflitos, porque acelerou o ritmo da conversa e disse: "Olhem, o crescimento anatômico de seu filho parece estar nos trilhos. Não vi sinais de danos físicos... Os bebês que não têm espaço suficiente em geral desenvolvem uma deformidade nos pés e isso é fácil de verificar... Então podemos ficar otimistas. Não posso fingir que não há chance de encontrarmos alguma coisa na hora do parto, uma coisa que não vimos na ultrassonografia, mas acho que ele virá ao mundo muito bem. Vivam uma semana de cada vez", acrescentou ela, virando-se para olhar de frente para mim. "E chega de navegar pela internet, está bem? Afinal, quem publica uma matéria que diz 'Tomei um susto, mas tudo acabou muito bem'? Lembre-se: se tiver alguma pergunta, faça a *mim*, e não ao souumamaesurtada@yahoo.com. E você", disse ela, virando-se para Tom com reprovação na face angulosa, "mantenha a calma, sim? Sua tarefa é fazer o máximo para que ela tenha conforto. Muita massagem nos pés e guloseimas, sim?" Tom lhe abriu um sorriso breve e dolorido e murmurou alguma coisa sobre as pressões do trabalho.

Mas acho que o conselho dela lhe calou fundo, porque, quando chegamos em casa, ele saiu rapidamente e voltou 15 minutos depois com um imenso milk-shake vitaminado (toneladas de proteína, bom para o desenvolvimento fetal), um saco de fritas e alguns DVDs. Ele teve de voltar ao escritório para uma reunião com um cliente, mas pelo menos eu tive alguma coisa com que me ocupar. Mas sinto falta dele. Queria que ele estivesse aqui para ver os filmes comigo. Estou começando a me sentir terrivelmente solitária.

7

Terça-feira, 10h
Tom já foi para o trabalho há mais de três horas, mas até agora consegui evitar a internet em busca de mais histórias apavorantes sobre meu problema. Em vez disso, eu:

• Comi três pedaços de *baklava*.

Foi só isso, na verdade. Além de ter olhado pela janela outra manhã cinzenta, fria e lamacenta da Costa Leste e visto o cavalheiro idoso no prédio do outro lado bater na TV para fazê-la funcionar. Depois repassei minha agenda de endereços para ver se havia alguém com quem gostaria de conversar (não havia) e tirei um cochilo de vinte minutos. Parece que já faz seis semanas desde que comecei o repouso absoluto. Como é possível que sejam só oito dias?

10h45
Ainda não consigo pensar em nada para fazer — a não ser entrar em pânico. Tenho de voltar meus pensamentos para outra direção. Vou ligar para minha mãe. Isso é quase certamente um erro. Mas vou ligar assim mesmo.

11h30
Bom, não foi assim tão ruim, considerando todas as coisas. Ela estava de bom humor porque o estúdio de ioga deu lucro neste trimestre.

Para ser justa, ela estava muito mais feliz desde que se aposentou de seu emprego "decente" de gerente de banco e abriu o estúdio. Eu não dei o apoio que poderia ter dado quando ela me contou a respeito de seus planos; para falar com franqueza, pensei que ela viraria um clichê de mulher solteira, com cafetãs flutuantes, incenso e um penteado meio doido. Agora acho que ela fica bem de cafetãs, merece o incenso para ocasiões especiais e, apesar do penteado doido, está fazendo um bom trabalho em seus negócios. No espaço de poucos anos ela o transformou num empreendimento lucrativo: por mérito próprio, localizou um nicho no mercado — isto é, as mulheres com mais de 60 com muito tempo livre que não querem ranger os membros diante de meninas flexíveis de vinte e poucos anos. Nunca fui a uma de suas aulas, mas Jeanie disse que é um tumulto — umas 12 mulheres de rinsagem azul com mocassins e moletom, rindo como malucas quando não conseguem fazer "o gato". Elas adoram a minha mãe, ao que parece — engraçado que ela seja tão tolerante e perdoe as negligências dos outros quando as minhas assumem o formato de crimes hediondos.

Eu sempre me pergunto o que teria acontecido se meu pai não tivesse ido embora quando eu tinha 13 anos. É claro que ela mesma podia tê-lo expulsado. Ele era meu pai e eu o amava, mas foi um dos homens mais ineficazes que andaram pela face da Terra. Ele passou a maior parte de minha infância tentando ser compositor e fracassando visivelmente. É verdade que tocava piano lindamente e tinha uma voz maravilhosa; eu me lembro dele cantando músicas de guerra ("*If You Were The Only Girl In The World*", "*Roses In Picardy*", "*We'll Meet Again*") para mim e minhas irmãs quando estávamos no banho. Não, apresso-me em acrescentar, ele serviu o Exército; mas perdeu a Segunda Guerra por alguns anos, o que provavelmente foi bom, porque ele não conseguia lutar nem para sair de um saco de papel, como minha mãe costumava dizer. Ele passou metade da vida vivendo do seguro-desemprego, a outra metade indo e vindo de empregos temporários inferiores — jardineiro, digitador, entretenimento infantil (minha coleção de cachorros de bola de soprar era motivo de inveja de todos os meus amigos). E depois, quando eu tinha 12 anos, ele começou aquele caso desesperado e ridículo com a vizinha, uma mulher que passou a vida toda de bobes e chinelos, limpando a casa dos outros, mas desejando ser uma professora de violão clássico (justo isso). Eles se mudaram para Brighton e não voltei a vê-lo. Morreu de ataque cardíaco quando eu estava no primeiro ano da universidade.

Sempre desconfiei de que ele teria tido menos energia para repreender as três filhas, se tivesse ficado com a minha mãe. Certamente nos tornamos conscientes da força de vontade dela nos anos que se seguiram à partida dele. Ela estava decidida a que puxássemos a ela, e não a ele, ela nos disse — estabilidade e segurança eram nossos lemas. Ela queria que todas nós tivéssemos uma boa educação universitária, de preferência em Oxford (ela foi a primeira da família a ir para a universidade, mas em seu tempo a cidade de aquarela estava fora do alcance da filha de um trabalhador, então ela foi para Southampton). Depois ela queria nos ver confortavelmente abrigadas em uma das "profissões liberais", a mácula de pequenos camponeses finalmente apagada da família. Eu correspondi muito bem, uma filha de notas máximas, até que aceitei um emprego nos Estados Unidos — isto *não fazia parte* dos planos de mamãe. Para minha mãe, a América é um país de trapaceiros e charlatães, uma gente sombria que usava polainas e chapéu de feltro. Eu a convido incessantemente a nos visitar, mas ela sempre rejeita; não acho que ela saberá o que fazer se descobrir que os nova-iorquinos não conspiram em bares clandestinos nem desovam os inimigos em tonéis de concreto.

E agora ela se tornou uma guru de ioga para senhoras de terceira idade e uma defensora ferrenha da jornada de trabalho continental. Trata-se apenas de "ritmos da vida", ao que parece. As teorias de minha mãe a respeito dos ritmos da vida são muito atraentes, se você tiver mais de 60 anos; não têm muito a ver com ganhar a vida. Envolvem dormir quanto quiser, ir à praia no sul da França e (isto com uma expressão particularmente insincera) dedicar uma Verdadeira Energia à Família. O que isto parece significar, na prática, é reprovar a filha mais velha por morar a 5 mil quilômetros dela. É claro que também significa adotar uma expressão particularmente magoada sempre que ouve a filha falar das pressões do trabalho, da falta de tempo para ficar com o marido, dos desafios de tentar combinar a vida profissional com a doméstica. É uma ótima teoria, porque significa que você não precisa se solidarizar com a filha mais velha em nenhuma dessas questões, pode simplesmente dizer a ela que sua vida é ideologicamente falha e, sinceramente, o que ela esperava? E quando é que ela vai criar juízo e voltar para a terra da moderação e da racionalidade, a terra onde (ela insiste) a família ainda vem em primeiro lugar? Afinal, veja só a Alison...

Alison se tornou a filha número um, a estrela em ascensão enquanto a minha precipita-se em declínio. Ela é uma discípula maravilhosa da teoria dos ritmos da vida, uma dorminhoca de primeira e frequentadora de resorts no litoral, cujos vasos sem fundo não interferem muito na vida de mãe. Acontece que minha mãe não queria realmente que tivéssemos profissões, ela queria que nos casássemos com homens ricos e que *eles* fizessem todo o trabalho. Eu queria ter passado a gostar disso um ano atrás; teria me poupado muito aborrecimento.

De qualquer modo, hoje, por qualquer motivo, ela limitou o número de comentários maliciosos e conversamos amigavelmente sobre a política da família. Ela não aprovou o namorado de Jeanie, nem eu, então este é um assunto seguro. Meu horrível tio Richard (irmão mais velho de minha mãe) vendeu sua casa em Malta com prejuízo na semana passada; outro assunto seguro, uma vez que nós duas temos um prazer inconveniente com qualquer coisa que deixe Richard infeliz. Ela também me contou de seus planos de expandir o negócio da ioga no ano que vem — quer contratar uma segunda instrutora, o que parece uma ideia excelente, no mínimo para facilitar aquelas viagens à praia e assim talvez, só talvez, ela possa vir aqui ver o bebê. Engraçado, apesar de sua inclinação pró-família, não parece ter passado pela cabeça dela me fazer companhia por uma ou duas semanas enquanto estou em Repouso Absoluto. Não posso deixar o estúdio de ioga, ela disse. Ora, este não é um exemplo do trabalho levando a melhor sobre a família? (Mas eu disse isso ao telefone agora há pouco? Não, é claro que não. Estamos progredindo, disse a voz de boa filha em meu ouvido; force a barra. Talvez você possa perguntar a ela da próxima vez. Mas sei que não vou. Não tenho coragem para isso.)

13h30
Comi sanduíche de *prosciutto*, fritas e banana que Tom me deixou há uma hora e estive aguardando, cheia de esperança, por Brianna nos últimos vinte minutos... Mas ao que parece...

14h45
Bom, felizmente Brianna apareceu justo quando eu estava prestes a cometer haraquiri de fome e tédio. Brianna tem muito mais do que eu percebera. Hoje ela me trouxe um prato com uma pilha de macarrão e *petit-pois* de um bufê gourmet, seguido de uma *Stollen*, um saco de marzipã Kugeln de uma das lojas alemãs aqui perto *e* uma seleção de três excelentes cookies de chocolate (chocolate branco, escuro e ao leite num biscoito fino e crocante, delicadamente amanteigado, com um toque de açúcar light).

Mais uma vez, a taxa para sua generosidade culinária foram 35 minutos do assunto Homem Casado. A história fica cada vez pior. O Homem Casado e a Mulher Casada têm dois filhos e a MC acabou de dizer ao HC que está grávida do terceiro. Brianna acha que é tudo trapaça da esposa; esqueça a mulher, eu pensei comigo mesma, talvez o HC é que esteja fazendo o papel de trapaceiro... É claro que ele tem de explicar como a mulher que ele "mal suporta tocar" engravidou de um filho dele; ele disse a Brianna que foi só uma noite depois que o pai da mulher teve um ataque cardíaco, alguns meses atrás. Será que ouvimos alguma coisa sobre o ataque cardíaco do pai da MC antes disso? Ouvimos sobre a angústia inconsolável da MC e sua exigência insaciável de sexo depois? Não, não ouvimos, mas isso não parece incomodar Brianna. Ela está engolindo tudo, anzol, linha, isca e chumbada. É preciso reconhecer, o HC está fazendo um excelente trabalho. Ele encontrou uma mulher na cidade de Nova York que não ouviu essas falas e as está espalhando ao máximo. Infelizmente, à medida que me conhece melhor, Brianna está ficando menos inibida para me contar os detalhes sórdidos do caso. Portanto, agora eu sei que:

- Ele gosta que ela vista bustiê de veludo vermelho com anéis nos mamilos, meias arrastão e suspensórios pretos ("Minha mulher é tão inibida").
- A fantasia número um dele é ela se vestir como uma prostituta (uma prostituta de bustiê de veludo vermelho, veja bem) e ele passar por ela de carro e pegá-la.
- Ela está pensando em concordar com isso, mas tem algumas sérias reservas ("Q, eu posso ser *presa*!").
- A mulher dele zomba de seu corpo flácido e de meia-idade, enquanto Brianna o faz se sentir um Homem de Verdade (rá!).

Então eu ouço aparentando interesse enquanto Brianna me conta tudo isso, sugando macarrão como eu. Ah, a quem eu estou enganando? A essa altura, eu estou fascinada por sua vida sexual. O *meu* bustiê de veludo vermelho se perdeu no fundo da gaveta de meias há muito tempo, e a última vez em que Tom e eu compartilhamos uma fantasia, envolvia uma casa de três quartos no subúrbio com um jardim de bom tamanho e um fogão Viking.

    Talvez não seja de admirar, então, que eu olhe Brianna voltar ao trabalho com algo estranhamente próximo do lamento. Ela não é lá muito inteligente, mas é muito mais interessante do que as quatro paredes de nossa pequena sala de estar amarela.

8

Quarta-feira, 9h
Eu não suporto, não acho que possa suportar isso. Esta manhã acordei às 6h com a porta batendo enquanto Tom saía para o trabalho e comecei a entrar em pânico; o medo subiu feito vômito por minha garganta, senti como se estivesse sufocando. Tenho de atravessar o dia todo sozinha — e o dia seguinte, e o seguinte, e o outro, estendendo-se sem parar pelos próximos três meses (treze semanas, noventa e um dias, dois mil, cento e oitenta e quatro horas, cento e trinta e um mil e quarenta minutos...).

Vou perder toda uma estação. Agora estamos em fevereiro; vou perder completamente a primavera deste ano. Não há grande coisa para descrever na Costa Leste, não como na Inglaterra — os narcisos agora estarão em Oxford, montes de açafrão roxo e amarelo aglomerando-se sob as árvores nos jardins da Trinity —, mas, ainda assim, vou perder a sensação do ano se iluminando; o primeiro dia quente, o primeiro vislumbre de verde sob a grama morta pela neve no parque.

Sinto-me sozinha. Estou com tédio. Estou com medo. Estou com fome.

10h
Vou aprender a tricotar. Simplesmente olhei "lã" na internet e encontrei uma loja em Manhattan que tem um site. Encomendei cinco bolas de uma coisa chamada "cashmerino baby" em azul-claro. Depois encomendei dois pares de agulhas de bambu e um livro chamado *Tricô para iniciantes*. Encerrei o pedido com uma bolsa de tricô moderninha com uma caixa de agulhas combinando em listras rosa e cinza-acastanhado. Muito anos 50.

10h30
A quem estou enganando? Não vou aprender a tricotar sozinha. Nem consigo costurar — eu me recusei a aprender na escola, convencida (aos 6 anos) de que era uma arte morta, e em vez disso dediquei meu tempo a aprender a enfiar alfinetes na pele de meu indicador sem tirar sangue. Posso ter uma carreira alternativa como acupunturista, mas são parcas minhas chances de tricotar um par de botinhas para nosso filho. E será que realmente quero as botinhas? Certamente vamos preferir alguns pares úteis de meias de algodão brancas da Gap, não é?

O que eu vou fazer — o que eu vou fazer — o que eu vou fazer...?

11h15
Vou me comprometer a aumentar meu conhecimento de cinema em preto-e-branco. Vou preparar uma lista de ótimos filmes que eu sempre quis ver e separar por gênero — mudo, ação, *noir*, estrangeiro, documentário. Vou tomar notas sobre eles para me lembrar de todas as tramas, os atores, os diretores e quem ganhou qual Os-

car. Quando este bebê nascer, eu terei um conhecimento enciclopédico do Grande Cinema — serei o tipo de pessoa que corre para obscuras salas de cinema de arte para ver um documentário russo pré-guerra recém-descoberto. Nos jantares, vou deixar escapar referências a meus cineastas japoneses "preferidos". Vou falar com segurança de "fotografia". Serei capaz de marcar o item "Ter uma conversa que impressione" na Lista de Coisas a Fazer Antes dos Trinta da Mulher Moderna.

11h30
Mas eu jamais voltarei a frequentar jantares, não é? E também não terei tempo para filmes obscuros. Afinal, quem vai cuidar do bebê? Não vou poder levá-lo comigo; os cinéfilos intelectuais não terão em grande conta um bebê chorão. Não tem sentido me educar no Grande Cinema. Vou passar os próximos dez anos de minha vida vendo filmes da Disney cheios de princesas e tartarugas dançantes.

Agora eu não tenho vida e jamais voltarei a ter. Eu podia enfrentar a realidade. Minha juventude acabou. Isto é simplesmente uma amostra do que está por vir. Eu não sou mais *eu*; não sou advogada, não sou amante de Tom, sou um corpo, um veículo, uma incubadora. Eu sou "um meio, um estágio, uma vaca prenhe", como disse Sylvia Plath. Todo o meu ser é dedicado a preservar outra vida. Minha própria vida efetivamente terminou. O Repouso Absoluto indica que ela terminou um pouco mais cedo do que o esperado.

11h45
Corta tudo o que foi dito antes. ✄ ✄ ✄. Nem acredito que estava reclamando das restrições que o bebê está me

impondo quando nem sei se ele vai *viver*. Que tipo de mãe eu sou? Se eu fosse uma mulher de verdade, não me importaria de perder esses poucos meses de liberdade. Mas o que há de *errado* comigo?

9

Quinta-feira
Dormi o dia todo, vi TV.

10

Sexta-feira
Dormi, vi TV, dormi mais um pouco.

11

Sábado
Tom trabalhando. Vi TV. Chorei. Comi cookies.

12

Domingo
Tom trabalhando *de novo*. Chorei histericamente. Comi cookies.

13

Segunda-feira, meio-dia
Várias coisas importantes aconteceram esta manhã.

- Uma visita a Cherise revelou que meu nível de líquido aumentou um pouco.
- O boletim do condomínio chegou debaixo da porta e eu descobri que minha senhorinha grega engraçada está — que coisa mais improvável! — liderando um grupo de moradores contrários à demolição do prédio do outro lado da rua.

Meu nível de líquido ainda é baixo demais, a Dra. Weinberg me mostrou um gráfico. Mas não estou mais na base do gráfico; há uma nesga de luz entre mim e o desastre iminente. Então, quem sabe, o repouso absoluto está ajudando? Nem acredito nisso, acho difícil aceitar que ficar deitada no sofá o dia todo afete aquelas bolsas de formato irregular e escuras nos ombros, nos quadris e nos dedos dos pés do bebê. Mas quem sabe? O importante é que — como me disse a Dra. Weinberg, com um sorriso grudado na boca de batom escuro — minha situação não está ficando *pior*.

Com relação à senhora grega, parece que ela é uma espécie de militante em política local. Acontece que o nosso prédio e o da frente, aquele cujos moradores eu fico espiando quando não tem nada de bom na TV, são do mesmo proprietário; os dois foram ocupados na década de 1950 e 60 por vários imigrantes gregos e cipriotas (sempre me perguntei por que encontramos *dolmades* tão bons por aqui). Avancemos cinquenta anos: o prédio do outro lado da rua agora está infestado de mofo tóxico, do tipo negro, do tipo que se incrusta fundo no lençol rochoso, prolifera alegremente, depois toma a atmosfera. Então o senhorio pretende demolir o prédio e substituí-lo por uma coisa mais moderna que agrade mais aos yuppies. Mas os moradores, agora idosos, não querem se mudar e têm combatido o desenvolvimento com unhas e dentes. Preciso dizer que, na minha opinião, não se mexe com mofo tóxico. No mês passado mesmo eu li no jornal sobre uma criança no Queens que quase morreu de problemas respiratórios provocados por essa coisa, e nos últimos anos houve um megaprocesso contra empreiteiras que construíram prédios que podiam abrigar mofo. Pessoalmente, acho que os moradores deviam ignorar as perdas e dar o fora dali. O mofo negro é apavorante.

De qualquer modo, hoje me sinto capaz de voltar a ter interesse no mundo, principalmente porque:

- Jeanie telefonou para dizer que encontrou um voo e virá na quinta à tarde!

Não sei quem de nós ficou mais encantado, se eu ou Tom. Ele tem me achado muito complicada. Eu o fiz vir para casa cedo no domingo à tarde — ele ligou lá pelas duas horas para perguntar se eu estava um pouco melhor (deixou-me aos prantos às sete da manhã) e eu disse não, sinceramente, estou pior. Não acho que possa levar isso adiante por muito mais tempo. Vou perder o juízo de tanto tédio e medo. Depois de um silêncio curto e tenso, ele concordou em vir para casa e chegou uma hora depois com uma braçada de filmes e uma garrafa de Merlot ("Ordens do Dr. Tom, Q, não discuta, uma taça disto e você vai se sentir melhor"). Mas ele sabe, e eu sei, que ele não pode escapulir do trabalho toda tarde que eu estiver infeliz. Como ele me lembrou mais uma vez hoje, os sócios seniores de sua firma deixaram claro que ele tem de ser um funcionário exemplar se quiser se tornar sócio no próximo verão. Ele é um advogado incrível e tem muito apoio, mas a Crimpson é uma das três maiores firmas da cidade e só promoveu alguns de seus associados seniores nos últimos anos. Além disso, ele teve um infortúnio desagradável nos últimos 12 meses, alguns descuidos infelizes em acordos com clientes importantes. Teve de convencer os sócios de que é capaz *e* totalmente comprometido com seu emprego para se tornar ele mesmo sócio da Crimpson.

Ah, daí, ah, daí isso me deixa... solitária, entediada... solitária, entediada e faminta. Muito faminta. Ainda assim, pelo menos na próxima semana Jeanie poderá cuidar de mim. Posso mandá-la a diferentes tipos de lojas de comida e revistas, posso fazê-la sair para comprar cookies de chocolate (a melhor invenção americana de todos os tempos, se me perguntarem; a lâmpada incandescente vem em segundo lugar), jogar com ela e talvez até imaginar como tricotar uma coisa com minhas cinco bolas de lã cashmerino (atualmente fechadas em seu envelope pardo acolchoado e enfiadas debaixo de uma pilha de contas e revistas que não li — será que realmente penso que vou ler *The Economist*?). Acho que eu mesma vou tricotar um cachecol, não deve ser tão difícil. Será como quando éramos crianças e tentamos entalhar totens em gravetos que encontramos no jardim. Não creio que tenhamos feito um totem reconhecível alguma vez, mas nos divertimos muito juntas tentando. Alison costumava ficar debochando de nossos esforços (e ameaçou contar a nossa mãe que estávamos pegando as facas da gaveta da cozinha), mas Jeanie e eu não nos deixamos abalar. Depois que fez 8 anos, Jeanie ficou muito mais divertida. Muito mais do que Alison. Será incrível tê-la aqui por uma semana inteira.

O namorado horrível não virá com ela, o que deixou Jeanie chateada — acho que ela esperava combinar cuidar de mim com um passeio romântico de turista pela Big Apple (ir a alguns espetáculos da Broadway, comer em uns restaurantes caros da moda, jogar um monte de dinheiro fora na Nike Town, todo tipo de coisas que meus amigos ingleses parecem determinados em fazer quando vêm de visita). Mas a ideia de ter o seu namorado horrível em meu apartamento — no que está prestes a se tornar o quarto de meu filho — me encheu de pavor e repulsa, embora eu não tenha dito muita coisa sobre isso (tudo bem, eu posso ter mencionado que não queria aqueles pés fedorentos dele empesteando a casa, mas eles são realmente *nojentos*). De qualquer forma, morreu o assunto, porque ele não pode sair do trabalho, e agora que ele realmente *tem* um emprego... Ele também não pode pagar pela passagem aérea e, apesar de eu estar feliz em contribuir para as milhas aéreas de Jeanie, certamente não vou pagar para ele. Então, o namorado horrível ficará sozinho em Londres e eu posso passar sete dias explicando à minha desorientada irmã mais nova por que ele Não É Bom para Ela. Perfeito!

Ela é uma garota divertida, a Jeanie. Nunca entendi por que alguém tão atraente — ela tem olhos castanhos grandes, corpo esguio e juvenil, e cabelos compridos e perfeitamente lisos (muito mais bonitos do que este meu troço ruivo e fino) — é atraída para esses fracassos. Quer dizer, Mike Novak era um idiota, mas pelo menos tinha potencial na carreira médica e os namorados de Alison, embora igualmente irritantes, em geral eram talentosos, nobres ou bonitos. Mas Jeanie tem a rara capacidade de se apaixonar por homens que singularmente não são nada dotados no quesito aparência — quanto mais cicatrizes de acne, melhor — e ainda têm um ego do tamanho da roda-gigante London Eye. Acho que é um fenômeno peculiar à espécie masculina; mostre-me uma mulher com problemas de peso, cabelo seboso e espinhas e eu lhe mostrarei alguém que passa a vida dentro de casa, escondendo-se atrás de um par de óculos escuros e um chapéu de aba larga. Mas você vai encontrar um homem com as mesmas características pouco atraentes (e ainda por cima vamos incluir uma boa dose de mau hálito e cecê) pavoneando-se em cada boate da Inglaterra numa noite de sábado, conversando alegremente com qualquer garota azarada o bastante para estar a um metro dele e contando confiante aos amigos que ele "chegou junto".

A maioria das mulheres, é claro, entorna sua vodca com laranja ao ouvir esses imbecis irritantes, mas Jeanie é uma dessas pessoas estranhas que conclui que "ele só está sendo simpático". Dave — o namorado encantador do momento — é um de seus colegas de curso noturno (ela está se dedicando a um curso de pós-graduação em serviço social) e foi, ao que parece, extraordinariamente "simpático" desde o início. Na realidade, seu principal apelo parece ter sido o fato de que no primeiro mês ele a seguiu por aí com uma devoção canina (e os hábitos de higiene pessoal também, devo acrescentar). A biblioteca, o pub, o ponto de ônibus — cite qualquer lugar, Jeanie me contou, Dave estava lá, esperando por ela com um olhar esperançoso. Eu quis ligar para meu advogado para pedir um mandado de restrição contra ele, mas Jeanie achou que isso era incrivelmente doce, então ela o recompensou depois de um mês indo para a cama com ele. Ela admitiu que não gostava exatamente dele, mas pensou que sua afeição de cachorrinho provava que ele realmente gostava dela. Ela não se intimidou com o fato de que àquela altura ele tivesse sido expulso do curso de serviço social por falta de pagamento, arrastado aos tribunais por não pagar impostos imobiliários e demitido da lanchonete do bairro por constantemente chegar atrasado. Ele estava "só num momento ruim da vida", disse-me Jeanie cheia de otimismo; "Ele na verdade precisa de alguém que *acredite* nele".

Minha mãe acha que Jeanie está programada para se apaixonar por homens inúteis por causa da experiência que teve com meu pai, mas acho que deve ser mais complicado do que isso; meu pai escovava os dentes e lavava o cabelo, pelo amor de Deus, e ele não transpirava o ar de asco vergonhoso de Dave. Tom acha que Jeanie se sentiu abandonada por meu pai, ignorada (em favor de Alison e de mim) por minha mãe e preterida pelas irmãs mais velhas quando estávamos crescendo, e assim agora procura por alguém que a faça se sentir o centro do Universo. Acho isso absurdo. É verdade que eu gostava de fazer minhas duas irmãs competirem por minha atenção quando eu era criança — o que é meio cruel, eu sei, mas tenho certeza de que não sou a primeira filha mais velha no mundo a fazer isso. E Jeanie sabe que eu a amo. Se eu não tivesse vindo para Nova York pouco depois do casamento de Alison com o Honorável Gregory Imbecil (como gosto de chamá-lo), acho que ficaríamos muito próximas.

22h
Tom acaba de ligar para dizer que chegará em casa daqui a uma hora. Pude ouvir a ansiedade em sua respiração assim que peguei o telefone — "Q, ainda não posso sair, por favor, não fique chateada comigo, está bem?". Mas em vez de gritar irada com ele ou dizer aos sussurros interrompidos que preciso dele *agora*, eu lhe disse que ele "podia ficar o tempo que precisasse"...! Então talvez eu tenha virado uma esquina, talvez eu esteja meio que me *adaptando* a esta vida nova e curiosa. A gravidez parece estar melhorando, Jeanie chegará daqui a quatro dias e Brianna apareceu às quatro da tarde, deixando três caixas de cookies muito amanteigados de uma delicatéssen no Village.

14

Terça-feira, 14h
Quando eu estava prestes a devorar meu sanduíche de presunto defumado e queijo Cheshire do almoço — ele estava literalmente a caminho de minha boca — ouvi uma batida na porta e lá estava a Sra. Gianopoulou (vulgo minha senhorinha grega engraçada, vulgo presidente dos Moradores Contra a Demolição) com um prato absolutamente extraordinário de comida. Hummus cremoso, azeitonas pretas reluzentes, dolmades saborosos e pão pita quente e fresco, tudo excelente, tudo caseiro. Fiquei muito comovida. Engraçado que as duas visitas mais dedicadas desde que estou de repouso absoluto sejam uma garota que eu mal conhecia do trabalho e uma mulher que nunca conheci em meu prédio.

Mas então pedi à Sra. G. que ficasse e dividisse parte do prato comigo e, depois de hesitar um pouco, ela concordou. Não sei dizer que idade ela tem — certamente bem mais de 60 —, mas é uma mulher de muito estilo, com um jeito de mais velha. Ela usa o cabelo grisalho puxado num coque que destaca as maçãs do rosto pronunciadas por trás da pele azeitonada, e seus olhos verdes são pontilhados de dourado. Não acho que dê muita atenção ao que veste, mas gosta das cores do sul; na maioria dos dias, usa o que minha mãe chama de "*slacks*", calças sem vinco em rosa e laranja brilhantes, com blusas de algodão listradas e suéteres de tricô cereja. Ela não é magra mas também não é gorda, parece mais roliça e aconchegante, e tem um lindo sorriso. Sua presença em nosso apartamento — nestas quatro paredes familiares demais — parece um sopro de ar fresco e quente. (E ela também me ajudou a arrumar um pouco a sala; é incrível como o lixo se acumula quando você não pode sair da cama para colocar as coisas na lixeira. Para ser franca, ela andou pela sala recolhendo embalagens de chocolate e de comida delivery que depositava numa sucessão de sacos plásticos enquanto eu fiquei deitada no sofá e aplaudi agradecida a ela.)

Durante o almoço, conversamos sobre sua presidência dos Moradores Contra a Demolição. Ela parece pensar que umas doses de água sanitária e uma boa esfregada resolveriam o problema do mofo — e ergueu distintamente a sobrancelha direita com um ar cético quando propus minha teoria de "o-mofo-negro-está-a-um-passo-da-Peste-Negra". Perguntei-lhe por que ela está liderando o grupo de ação dos moradores, uma vez que ela não mora no prédio condenado, e ela me olhou de um jeito reprovador. Depois ela perguntou o que *eu* faria se meus amigos estivessem prestes a perder a casa. Mas acho que ela é inspirada por mais do que a mera filantropia; ela parece sentir que tem alguma responsabilidade pela decisão do senhorio de destruir o prédio porque ela estimulou os amigos no edifício a brigar pela qualidade dos serviços que ele presta. Como muitos moradores do prédio condenado, ela paga um aluguel controlado e, como todos sabemos, os proprietários não gostam muito de gastar dinheiro com inquilinos que alugam propriedades atraentes no Upper East Side por uma fração de seu valor de mercado. Ela aparentemente apresentou diversas queixas sobre a qualidade dos serviços que recebeu no último ano e ajudou meia dúzia de amigos do outro prédio a fazer queixas semelhantes. Ela acha que o senhorio ficou abalado pelo súbito influxo de cartas de reclamações e usou o trunfo da teoria do mofo negro como reação a isso.

Ela também acha que nosso prédio é o próximo — acredita que a destruição do primeiro prédio de algum modo criará um precedente e está visivelmente preocupada de perder sua casa. Mas, como eu disse, se nossos apartamentos estiverem livres do mofo tóxico, não há nada que a administradora possa fazer contra ela: como inquilina de aluguel controlado, ela não pode ser despejada. É diferente para Tom e para mim, é claro; se o senhorio quiser reformar nosso apartamento, teremos de nos mudar no fim de nosso contrato, mas ainda temos mais 12 meses e nessa altura — quem sabe? — talvez já estejamos em nossa casa de três quartos, cozinhando em nosso fogão Viking prateado e brilhante.

Em situações como esta, eu sempre tenho alguma simpatia pelos senhorios. Eles só estão tentando ganhar a vida como todo mundo. Mas se a Sra. G. merece crédito, o nosso vem fraudando os moradores de aluguel controlado há anos e ele agora escreveu uma vergonhosa carta de próprio punho dizendo que eles terão de se mudar dentro de algumas semanas e oferecendo uma indenização chocante de tão baixa. Se o prédio tem um problema grave de mofo, os moradores terão de partir, como explicou ele, mas é claro que eles têm direitos. A Sra. G. e os amigos não sabem como responder; o sobrinho-neto da Sra. G., Alexis, está ajudando-os a traduzir os vários comunicados do senhorio, mas ele admitiu que não entendeu a última declaração e suas responsabilidades legais.

Então eu me ofereci — ah, meu Deus! — para dar uma olhada nesse último documento e procurar explicar a Alexis e à Sra. G. Tentei ao máximo fazê-la entender que eu *não* ia agir como advogada deles neste caso, mas não tenho certeza se ela compreendeu; eu disse que eles precisavam contratar oficialmente um advogado para representar seus interesses, mas ela me olhou de um jeito vago e disse "Mas você não é advogada?" com aqueles olhos redondos e grandes. Ela vai pedir a Alexis que passe por aqui uma noite desta semana depois da aula (ele é professor de história) trazendo a carta, e eu terei de dizer a ele que meu conselho é estritamente extraoficial. Não acho realmente que possa me envolver nisso; mesmo que os moradores tenham condições de me pagar, não posso trabalhar efetivamente como advogada enquanto estiver deitada sobre o lado esquerdo 24 horas por dia. E a Dra. Weinberg teria um *ataque* se descobrisse.

Será que estou sendo um joguete nas mãos da velha Sra. G.? Talvez. Talvez eu venha a me arrepender seriamente de ter feito a oferta, mas não vejo o que mais posso fazer. A Sra. G. tem sido como uma mãe para mim na última semana — não como a *minha* mãe, é óbvio, mas como a mãe que eu sempre quis ter. Ela prepara coisas para eu comer, ouve-me com solidariedade quando estou aborrecida e, além de tudo, *me deixa em paz*. Este é o comportamento perfeito de mãe, na minha opinião. O mínimo que posso fazer é lhe explicar o conteúdo de uma carta.

Hoje, pela primeira vez, ela também me contou um pouco de sua vida. Ela ficou noiva há 35 anos de um homem que foi vítima de uma explosão no Vietnã uma semana antes da data prevista de seu retorno para se casar nos EUA. E isso, para ela, bastou. "Em minha mente, nós nos casamos, entende?", disse-me ela, os olhos de repente brilhando. "Ainda casados. Não pode ter mais ninguém. Ele era tudo. Minha irmã na Filadélfia, ela muito zangada comigo, acha que estraguei minha vida, mas eu sou feliz, entende? Feliz como posso ser sem *ele*. Alexis cuida de mim, eu vejo os amigos, saio, tenho uma boa vida. Não sei por que as pessoas querem que eu faça o que todo mundo faz, seguir a vida como se nada tivesse acontecido. Quando você acha a pessoa certa, é assim, está ligada para sempre. Entende o que quero dizer?"

Eu assenti devagar. O que aconteceria se Tom — não, não, nem suporto pensar nisso. Mas minha mãe era meio como a Sra. G., raras vezes namorou de novo depois que meu pai foi embora, embora eu não creia que seja porque ela se sentia "ligada para sempre". Acho que ela só pensava que a vida era curta demais para desperdiçar com mais alguma coisa inútil.

19h

Desastre! O amante casado de Brianna a largou ontem à noite!

Eles saíram para tomar uns drinques, ela esperava as relações amorosas de sempre, mas ele lhe deu friamente seu cartão vermelho na metade de um martíni seco. E o que fazer, como disse Brianna, depois disso? Prolongar o rompimento doloroso enquanto você delicadamente bebe o que resta de seu drinque ou engolir a coisa toda de um trago só, arriscando-se a lábios dormentes e inchados e células da bochecha esfoladas? No fim, ela se decidiu pela alternativa à moda antiga (eu sempre disse que ela era uma garota dos anos 50) e jogou todo o conteúdo do copo nos olhos dele. E depois (porque o que ele ia fazer com a bebida *dele*?, refletiu ela, sendo uma garota ponderada à própria maneira) ela pegou a taça do amante, com palito, azeitona e tudo, e despejou em sua nuca enquanto saía do bar.

Ela me ligou algumas horas atrás e eu lhe perguntei se podia vir aqui. Devo admitir que fiquei curiosa para saber mais sobre este término inesperado. Por que o HC deixa sua amante extraordinariamente crédula e disposta? Seria a chegada iminente de um novo filho — *ou* foi o embaraço de Brianna diante da ideia de desfilar pelas ruas de Manhattan de suspensórios e bustiê de veludo vermelho?

O HC, com habilidade e calma típicas, conseguiu fazer com que Brianna se sentisse responsável pelo final desastroso. Desconfio de que a esposa ficou desconfiada, porque ao que parece Brianna quebrou a regra número um do relacionamento, ligando para o celular dele há alguns dias e portanto deixando um número desconhecido nas últimas dez ligações. *E*, como o HC sempre assinalou, a esposa provavelmente verificava todos os números. Brianna também cometeu o erro, concluo eu, de insistir que o HC passasse um fim de semana com ela em algum momento no mês que vem e depois sugeriu que ele deixasse a esposa agora, e não daqui a seis meses, quando a esposa estivesse prestes a dar à luz um bebê chorão de 4 quilos. Em outras palavras, ela ficou um pouquinho mais exigente, um pouquinho menos submissa e o HC deu no pé.

É claro que Brianna agora está tomada de culpa ("Eu o pressionei demais... É claro que a gravidez deve tê-lo chocado... É claro que ele não pode deixar a mulher enquanto ela sofre de enjôo matinal... É claro que eu devia ter usado o bustiê..."). Eu afaguei seu ombro, disse "pronto, pronto" muita vezes e vi outra pessoa meter a mão na caixa de lenços cor-de-rosa que mantenho na mesa lateral de teca. Era bom não ser a que chora, para variar. Eu disse que ela merecia coisa melhor, que ela era uma mulher bonita e inteligente e devia namorar homens que apreciassem suas melhores qualidades. Ela chorou aos soluços, depois se recompôs, sorriu vagamente para mim e disse que eu devia ter razão. Agradeceu-me por ouvi-la e consolá-la quando ela precisou e disse que eu era muito sensata. Senti-me incrivelmente maternal. ("Dar conselhos aos amigos quando necessário" é outro item da Lista de Coisas a Fazer Antes dos Trinta da Mulher Moderna).

Tom ligou alguns minutos atrás para dizer que estava vindo jantar em casa, então Brianna decidiu ir para casa, tomar um banho e atacar um tonel de sorvete de chocolate (ideia minha). Acho que eu a acalmei. Na realidade, acho que ela está começando a ver que vai ficar bem sem aquele canalha.

22h30
Tom me disse que encontrou Mark no metrô quando vinha para casa. Aparentemente, Lara está grávida de novo! Parece que ultimamente todo mundo tem um pão no forno.

15

Quarta-feira, 9h
Jeanie chega amanhã — mal posso esperar. Só faltam 33 horas para o avião pousar.

10h
Acabei de falar com Brianna ao telefone. O pote de sorvete de ontem à noite e minha dose de conselhos ponderados fizeram muito por ela, ao que parece. Ela acordou aos prantos (ela me disse), chorou a caminho do trabalho e agora queria minha aprovação para seu plano de ir para casa e chafurdar em infelicidade sob as cobertas pelo resto do dia. Eu disse: *Não!* De forma alguma. Não pode chafurdar. Consumir chocolate é uma coisa; entregar-se à tristeza debaixo de um edredom é outra bem diferente. Fique em sua mesa, eu a repreendi com firmeza, mas pode vir me ver na hora do almoço e vamos dividir uma caixa de cookies, se quiser.

14h
Acabei de enxotá-la de volta ao trabalho. Ela queria passar o resto do dia aqui ("A gente podia fazer companhia uma à outra"), mas eu não queria nada disso. Quer dizer, eu

gosto dela e lamento por ela, mas tenho meus próprios problemas. E, de qualquer forma, ela tem que começar a superar isso. Uma coisa seria o amante casado dela ter ao menos um traço que o redimisse, mas ele não tem; ele traiu a esposa e os filhos, é um advogado incomumente severo (Brianna concorda — aparentemente, ele tem a consciência social de um rato) e é mestre na arte de manipular mulheres fracas e carentes. O que é que ele tem de bom?

16h
Outro longo telefonema de Brianna. Estou completamente esgotada.

18h
A campainha tocou agora há pouco. Era Brianna; eu conseguia ouvir a sua respiração pesada através da porta. Tenho vergonha de dizer, mas fingi estar dormindo.

18h10
Brianna acaba de ligar do celular e perguntou se eu estava bem, dizendo-me que ficou preocupada quando não respondi à campainha... Tentei escapar dizendo que tinha ido dormir, xingando-me em silêncio por ter atendido o telefone. Ela perguntou se podia vir; parecia tão arrasada e perturbada que tive de concordar. Pelo menos ela se ofereceu para trazer uns potes de sorvete Super Fudge Chunck Ben & Jerry. Com um vidro de calda de chocolate.

Meia-noite
Tom acabou de expulsar Brianna. Ele a fitava com uma expressão cada vez mais ofendida nas últimas duas horas,

enquanto ela oscilava interminavelmente entre exaltar as virtudes do HC (ele era "carinhoso", o que se traduz por ele ter comprado uma pulseira turquesa da Tiffany para ela no último aniversário) e catalogar seus defeitos físicos (a mulher dele tinha razão sobre o corpo de meia-idade, ela agora admite; a barriga dele está se projetando para fora enquanto o cabelo bate em retirada). Ela não pareceu registrar os bocejos imensos, nem o fato de que a certa altura eu realmente dormi durante a conversa (um nome inadequado, porque não houve conversa nenhuma; ela falava, nós ouvíamos em silêncio, as pálpebras abertas com palitos de fósforo). Por fim Tom se levantou e disse educadamente, mas com firmeza — em cada centímetro o advogado educado e experiente —, que *eu* precisava descansar e *ele* tinha que trabalhar cedo amanhã. Ela pareceu meio surpresa, mas Tom a retirou habilidosamente da poltrona e a colocou porta afora antes que ela tivesse a oportunidade de perguntar — e eu sabia que perguntaria — se poderia ficar em nosso quarto de hóspedes esta noite. Jeanie no quarto do meu filho, tudo bem; todos os outros, definitivamente, *não*.

16

Quinta-feira, 7h
Não dormi esta noite — talvez eu ainda esteja preocupada com a crise de Brianna, talvez eu esteja empolgada demais com a chegada de Jeanie esta noite. Qualquer que fosse o caso, minha noite foi cheia de sonhos alucinógenos estranhos; a certa altura acordei com um suor quente encharcando minha coluna, convencida de que dera à luz trigêmeos com cabeça de gatos.

    E minhas pernas estão começando a protestar por sua nova falta de propósito. Os tendões gemem, os ossos resmungam, as articulações recusam-se a cooperar quando rolo e torço os tornozelos para tentar forçar o sangue para meus pés gelados. E depois tem a cãibra, esse pavor inesperado e noturno da gravidez. Eu me pego agarrando-me à consciência porque meu corpo sabe que, dormindo, posso apontar os dedos dos pés para baixo e dar início a uma dor que certamente é tão ruim ou pior do que a do parto. (Ou, se não for, alguém me deixe sair desse trem.)

8h
Bri acaba de ligar *de novo*. Ela me diz que vai ficar em casa o dia todo e chorar, a não ser que eu possa lhe dar um

motivo para se levantar. A verdade verdadeira é que eu não posso. Depois de cinco minutos, fingi que tinha de ir ao banheiro. Desculpe, Bri.

10h30
Jeanie deve estar no portão de embarque dela no Heathrow agora. Provavelmente estão entrando no avião. Espero que ela tenha se lembrado de comprar uma garrafa de água a mais para a viagem; eu *disse* a ela que fizesse isso.

Meio-dia
O avião de Jeanie decolou — estou seguindo seu progresso pelo site da Virgin Atlantic. Parece que ela vai chegar no horário. Faltam umas sete horas para ela passar por nossa porta.

Brianna ao telefone mais uma vez, então eu usei de novo a desculpa "tenho que fazer xixi". Vai ficar manjada, mas o que posso fazer? Não posso usar "estou saindo de casa agora" nem "estou no meio da preparação do jantar" enquanto me encontro de repouso absoluto e simplesmente não aguento mais — não, não, *não* — ouvir falar do assunto HC. Sinto-me numa armadilha. Quando Jeanie chegar, terei de pedir a ela que comece a selecionar meus telefonemas.

Meia-noite
Jeanie e eu falamos sem parar nas últimas cinco horas — sobre tudo: a gravidez, Alison, nossa mãe, o ateliê, o curso dela — tudo. É tão bom vê-la. Quase vale a pena estar de repouso para enfim tê-la aqui comigo.

17

Domingo, 16h
O melhor de ter Jeanie aqui:

- Ela é uma cozinheira *excelente*, e eu estava ansiando por uma comida caseira (jantamos comida delivery toda noite desde o primeiro dia em que fiquei de repouso. Manhattan pode ter alguns dos melhores restaurantes do mundo, mas há um limite para a quantidade de gordura saturada que uma mulher pode comer). Ontem à noite ela fez lasanha de espinafre, na véspera comemos caçarola de pato e ela fez uma panela grande de sopa de maçã e cenoura-branca para o almoço de hoje. Ela prometeu fazer mais e deixar no freezer antes de ir embora, junto com alguns rolinhos de trigo integral. Nham.
- Ela é a única de minha família de que Tom realmente gosta.
- Tenho um motivo para dispensar Brianna sempre que ela telefona ("Desculpe! A Jeanie está me chamando, preciso desligar...").

(Coitada da Bri, parece que ela se sente abandonada por mim, agora que Jeanie está aqui — o que, com toda a sinceridade, eu acho que aconteceu. Mas depois de alguns dias sem Brianna e sem lágrimas, estou pronta para encará-la novamente, então pedi que ela viesse na terça às sete para conhecer Jeanie. Com sorte, a presença de minha irmã a obrigará a colocar uma pedra nesse assunto um pouco e de qualquer modo ela só pode ficar uma hora porque o HC a convidou para tomar uns drinques e "conversar sobre as coisas".)

O pior de ter Jeanie aqui:

- Aparentemente ela já sabia tricotar. Não sei se gosto do fato de que minha irmã mais nova é mais inteirada nas artes femininas do que eu. Ela já é uma cozinheira muito melhor. ("Tornar-se competente nas artes femininas" é outro item na Lista de Coisas a Fazer Antes dos Trinta da Mulher Moderna. Quero que meus filhos cresçam num lar onde a despensa é abastecida de geleias caseiras luminosas e chutneys âmbar e suculentos em vidros cintilantes.)
- Estou dormindo terrivelmente mal e *desejando* ter uma noite sozinha na cama, mas Jeanie está no quarto de hóspedes e não posso expulsar Tom.
- Jeanie liga para Dave pelo menos uma vez por dia e sussurra amorosamente com ele até me dar vontade de vomitar.

18

Terça-feira, 21h
Jeanie foi tomar uns drinques com uma colega de escola que se mudou há pouco tempo para o Brooklyn, portanto tenho alguns minutos para escrever os acontecimentos desta noite...

Às seis e meia a campainha tocou e eu pensei: meu Deus, Brianna chegou cedo, assim ela pode passar uma meia hora a mais tagarelando monotonamente sobre o HC. Mas não — era a Sra. Gianopoulou acompanhada de Alexis, o sobrinho-neto (eu esqueci completamente que eles iam passar aqui com a última carta do senhorio).

Vamos começar pelo princípio: Alexis pareceu muito legal, o tipo de pessoa que você adoraria que ensinasse seu filho de 10 anos. Ele é meio parecido com Noah Wyle — bom, como Noah Wyle seria se tivesse uma avó grega. Ele tem olhos claros e tímidos, pele morena de sol e cabelos dourados soltos, e se veste com muito estilo para um professor de ensino médio, com jeans Diesel e camisa Paul Smith. Aposto que todas as alunas têm uma queda por ele. (Eu mesma quase tive uma queda por ele, só que é difícil ter desejo sexual por um estranho quando mal se pode vê-lo do alto de sua barriga.)

Ele me deu a carta, e logo percebi que ele a entendeu muito melhor do que a Sra. Gianopoulou pensava. Na verdade, ele estava dolorosamente pouco à vontade de pedir meus conselhos; entendeu de imediato que eu não estava agindo como advogada e, quando a Sra. G. saiu da sala para usar o banheiro, admitiu que havia meses estava tentando convencer o grupo a levantar dinheiro para contratar seu próprio representante legal, oficialmente. Mas os moradores mais antigos não estão dispostos a contribuir com dinheiro (para ser justa, eles não têm muito) e eles não entendem por que Alexis não pode lidar com o senhorio sozinho.

Alexis, empoleirado na beira de nossa poltrona de couro, passa os dedos pelo cabelo com uma exasperação profunda e antiga.

— Não me leve a mal, eu fico feliz em ajudar, sabe? — disse ele. — Mas para o pessoal mais velho, já que tenho uma boa educação americana, eu devia ser capaz de tomar toda a corporação Randalls, salvar a casa de todo mundo e garantir-lhes uma aposentadoria feliz e tranquila. Tento assinalar que não é assim tão fácil... eu não tenho nenhuma formação em Direito, só estou usando o bom senso... mas eles agem como se eu estivesse tentando extorqui-los. Sei que não é justo com você, mas se puder ler a carta e me dar algumas dicas, dizer-me o que acha... eu agradeceria muito.

Coitado, pensei. Que responsabilidade. (Ele descruzou as pernas nesse momento e eu me vi encarando disfarçadamente o volume em seus jeans pretos, mas depois o bebê chutou, me censurando. Meu surto mínimo de hormônio passou levemente.)

Suspirei e li a carta rapidamente. Explicava que a Randalls contratou a Environment First, uma empresa privada de inspeção ambiental, para avaliar o mofo em dezembro do ano passado. A Randalls incluiu um sumário do relatório nessa carta. A Environment First encontrou evidências de *Stachybotrys atra* (mofo negro) junto com *Aspergillus ustus* e *Penicilium fungi* em todo o prédio. Aparentemente, houve uma série de catastróficas infiltrações de água nos últimos dez anos, que provocaram as infestações iniciais do mofo; grande parte do material de construção usado na década de 1940 — tijolos do teto e assim por diante — contém celulose, e isso deixou o prédio particularmente suscetível ao desenvolvimento do mofo. Praticamente todos os apartamentos têm mofo e os do térreo (onde há um cano estourado há uns dois anos) estão particularmente afetados. O custo da limpeza seria quase certamente maior do que o custo de destruir o prédio e construir um novo, então a Environment First "recomenda a evacuação imediata dos apartamentos e sua demolição subsequente" (a frase do relatório estava citada na carta em negrito, corpo 14).

À luz desses fatos, concluía a carta da Randalls, os aluguéis não serão renovados e os inquilinos são solicitados a sair no prazo de noventa dias após a expiração de seu contrato de aluguel. Cada apartamento receberá uma soma razoável pelos custos de recolocação e acomodações alternativas adequadas serão providenciadas em outro imóvel de propriedade da Randalls. Atenciosamente, Coleman e Elgin Randall.

Junto com a declaração da Environment First havia uma cópia desfocada de uma nota da Divisão de Habitação e Reforma Habitacional de Nova York, a DHCR, reconhecendo o recebimento da solicitação de demolição do prédio da Randalls.

Li tudo isso e sacudi a cabeça com tristeza. Dados os custos crescentes de litígio por parte dos moradores que querem a restituição dos custos de saúde por viverem num prédio com mofo, é difícil culpar o dono de uma propriedade que assume tão seriamente as responsabilidades ambientais, pensei. Os moradores estão ferrados. Se o prédio precisa ser demolido, ele deve ser demolido. Não há nada que eu ou qualquer pessoa possa fazer, embora eu possa recomendar um advogado que assegurará que os inquilinos recebam uma compensação razoável.

Mas depois parei; uma ideia tortuosa feito uma minhoca abria caminho em minha consciência. Faltava uma coisa. Esta não é minha área, mas — onde estava a ordem *aprovando* a solicitação de demolição? Encarei solenemente as profundezas do envelope pardo da Randalls. Reli a carta, procurando por uma referência, um comentário de passagem. Nada. Roí a caneta pensativamente enquanto Alexis me encarava, cheio de esperança. A Environment First é uma empresa de inspeção privada e as empresas privadas não têm autoridade para obrigar a uma demolição. Para destruir um prédio habitado por moradores *em apartamentos de aluguel controlado,* a Randalls precisa dar a todos os inquilinos uma cópia da notificação da Divisão de Habitação aprovando a demolição.

Era tão simples, tão banal, que parei por mais um momento; depois perguntei a Alexis se ele vira alguma declaração oficial de condenação em alguma altura do processo e ele me disse que não; nesse momento a Sra. G. voltou do banheiro e ele lhe perguntou em grego se ela ouvira alguma coisa a respeito disso. Ela deu de ombros, baixou os cantos da boca e disse: Não, nunca. Bom, eu disse, talvez não se possa impedir a demolição para sempre, mas eles não podem expulsar seus amigos sem a notificação de aprovação da DHCR. Talvez ela realmente exista, talvez a Randalls simplesmente tenha se esquecido de anexá-la à carta, mas ainda assim, sem ela, pode-se segurar as coisas por um bom tempo.

— A propósito, não creio que você se lembre do nome dos advogados da Randalls, lembra-se? — perguntei.

Alexis sacudiu a cabeça, depois olhou para a Sra. G., que torceu o nariz.

— Acho... que recebemos uma carta certa vez de Smith e... alguém, e o Smith falava engraçado, entende? — disse ela, insegura. Eu assenti.

— Smyth & Westlon, eu os conheço — eu disse. — Eles trabalham muito com despejo. Tudo bem, mande para eles uma cópia de sua carta também, Alexis, isso deve ajudar.

Alexis, segundo percebi, assumira uma expressão dura e ansiosa.

— Quer que eu escreva para a Randalls e para os advogados, perguntando a eles onde está a notificação de aprovação da... DC... a DH... a sei lá o quê, não é? Qual é o nome mesmo... espere, preciso de uma caneta... depois talvez você possa me falar o que dizer a toda essa gente...

Eu o olhei vasculhar o bolso do casaco, atirado nas costas da poltrona, por um ou dois segundos. A Sra. G.

me pegou olhando para ele. A expressão dela era cheia de significado. Eu suspirei.

— Alexis, não se preocupe com isso, está bem? — eu disse gentilmente. — Vou escrever tudo para você. Na verdade, vou preparar um esboço de uma carta declarando que os moradores não sairão antes de receberem cópias da notificação oficial, então você pode adaptar como quiser, dar à Sra. G. e ela pode assinar. E vou colocar também o endereço da Smyth & Westlon. Tudo bem?

— Ah, isso seria *ótimo* — disse Alexis encantado, ruborizando de alívio. Ele trocou um aperto caloroso de mãos comigo; a Sra. G. assentiu para mim, aprovando. Enquanto eles se levantavam para ir embora, a campainha tocou. Dessa vez era Brianna, que esbarrou com Alexis na soleira da porta, olhou duas vezes, corou, baixou a cabeça e empurrou uma mecha de cabelo escuro para trás da orelha, expondo a frente e a lateral do pescoço de pele de pêssego. Os feromônios ainda formigavam no ar meia hora depois de ela ir embora.

19

Quarta-feira, 16h
Acabamos de voltar do consultório da médica — Jeanie me levou esta semana, assim Tom poderia dedicar mais tempo ao trabalho. Ele está ajudando a finalizar os detalhes de um imenso acordo de 300 milhões de dólares para um centro comercial no centro da cidade (a Crimpson tem um dos maiores departamentos de negócios imobiliários da cidade). O tempo está horroroso; é um daqueles dias em que as nuvens se esparramam pelas calçadas envolvendo tudo numa névoa cinzenta, suja e úmida.

Antes de tudo, Cherise, a técnica louro-acinzentada, fez o de sempre. Olhei o bebê no monitor por alguns momentos, depois me deitei de costas e olhei a sala de exames escura. Cherise colocou coisas na mesa de exames que claramente deviam manter entretidos pacientes de todas as idades e dos dois sexos — um móbile de três galinhas de papel-cartão numa corrente, quatro postais em preto-e-branco de motos Harley Davidson e uma página de "Pode e Não Pode" da *Marie-Claire* (evite blusas sem alça se tiver ombros redondos, camisetas decotadas aumentam seios pequenos, blusas de cintura baixa ajudam a esconder uma barriga grande. Nada sobre esconder queixo duplo e tornozelos roliços, segundo percebi).

Depois de dez minutos sondando, esfregando e empurrando, Cherise me disse simplesmente — tinha de acontecer — que meu nível de líquido havia caído.

Weinberg estava consultando um livro intitulado *Gestações de alto risco e suas consequências* quando entrei em sua sala; ela abriu um sorriso luminoso, luminoso demais, enquanto deslizava *Gestações de alto risco* discretamente para baixo do exemplar mais recente da *Jewish Week*.

— Quero que venha na sexta-feira para uma coisa chamada "teste sem estresse" — disse ela muito animadinha. — Um teste sem estresse verifica a força e a regularidade do batimento cardíaco do bebê; não é nada de mais. É só uma precaução. Tenho certeza de que está tudo bem. Mas... diga-me — acrescentou ela, o tom estudadamente despreocupado —, seu neném tem estado ativo nesta semana? Os chutes ainda são fortes?

É claro que eu sabia do que ela falava. Ele é saudável, ele vai sobreviver? Para falar a verdade, não sei se este é "um neném ativo" ou não. Há dias em que eu sinto chutes tão fortes que me deixam sem fôlego, outros em que não sinto quase nada, só um arranhar mínimo na pélvis, a mais leve palpitação sob as costelas. O que isso quer dizer?

Estou preocupada que meu líquido tenha caído porque — para ser completamente franca — eu estou me movimentando mais desde que Jeanie chegou. Sim, eu a faço encher meu jarro de água e me trazer o café-da-manhã e o almoço, mas não consegui resistir à tentação de levá-la para um pequeno passeio por nosso quarteirão no dia em que ela chegou. Ela tentou me impedir, é claro, mas eu joguei a carta "eu sou sua irmã mais velha e sei o que estou fazendo". E era um dia anormalmente quente, o que restava da neve derretia na luz de um céu azul-claro. Então agora eu me sentia culpada, preocupada que minha perambulação de dez minutos pelos bares, restaurantes e hortifrutis locais tenha colocado a vida do bebê em risco. (Ainda não contei a Tom sobre o passeio e isso tem pesado muito em minha consciência — terei de admitir esta noite, quando contar a ele o resultado dos exames de hoje. Ele pode ser assustador quando fica com raiva, recorre àquela coisa horrível de advogado-em-tribunal que nunca dominei. "Apresento aqui a Prova A, um rolo de papel higiênico vazio. Pode explicar, por favor, como é que este rolo de papel higiênico vazio não foi substituído pela Prova B, o rolo cheio, que fica no armário do banheiro, como mostra o mapa C? E então?")

Jeanie evidentemente concluiu, antes de vir, que toda a história de repouso absoluto era ridícula, mas a ida ao consultório de Weinberg hoje parece tê-la feito mudar de ideia. No telefone, há uma ou duas semanas, ela me disse animadamente: "Sabe o que eu acho, Q? Em outra época, você nem saberia nada sobre esse oligo-sei-lá-o-quê e teria gerado um filho completamente saudável em três meses." Mas na sala de ultrassom hoje, enquanto víamos o bebê curvado sobre alguma coisa que parecia a câmara de tortura Little Ease da Torre de Londres, ela buscou minha mão. Vi sua expressão abalada. "Diz na tela que a cabeça do bebê está no vigésimo percentil", sussurrou ela para mim a certa altura, insegura. "Isso é normal?"

Ela vai embora amanhã e estou nervosa com a ideia de ficar sozinha o dia todo, todo dia. Mas não estou *inteira-*

mente triste que ela se vá. Não quero mais ter que segurar as pontas para ela — quero que *ela me* tranquilize, e não o contrário. Quando chegamos em casa, ela ficou dizendo coisas positivas que estavam prestes a fazer com que eu me sentisse melhor, mas estragava todo o efeito transformando-as em perguntas. "Acho que a médica foi muito otimista sobre seu problema... Não foi?", disse ela, olhando minha barriga com ansiedade. "Sei que o bebê é meio pequeno, mas o tamanho não significa grande coisa... Ou significa?" E depois, hesitante: "Vai ficar tudo bem, não é, Q? Não é?" É esse o problema de ser a filha mais velha. Você sempre tem que ser a adulta nessas situações. Dei um sorriso brilhante para ela. É claro que vai ficar tudo bem, eu disse com firmeza. É claro.

Outra vantagem da partida de Jeanie: estou louca para mandar Tom para o quarto de hóspedes, assim posso ter a cama só para mim. Meus olhos estão avermelhados, a pele do rosto parece ter se esticado num bocejo interminável. Minhas pernas doem, meus quadris doem, meus joelhos doem, minhas costas doem, minha cabeça dói. Quero dormir por mil anos.

20

Sexta-feira, 10h
Jeanie foi embora ontem às quatro da tarde para o aeroporto JFK. No fim do dia despachei Tom para o quarto de hóspedes, transformei nossa cama de casal numa zona de conforto para uma gestante (travesseiros em cada membro) e me acomodei para desfrutar uma longa noite de sono ininterrupto.

    Mas não foi o que aconteceu. É verdade que, graças à ausência de Tom, eu finalmente podia abrir as janelas e desfrutar a temperatura abaixo de zero de uma noite de fevereiro em Nova York (meu corpo grávido parece pensar que está numa onda de calor guatemalteca), mas *ainda assim* não consegui dormir. A dor aguda em meu lado esquerdo continua perto do insuportável. Táxis, bêbados e garis parecem conspirar para me manter num estado de quase consciência constante. A cada vinte minutos preciso entornar um barril de água para matar a sede saariana. Sempre que dormir parece ilusoriamente a meu alcance, ou eu tenho vontade de fazer xixi, ou uma ambulância passa freneticamente aos berros e eu sou jogada num despertar quente, doloroso e de pálpebras pesadas.

Então passei grande parte da noite olhando nossas paredes cor de lavanda — ou melhor, olhando o cinza dar lugar ao roxo com o amanhecer — exatamente como fiquei olhando esta mesma batalha lenta de cores toda noite nas últimas intermináveis semanas.

Pelo menos hoje de manhã Tom parecia mais humano — estava positivamente esquelético nas últimas semanas, os olhos verde-azulados cercados de preto. "Bom, Q, isso foi um progresso", disse ele animado, enquanto pegava o casaco azul-marinho e o cachecol no armário. "Assim posso dormir realmente sem você me chutando. Podemos continuar dormindo separados pelo resto de sua gravidez", acrescentou ele, sem perder completamente o ânimo, depositando um beijo leve em minha testa pegajosa. "Pelo menos assim vamos entrar descansados na vida de pais", concluiu ele, com um sorriso positivamente ensolarado enquanto pegava a pasta de couro marrom pesada e desaparecia pelo corredor, deixando um espesso cheiro de torrada queimada e geleia no ar.

Fiquei encarando a porta fechada por um bom tempo depois que ele saiu. É claro que continuo com aparência de zumbi, mas meu marido não pareceu perceber. Ele nem fez para *mim* uma fatia de torrada e geleia esta manhã ("Desculpe, querida, não percebi que estava acordada, pensei que estivesse dormindo." Até parece). Ele também se esqueceu, pela primeira vez desde o primeiro dia de repouso absoluto, de me preparar um sanduíche para o almoço e lanches (isto é, cookies, bolo, chocolates) para passar o dia. E por fim ele não mencionou — não sei se ele chegou a lembrar — que devia me levar à clínica esta tarde para o teste sem estresse. Bastou uma noite separados e ele já está soltando as amarras; ele se tornou *um deles*, uma pessoa "normal", que acorda de manhã e vai trabalhar, um cara comum com uma vida comum. Enquanto isso eu fico deitada aqui hora após hora, sem nada separando a manhã da tarde, o dia útil do fim de semana. Nunca me senti tão só.

Tom se foi, Jeanie se foi, e estou sozinha. Sozinha com a lembrança da discussão horrível e idiota que tive com Jeanie pouco antes de ela ir para o aeroporto ontem à tarde. Foi a velha discussão, a mesma que temos tido nos últimos vinte anos, travestida de adulta. Ela me pediu que passasse uma semana com ela e Dave num chalé em Cornwall neste outono e eu deixei perfeitamente claro que não colocaria os pés numa casa onde ele estivesse. Ela ficou cada vez mais aborrecida e disse: Mas você vai ficar com Alison, embora odeie o Greg, então por que não fica comigo e Dave nas férias? E eu disse: porque Greg pelo menos toma banho e não tira meleca na frente da televisão — mas não vale a pena registrar o que eu disse, porque o que eu realmente estava tentando fazer era magoá-la. Fiquei olhando seus olhos abalados, fiquei olhando os cantos de sua boca tremerem e de repente Jeanie tinha 7 anos de idade, eu tinha 12 e estávamos brincando no jardim de nossa casa em Kent...

... Jeanie me seguindo pelo jardim cheio de rosas — Jeanie querendo minha atenção — Jeanie me pedindo que fosse brincar com ela — e eu pego o braço de Alison e a levo para ler revistas de adolescentes sob os arbustos de amoreira que cercavam o jardim. Eu vejo a expressão de pavor nos olhos de minha irmã mais nova e sinto um poder delicioso, percebo que posso fazer alguém se sentir pior do que *eu* quando minha mãe me fita com os olhos vagos — "Você é nova demais, é só um bebê, não pode brincar conosco, as maiores" — "Desculpe, Q, eu tenho coisas mais importantes para fazer, alguém tem que ganhar a vida por aqui, vá brincar sozinha, ou será que ainda não pode se divertir sozinha? Meu benzinho, você ainda é *muito* garotinha, ainda tem que crescer muito..."

Bom, agora Jeanie foi embora e estou diante da perspectiva das próximas dez semanas sozinha, dia e noite. Bem feito para mim.

Eu devia ligar para Tom para lembrá-lo da consulta. Mas talvez eu não ligue. Talvez eu peça um táxi para me levar à clínica. Isso será bem feito para *ele.* Ele vai se sentir culpado de verdade esta noite, quando eu contar que lutei para ir ao consultório da Dra. Weinberg sozinha, pestanejando à luz do dia, uma grávida pesada com tônus muscular minguante.

Meio-dia
Tudo bem, apague tudo o que escrevi antes. Um absurdo autocomplacente. Destaquei tudo e estava prestes a clicar no ícone da tesoura, mas fui impedida por minha necessidade compulsiva de registrar *todos* os meus pensamentos neste diário. De qualquer forma, Tom acabou de ligar; virá me buscar em dez minutos. Ele lembrou o compromisso a tempo e prometeu trazer um sanduíche de *prosciutto* e coração de alcachofra para meu almoço. *E* um cookie de chocolate.

19h
Estou digitando isto de um leito hospitalar.

Tom disparou porta afora para me comprar um jantar. A meu lado, em uma pequena mesa laminada, repousa a refeição que o hospital providenciou às 17h30, que parece inteiramente intragável. Uma carne viscosa escoa sumo em vagens fibrosas; também mandaram uma sopa de vegetais indeterminados, uma banana meio apodrecida e um cookie embrulhado em celofane (pelo menos eles fizeram uma coisa certa). Tom e eu ficamos nos olhando por sobre a carne que congelava rapidamente, depois decidimos reagir à inércia que parecia estar se fechando sobre nós. A comida, pelo menos, podíamos controlar. Uma grande pizza com tomate e manjericão e uma salada Caesar fresca devem chegar daqui a uns 15 minutos.

É engraçado que a coisa que fizemos esta tarde se chame "teste sem estresse". Foi o exame mais estressante que fiz na minha vida.

Começou razoavelmente bem. Eu me icei para a mesa de exames na sala de ultrassonografia e — eu conheço a rotina — puxei a blusa para expor a barriga. Cherise me cobriu com a gosma azul transparente de sempre, depois se acomodou na cadeira e verificou a posição do bebê e meu nível de líquido, que era o mesmo do outro dia. Tudo bem, pensei. Não vai levar muito tempo. Sairei daqui dentro de meia hora.

Depois disso, ela prendeu dois discos em minha barriga com cintas elásticas; um (rosa) media o batimento cardíaco do bebê, o outro (azul) verificava se eu tinha contrações. Depois me deu um copo de suco de laranja para provocar um pico de açúcar no bebê e disse que me acomodasse e esperasse. Examinei de novo a página do "Pode e Não

Pode" no teto acima da mesa de exame. Pode usar calças feitas sob medida com blusa de bordado inglês para um visual que seja ao mesmo tempo profissional e feminino. Não pode usar suéter de bolinhas se você é uma mulher peituda.

O som do coração do bebê encheu a sala. Um pano de fundo de silvos pontuados pelas melodiosas batidas regulares; *lub-dup, lub-dup, lub-dup.* Um número piscava em verde no monitor; 139, 142, 143, 145. A Cherise normalmente solene abriu um sorriso súbito e inesperado. Era uma boa leitura, admitiu ela; a taxa cardíaca do bebê parecia forte. Agora vamos registrar o que acontece quando ele chuta em reação ao açúcar. A Dra. Weinberg quer ver um batimento cardíaco variado, é o sinal de um bebê saudável. "Voltarei daqui a dez minutos para dar uma olhada em você", concluiu ela, e desapareceu no corredor. A porta grande bateu após sua passagem.

Tom e eu, de mãos dadas firmemente na semiescuridão quente, vimos a tela e o coração subir e descer delicadamente, 135, 132, 138, 142. Tom batia o pé no ritmo ("Que engraçado, Q, não sei por que você está tão preocupada"). Depois de alguns minutos, senti o bebê começar a chutar avidamente, vi as pequenas protuberâncias em minha barriga forçadas por uma mão ou pé errante e uma fração de segundo depois o batimento chegou a 150, 155, 160, 165. "Que ótimo, parece que conseguimos, por que não vai contar a Cherise?", eu disse a Tom, com um alívio imenso. Ele assentiu e foi para o corredor procurá-la.

Só que, segundos depois de ele sair da sala, uma coisa começou a acontecer. Silvo, siiiilvo, *lub—dup; lub———dup... lub————dup*; os espaços entre os baques aumentavam, os silvos pareciam um rio lento. E o número na tela caía rapidamente — 120, 118, 104, 97, 92...

... e agora estou em pânico, o número caindo como uma pedra, eu chamando por Tom enquanto massageava freneticamente a barriga e o corpinho duro e minúsculo enroscado por baixo de minha pele esticada. Não sei o que pensei que a massagem faria, mas queria fazer contato com meu bebezinho, dizer a ele que eu estava aqui e, por favor, aguenta! Aguenta!

Tom ouviu o som do batimento se reduzindo no corredor e correu com a cara esverdeada, a técnica um passo atrás dele. Ela deu uma olhada no monitor, depois ladrou para mim: "Vire de lado, AGORA! Temos de afastar esse bebê do cordão." Eu não conseguia pensar no que ela falava, mas me virei às pressas e nesse meio-tempo o monitor ficou em silêncio, ouvi a mim mesma gemendo "O que isso quer dizer? Ele está morto?" Cherise tirou os discos de minha barriga enquanto eu me debatia como um peixe recém-pescado, tentando de algum modo reiniciar o coração dele (como eu imaginei) enquanto ela deslizava os discos pela superfície de minha barriga — até que, "Fique parada!", disse ela enfim, com urgência. "*Ele não está morto*, o disco tinha escorregado do coração e perdemos o sinal, você deve ficar imóvel enquanto tento encontrá-lo" — e depois, de repente, ouvi de novo, desta vez alto, forte e claro, 130, 135, 137, 135. Os números verdes piscavam tranquilizadoramente para nós.

Tom desabou numa cadeira de plástico e enterrou a cabeça nas mãos; eu tremia violentamente. Cherise respirou fundo. "Agora fique de lado, está bem?", ordenou ela. "Deve ficar tudo bem, mas vou informar à Dra.

Weinberg, só por segurança. Voltarei daqui a um ou dois minutos."

Depois de um minuto de espera confusa, a Dra. Weinberg apareceu, sorriu brevemente para nós e examinou a longa tira de gráfico que era cuspida do monitor. Uma linha maluca media os picos e vales do batimento cardíaco do bebê; eu podia ver uma longa queda terminando em nada no final. Eu a encarei, querendo que ela me dissesse que isso era normal, que viam isso o tempo todo...

Só que, evidentemente, não foi o que ela nos disse. Ela se sentou ao lado da mesa de exame e pegou minha mão; eu a segurei com força, como se estivesse me afogando.

— Escute, *mein bubeleh* — disse ela gentilmente. — Acho que o bebê está com alguma dificuldade, acho que ele está comprimindo o cordão umbilical quando se mexe. O líquido amniótico é uma espécie de amortecedor entre o bebê e o cordão e você não tem o suficiente, *versth*? A queda no batimento me diz que ele não está recebendo oxigênio suficiente. Tenho que mandar você para o hospital.

E aqui estamos. Estou deitada numa cama estreita, presa a um cateter intravenoso, digitando em meu organizador eletrônico (que encontrei meia hora atrás nas profundezas de minha bolsa, graças a Deus, em algum lugar entre uma embalagem amassada de balas de hortelã e um monte de canetas sem tampa. Tom prometeu trazer meu computador amanhã). No canto da sala, um monitor pisca 130, 132, 145, 140.

21

Sábado, 2h
Tive vinte minutos de sono até agora.

Justo quando estava começando a perder a consciência há alguns minutos, uma enfermeira de nome Andrea entrou para ver meus sinais vitais. *Pressão sanguínea, pulsação, temperatura e você está com dor? Descreva sua dor numa escala de um a dez...* Juro que, quando sair deste lugar, vou parar de reclamar do repouso absoluto. Nunca mais vou reclamar de falta de sono. Nunca mais vou me queixar de ficar deitada sobre o lado esquerdo. Eu não sabia como era bom até hoje. Os hospitais *são uma verdadeira merda.*

O monitor me apavora. Não consigo tirar os olhos dele. Sempre que o número verde começa a cair no escuro, eu fico rígida de medo.

3h
O batimento cardíaco do bebê acaba de despencar. Percebi a queda (*lub————dup; lub————dup*) e, em pânico, toquei meu botão de chamada; Andrea apareceu e me disse, num tom tranquilizador, que não me preocupasse,

ela estava de olho no monitor da estação de enfermagem. "Não é uma ótima leitura, mas também não é terrível", disse ela, com um toque irlandês na voz; ela jura que virá e me ajudará a passar para uma nova posição, que afaste o bebê do cordão umbilical, se o batimento cair perigosamente. O que acontece quando ela está ajudando a mulher com trigêmeos na sala 27? Aumentei o volume do monitor, apesar das solicitações de Andrea, para verificar o bebê sem ter de me retorcer na cama para ver a tela. Sou a mãe dele, tenho de mantê-lo em segurança.

22

Sábado, 4h
No escuro, ouço seu coração bater. *Lub-dup. Lub-dup. Lub-dup.*
    No escuro, *ele* ouve *meu* coração bater. *Lub-dup. Lub-dup. Lub-dup.*

23

1h
Há menos de 24 horas eu estava em casa. Trinta e seis horas atrás, Jeanie estava aqui. Inacreditável. Parece que estou neste hospital há um século. Minha vida encolheu a este quartinho, a uma cama de metal estreita e um monitor que bipa, a uma barriga branca, pesada e esticada.

Trouxeram-me o café-da-manhã lá pelas 8 horas e devo estar perdendo o juízo, porque caí de boca na omelete borrachuda e no leite ultrapasteurizado na caixa de papelão com completa alegria. Acabei com todo o conteúdo da bandeja em menos de 5 minutos. Sou uma gestante faminta — esta é a minha única desculpa.

Quando estava lambendo o último bocado de batata frita e fria do meu garfo, um residente jovem com uma cabeça redonda e raspada entrou e examinou o impresso do monitor. Deu de ombros. "Isto não é de todo ruim", disse-me ele; "só um período de desaceleração e o coração do bebê recuperou o ritmo rapidamente. Na verdade, é muito tranquilizador. Podemos lhe dar alta nos próximos dias", disse ele despreocupadamente enquanto desaparecia pela porta para ver a mulher dos trigêmeos no 27.

Fiquei ali encarando-o de boca aberta. A noite toda fiquei imaginando horrores — morte, dano neurológico, incapacidades permanentes — e agora alguém me diz que o bebê afinal pode estar bem! Aliviada, liguei para Tom para contar as boas novas; ele me disse que está organizando as coisas para poder tirar uma hora esta tarde e ficar comigo. Ficou muito satisfeito consigo mesmo por pensar nisso ("Não é fácil de conseguir, Q, mas eu expliquei a Phil, o sócio sênior com quem estou trabalhando neste acordo, que é muito importante"). Não consigo deixar de refletir que era o mínimo que ele podia fazer. Sócio uma ova, quero alguém segurando a minha mão.

11h30
Dez minutos atrás, alguém autodenominado "médico assistente" entrou de um rompante. Antes que eu entendesse o que estava acontecendo, meus joelhos foram escancarados para o teto e um estranho remexia lá embaixo com uma coisa que parecia (e assim senti) um garfo de prata pontudo. Depois de cinco minutos extremamente desagradáveis, para não dizer deselegantes, o estranho tirou as luvas de látex vagamente sexuais e me disse monotonamente que "não estava tranquilo" com a condição do bebê. Ao contrário do residente animado, ele concorda com a Dra. Weinberg de que o bebê pode estar espremendo o cordão em períodos de atividade e ele quer continuar o monitoramento contínuo. Antes de sair, sacou um folheto agourento sobre tratamento esteroidal do bolso direito do impertinente jaleco branco.

"Se acharmos que o bebê não está prosperando aí dentro, vamos induzir o parto, apesar da probabilidade de os pulmões de seu filho não estarem formados", disse-me ele num tom neutro. "Os esteroides vão acelerar o desenvolvimento dos pulmões e lhe dar uma probabilidade melhor de sobrevivência, mas ele vai precisar permanecer na unidade de tratamento intensivo nas primeiras semanas." (Isto com toda a emoção de alguém indicando a necessidade de um tratamento moderadamente sério para as unhas dos pés.)

Ele me deixou completamente confusa. Estou perturbada com as diferentes opiniões a respeito de meu problema; todo mundo parece ter sua própria visão de como meu bebê está. Francamente, estou cada vez mais convencida de que ninguém sabe que diabos está acontecendo ali. Por que eu tenho este problema? ("Existem muitos motivos possíveis", disse-me o assistente judiciosamente. "Mas, na verdade, não fazemos a menor ideia.") Meu filho será saudável? ("Não sabemos a resposta para isto também", admitiu ele.) Qual é o problema com meu útero? Isso vai acontecer novamente? ("Próxima pergunta", disse ele, enquanto voltava timidamente da porta.)

~~Ele me disse que meu filho terá~~ pouco menos de 1,5kg se tiver de nascer esta semana. É mais leve que meu laptop.

Preciso me acalmar.

Tom ainda não está aqui, mas que droga; então, desesperada, liguei para minha mãe. Isto, é claro, foi um erro.

"A Jeanie me contou sobre o passeio que vocês deram", disse ela cruelmente. "Q, eu perco as esperanças com você, é sério. Um dia você vai parar de se colocar em primeiro lugar! Um dia vai aprender sobre os sacrifícios que os pais fazem pelos filhos..."

Já basta, pensei, enquanto a voz dela sussurrava em meu ouvido. Então que sacrifícios você fez por *mim*?, interrompi com amargura. Quando foi que me colocou em primeiro lugar, precisamente? Quando eu tinha 6 anos e você me disse que eu não podia ter uma festa de aniversário porque você estava ocupada demais preparando-se para uma reunião com os auditores do banco? Ou quando eu tinha 10 anos e você cancelou minhas aulas de balé porque estava cansada de dirigir pela cidade até o estúdio? Ou talvez quando eu tinha 15, quando você se esqueceu de ver minha apresentação no fim do concurso nacional de leitura de poesia e culpou sua secretária por não lembrá-la?

Eu fiz todo tipo de sacrifício por você, disse ela numa fúria pasma, e eu só tinha uma agenda e minha secretária estava encarregada dela. É claro que foi minha culpa perder o concurso, você não acha que eu queria isso, não é? Nem acredito que você *ainda* traz esse assunto à baila! E o que eu devia fazer com as aulas de balé, três crianças querendo coisas diferentes, se não era o balé era o trombone ou o maldito triângulo, eu não conseguia dar conta de tudo e o miserável do seu pai nunca aprendeu a dirigir...

Meu Deus, gritei ao telefone, não me venha com essa, você encontrou tempo para turnos de 16 horas por dia no trabalho, podia ter me levado 15 minutos até o balé! Papai pode não ter sido capaz de dirigir, mas pelo menos estava em casa para nos dar banho à noite! No dia em que você me disse que eu não podia ter a festa de aniversário, ele me deu uma sozinho, se vestindo de palhaço e me servindo gelatina verde e sorvete com *muffins*. Nunca me esqueci disso, é uma das lembranças mais felizes de minha infância. Não acho que você tenha estrelado qualquer uma *delas*, vou lhe dizer...

E depois parei, porque as coisas estavam saindo de controle. Eu não podia acreditar no que acabara de falar e acho que ela tampouco pudesse. Houve um longo silêncio.

"A filha de June Whitfield diz que seu hospital tem uma unidade excelente de obstetrícia e instalações incríveis de UTI neonatal", disse ela, de repente e inesperadamente. "Mundialmente famosa, ao que parece", continuou ela, com um aperto no fundo da garganta. "É mesmo um alívio de verdade saber que está em boas mãos, Q!"

Não consigo expressar como fiquei surpresa com essa declaração. Além de eu achar que ela estava prestes a me deserdar, nunca esperei ouvir minha mãe descrever uma instituição de Nova York como alguma coisa além de a) corrupta ou b) incompetente. Fiquei em silêncio.

Cinco minutos depois, descobri que estávamos numa conversa perfeitamente amigável sobre meu filho, meu tratamento e a histerectomia da filha de June Whitfield. Por algum motivo, minha mãe recuou desta vez, Deus sabe por quê. Será, pelo menos uma vez, que ela decidiu não brigar comigo por causa das circunstâncias? Será que ela estava priorizando a mim e minhas necessidades?

Meia-noite
Tom acabou de sair. No fim das contas, ele não conseguiu tirar uma hora nesta tarde (no último minuto soube que tinha de redigir de novo uma cláusula no acordo, segundo ele me disse), mas ele chegou a meu leito às dez e meia com meu laptop e três grandes sacolas de papel pardo cheias de junk food: pizza, chips, biscoitos, bolo. "Desculpe, Q", disse ele enquanto entrava correndo no

quarto, meio sem fôlego, "mas isso deve fazer você se sentir melhor! Eu corri até o mercadinho da esquina e comprei um carrinho cheio de porcaria. Não tem uma só vitamina à vista." Eu apreciei a ideia, embora agora, depois de três mil e quinhentas calorias de gordura e carboidratos, eu esteja enjoada. E preciso fazer xixi, mas não consigo enfrentar a luta de me desprender do monitor e me arrastar com minha intravenosa pelo piso frio até o banheiro. Além de tudo, eu fico nervosa que alguma coisa vá acontecer enquanto estiver fora do monitor, que o coração de meu filho reduza seus batimentos *sem que eu saiba*.

24

Domingo, 4h
Acabo de ter um pesadelo. Sonhei que estava no hospital, em sério risco de dar à luz meu filho dois meses e meio antes. Acordei e, grogue por alguns minutos, pensei: está tudo bem, Q, foi só um pesadelo, você está segura em casa! Depois ouvi os sons abafados da atividade no corredor, vi a luz branca brilhando sob o batente de metal, senti a agulha intravenosa em meu pulso e os discos plásticos presos em meu abdome e percebi, com uma assustadora sensação de infelicidade, que era tudo *verdade*.

7h
Eu me sinto um nojo. Não tomo banho há dois dias. Meu cabelo está grosso e oleoso, minha cara está pegajosa e estou louca para usar alguma coisa que não tenha uma fenda nas costas. Além disso, não consegui tirar o sutiã desde sexta-feira, porque não consigo alcançá-lo por cima do cavalete de intravenosa. Tentei ontem à noite, consegui tirar dos meus ombros, por cima do tubo intravenoso e o frasco de soro, até o alto do suporte e depois descendo à base, mas, por mais que eu tente, não consigo passar

pelos quatro pés do cavalete de metal. O elástico se recusa teimosamente a esticar. Então aqui estava eu, agachada e rastejando no piso ladrilhado do banheiro, sem sutiã, com o avental do hospital nos tornozelos, desesperada para que a enfermeira (Eddie) *não* decida ver minha pressão neste momento.

Mas a boa notícia é que o bebê não teve nenhum problema real; seu batimento caiu um pouco lá pelas 5 da manhã, mas subiu à (Eddie gosta de chamar assim) "zona de conforto".

8h
A médica assistente de hoje só visitou e me disse que posso tomar um banho esta manhã.

Ela verificou o impresso do monitor e pareceu muito satisfeita com os resultados. Disse que a Dra. Weinberg estava preocupada que o batimento cardíaco do bebê estivesse caindo regularmente, para velocidades cada vez mais baixas, e até agora os exames do hospital parecem provar que, na realidade, isso não está acontecendo. Isto sugere que ele não está prejudicando seriamente o cordão umbilical quando se mexe — os lapsos ocasionais são toleráveis, ao que parece —, portanto, no todo, eles decidiram (esta palavra de novo) que estão "tranquilizados".

Estou muito aliviada, embora a assistente tenha dito que ainda é possível que me mantenham no hospital pelo resto da gestação. Daí, se o bebê tiver problemas, eles poderão agir rapidamente. Ao que parece, eles terão uma reunião para discutir esta possibilidade às dez da manhã de hoje. Fiquei dividida entre me sentir importante (uma reunião inteira só por *minha* causa! Um monte de médicos de jaleco branco falando sobre *mim*!) e aborrecida com essa raça irritante de gente que tem complexo de Deus tendo uma reunião sobre mim sem a minha presença. E Tom também, é claro.

Uns dez minutos depois, a assistente saiu e a Dra. Weinberg telefonou. Eu vou levar essa gestação a termo?, perguntei a ela. (Os médicos do hospital podem ter achado tranquilizador, mas eu ainda estou tentando me tranquilizar.) A termo? — *oy oy oy*, eu duvido, disse ela com uma expiração pesada que crepitou na linha. Vou ficar satisfeita se você completar 35 semanas. Pelo jeito, tudo indica que seu líquido vai se esgotar e seu neném estará melhor fora de você, em uma incubadora, se necessário. Mas ele pode conseguir respirar sem assistência e você certamente poderá amamentá-lo, lá pela trigésima quinta semana. Então vamos apostar nisso, está bem?

Então esta é a minha nova meta. Mais cinco semanas — 35 dias, 840 horas. Não é tanto assim. Mesmo que eu tenha de ficar aqui, presa a um monitor, não é tanto assim.

De repente, o bebê me parece real de uma forma que nunca foi, nem quando eu o vi, as perninhas remando, na tela de ultrassom de Cherise. Meus ouvidos estão cheios do som de sua existência, de sua vivacidade. Estamos deitados aqui, juntos, como dois companheiros, ouvindo o coração do outro bater. O amor lhe deu corda como um relógio de ouro, eu disse a ele. Isso é de Sylvia Plath. Um dia vou lhe contar tudo sobre ela.

O batimento cardíaco dele está confortavelmente alto neste momento; sinto que posso me arriscar a me desprender do monitor e tomar um banho.

9h
Estou limpa, estou nova. Nunca estive tão pura.

Isso é Sylvia Plath de novo, embora eu pense que no caso dela foi inspirado por outra coisa e não por um frasco de xampu de kiwi e lima e um sachê gratuito de condicionador de pera e creme, encontrados (por Eddie) debaixo do balcão do posto de enfermagem. Depois de me lambuzar com estes unguentos de aroma excessivo, sinto-me uma mulher totalmente diferente (embora eu tema ter o cheiro de uma salada de frutas gigante). Passei hidratante em minha pele, sequei o cabelo, pus sombra nos olhos (por que não?) e vesti uma bata limpa do hospital. Tudo bem, ainda tem uma fenda nas costas e uma estampa floral encantadora, mas pelo menos foi engomada e não tem mancha nenhuma de ketchup (é difícil comer fritas na cama). E eu me livrei de vez daquele sutiã irritante; meus novos seios redondos e maternos balançam sob a bata como duas focas bebês num saco. Meu menininho claramente está sentindo os efeitos do último cookie de chocolate, porque está chutando e se retorcendo; minha barriga ondula a cada movimento. Ele deve gostar de cookies tanto quanto a mãe.

16h
Tom acaba de sair.

Ele ficou aqui uns quarenta minutos, depois recebeu um telefonema de um dos sócios pedindo que voltasse ao escritório imediatamente. Eu o olhei falando ao telefone ("É mesmo? Não pode...? Não, entendo. Tudo bem. Mas tem certeza... Tudo bem. Sim. Tudo bem") e soube logo que estava acontecendo alguma coisa, que havia algo errado; seus olhos ficavam disparando para mim, depois desviando-se desconfortavelmente. No fim da conversa, ele fechou o telefone prateado, ainda sem me olhar nos olhos, depois disse que talvez tivesse de ir a Tucson dentro de algumas semanas para trabalhar com um dos maiores clientes do Crimpson numa série de aluguéis de hotel.

Eu arfei. *Tucson?* Se me mandarem para casa, como vou lidar com tudo sozinha? E se eu ainda estiver no hospital, como vou passar os dias sem ele?

Eu não podia acreditar no que ele estava sugerindo. Mal o ouvi dizer alguma coisa sobre a possibilidade de sua mãe vir para cuidar de mim ("Eu sei que não é o ideal, Q, mas ela quer se envolver mais em nossa vida, esta pode ser uma oportunidade real..."), eu recuei, justamente *Lucille*, meu Deus, ele estava falando *a sério*? Eu o encarei por alguns minutos em silêncio. Depois disse a ele que tentasse se livrar da viagem a Tucson. E antes que eu percebesse o que estava dizendo, perguntei se ele *realmente* tinha de ser sócio desta firma ou se ele pensava em mudar de emprego, para uma firma menor e de menos prestígio, uma firma que realmente deixasse o funcionário ir para casa no fim de semana e jantar com os filhos.

Ele estava parado junto ao pé da cama, remexendo na ponta da gravata de seda listrada, como sempre faz quando está estressado. Enquanto absorvia minhas palavras, ele olhou para mim por um ou dois segundos e em seus olhos vi muitas coisas: aflição, raiva, decepção, frustração — muitas coisas. Ele desviou os olhos novamente antes que eu tivesse tempo de decidir qual sentimento era dominante. Ele tem olhos maravilhosos — verde-azulados, da cor do mar, e a visão súbita deles fez com que eu me lembrasse novamente de que o amo (muito). Mas, mesmo enquanto me lembrava disso, as palavras pareciam estar tropeçando para fora de minha boca, palavras velozes se chocando no ar, explicando que alguma coisa tinha mudado, que de agora em diante eu queria sentir que ele me colocava *em primeiro lugar*. E quando tudo isso terminasse, depois que tivéssemos o bebê, eu ia querer sentir o mesmo.

Estou enjoada de nunca ver você, eu disse a ele, tomada de uma onda de emoção. Estou enjoada de ter a comida atirada em mim enquanto você desaparece pela porta — eu sou sua mulher, não um leão-marinho; o que devo fazer, engolir o peixe e bater palmas? Estou enjoada de espremer nossa relação em 15 minutos de manhã e 15 minutos à noite. Quero os fins de semana de volta, quero que sejam como costumavam ser, em nossos primeiros meses juntos. Quero me perder no Central Park. Quero ficar queimada de sol na praia Jones. Quero beber martínis perigosamente grandes e depois sentir cada um deles subir languidamente pelos pratos de jantar no L'Espinasse.

Depois de um ou dois minutos, ele se virou e se afastou da cama, indo se postar junto à janela. Eu o observei olhar a tarde de Manhattan passar. O barulho do trânsito era abafado pelo vidro grosso do hospital; lá dentro eu me sentia protegida do mundo atarefado do exterior. Estou parada e em silêncio, deitada aqui, enquanto eles correm ruidosamente lá fora. Até agora, só tinha pensado em como o silêncio e a quietude são opressivos, como são deprimentes, como são tediosos. Mas hoje percebo que, na verdade, gosto da sensação de estar silenciosamente encasulada aqui com o bebê. É claro que estou com medo e com tédio, mas prefiro não ter de organizar minha vida em acréscimos de tempo, em blocos computáveis de 15 minutos relacionados numa agenda de couro preto opressivamente grande. Quero passar pelo menos parte destes dias longos e cansativos respirando junto com ele, reaprendendo a ler seus pensamentos.

Tom me ouviu dizer isso com a cara meio escondida nas sombras alongadas de uma tarde severa de março. Ele passou muito pouco tempo no hospital comigo e de repente admitiu que tinha sido intencional. Ele descobriu que se preocupar comigo e pensar em mim foi incrivelmente cansativo neste último mês, disse ele, a voz tensa e fina. Saber que estou alimentada e num bom hospital foi um alívio, acrescentou ele, e enquanto ele se virava para ficar de frente para a cama, eu vi sua expressão de esgotamento. "Desculpe, Q, sei que é difícil para você", continuou ele. "Mas, meu Deus, é difícil para *mim*, acordar e ir trabalhar, fazer as coisas de sempre e me certificar de que você está bem provida. Quanto à Crimpson... Q, escute, eu quis esse emprego por *dez anos*. Estou tentando me tornar sócio de uma das maiores e mais importantes firmas da cidade. Estou trabalhando para realizar minha maior ambição na vida. Não me diga para sair, querida, por favor..."

Eu o fitei. Um cubo de gelo parecia estar derretendo, aos poucos, na boca de meu estômago. De repente ele se jogou ao lado da cama e pegou minha mão. "Q, eu te amo", disse ele, com sinceridade, olhando meus dedos.

"Eu te amo *demais*, você sabe disso. Mas nós sabíamos que ia ser difícil quando decidimos ter um bebê, não é? Concordamos que daríamos um jeito de conseguir, não foi? E é só o que estou pedindo agora, para fazermos o que dissemos que faríamos, alguns meses atrás..."

Mark e Lara ligaram cinco minutos atrás para dizer que vêm me visitar esta noite. Eu não os suporto, mas pelo menos eles vão me ajudar a desviar a mente disso.

8h

Aconteceu uma coisa extraordinária.

Trata-se de Mark e Lara, e...

Espere, vou contar a história na ordem de seus acontecimentos.

Mark e Lara chegaram às seis da tarde. Lara estava impossivelmente elegante com um terninho monocromático Chanel. Os vincos em minha bata floral de hospital murcharam só de vê-la.

— Sei que você sabe que estou grávida — disse ela, acomodando-se na banqueta deslizante da enfermeira ao lado de minha cama e tirando as botas de camurça rosa-claro e saltos gatinha. — Já estou com três meses — acrescentou ela, com um olhar casual para a barriga achatada. Peguei seu ar de presunção. Nessa fase, eu já estava confinada a saias de náilon com cós de elástico do supermercado.

— Sim, eu soube — eu disse com azedume. (O que é isso?, pensei. Dia de animar-as-gestantes-de-alto-risco-no-hospital?)

— É claro — continuou ela, balançando as pernas no descanso de pés da banqueta e fingindo um olhar de im-

portância —, a ocasião é péssima. Para nós, é difícil comemorar, evidentemente.
Isso foi meio surpreendente.
— Não precisa achar que meu problema... hã... vai impedir que *vocês*... hã — comecei, sem jeito.
Lara vibrou com uma risada.
— Ah, não, Q — disse ela animadamente. — Não quis dizer *você*! Eu me refiro a — pausa para refazer a expressão de importância — meu *pai*. Ele está muito doente, você sabe. Sim, é uma época de provação para minha família. Estar neste hospital... Bom, me traz de volta todas as dificuldades, para ser franca. Acho que terei meu filho numa maternidade; não posso lidar com o carma de hospitais, não depois do que passei...
Enquanto ela tagarelava sobre roupas para o parto, *doulas* e assim por diante, alguma coisa se agitava em algum lugar no fundo de meu cérebro. Com esforço, consegui situar uma lembrança de um telefonema tarde da noite há alguns meses, em que Mark perguntava a Tom se ele podia recomendar um cardiologista (o pai de Tom é cirurgião no Johns Hopkins). O pai de Lara tinha acabado de ter um ataque cardíaco e Mark tentava fazer alguma coisa de útil para ajudar.
— Foi um choque terrível para mim — eu a ouvi dizer. — Tomei antidepressivos desde que minha mãe ligou para me contar. Mas meu médico disse que não têm nenhum efeito sobre o bebê, e o mais importante para mim é ter paz. E acho que ele está certo, não é? Não posso ser uma boa mãe se não estiver bem comigo mesma...
Mark estava parado onde Tom ficara mais cedo, perto da janela, olhando as ruas de Manhattan. Eu podia ver a

careca incipiente na parte de trás da cabeça, a pele rosada aparecendo pelo cabelo ralo. Tom diz que antigamente Mark era muito bonito; eu não consigo acreditar, não éramos assim tão velhos, ele só tinha passado um pouco dos trinta...

Já estava escuro lá fora. Arcos de luz branca entremeada nas árvores cintilavam pelas calçadas movimentadas, iluminando a multidão que ia a seus variados compromissos.

Lara ainda falava.

— Mas, para ser franca... isso fica entre nós... eu não teria esse bebê se não fosse pela doença de meu pai. Então há definitivamente um raio de esperança nesta nuvem negra. Você deve saber o que quero dizer! — disse ela, com um riso horrendo.

Eu pestanejei.

— Como? — eu disse, confusa. — Acho que eu não...

Mark ainda estava parado em silêncio, as mãos no fundo dos bolsos do jeans azul. Não parecia estar prestando atenção em nossa conversa. Lara olhou para as costas dele, depois se inclinou para mim.

— Eu quis dizer que o bebê foi concebido *naquela noite* — murmurou ela em meu ouvido, com um sorriso torto de conspiração. — Na noite do ataque cardíaco de meu pai. Uma noite e tanto também; não acho que Mark pudesse me fazer esquecer uma coisa tão medonha, mas ele foi, bem, muito *exigente*, foi... hummm... simplesmente *emocionante*...

E ela começou a cochichar todo tipo de coisas sobre seus jogos sexuais na noite em que o pai adoeceu, sobre a fantasia antiga de Mark de vê-la num bustiê de veludo vermelho andando pelas ruas à noite e sua capitulação súbita...

Suas últimas palavras foram absorvidas alguns segundos depois de ela as ter pronunciado. *Um bustiê de veludo vermelho...* — meu bom Deus! ...

— Sim — continuou Lara, interpretando mal meu ofegar sufocado —, sei o que quer dizer. E não me importo de admitir que achei toda essa história *vulgar*, mas meu breve contato com a morte me deixou com uma sensação tão *impulsiva* e, para falar a verdade, Q, foi o sexo mais incrível que eu tive na vida. Mark teve um desempenho e tanto...

— Lara, pelo amor de Deus — interrompeu Mark; ele claramente tinha acabado de perceber o rumo que a conversa tomara. Tirou as mãos dos bolsos e as plantou firmemente nos quadris. — Que diabos está falando? — perguntou ele com uma expressão sombria e furiosa.

Lara soltou a risada torta de novo, depois esticou-se languidamente na banqueta.

— Ah, *meu amor*, não precisa ser tão tímido, afinal, estou lhe fazendo justiça! — disse ela, colocando (não estou inventando isso) o dedo mínimo na boca e mordendo a unha no que imagino que ela pense ser um jeito diabolicamente sensual.

Mark cruzou os braços firmemente.

— Não acho que Q esteja interessada em ouvir sobre nossa vida sexual, Lara, e é constrangedor para mim, portanto mude de assunto, está bem? — disse ele, o corpo rígido de irritação. Lara deu de ombros e me lançou um olhar divertido. Eu evitei decididamente seus olhos.

Eles foram embora dez minutos depois, mas não me lembro de uma palavra do que conversamos. As frases ficaram brincando na minha mente, frases que de início pareciam simplesmente clichês, mas agora adquiriam um brilho inconfundível de verdade: "Minha mulher toma antidepressivos..." "Ela é tão constrangida..." "O pai dela teve um ataque cardíaco..." "Não posso ir embora por causa das crianças..." E o bustiê de veludo vermelho, a causa do tormento da pobre Brianna — porque, sem dúvida, *Mark é o HC de Brianna!* Eles devem ter se conhecido no trabalho, quando Brianna era paralegal no escritório do promotor público de Manhattan. Eu nunca os teria imaginado juntos, mas eles certamente devem ter trabalhado no mesmo escritório na mesma época — e Brianna *me contou mesmo* que o amante era advogado com uma evidente falta de consciência social...

Se eu estiver certa, aposto que Mark terminou a relação não só por causa da gravidez, mas também porque nos últimos meses Lara assumiu uma nova visão das fantasias sexuais dele. A coitada da Brianna deve ter parecido muito dócil ao lado de uma resplandecente Lara de veludo e zibelina. Que homem quer uma amante que é mais sexualmente reservada do que a esposa?

Então o que devo fazer? Ligar para Brianna e dizer a ela o que descobri? Devo confrontar Mark? Ou devo contar a Lara? Risque a última opção, eu não pretendo expor Mark e Brianna a Lara. Brianna, porque somos amigas, e Mark, porque no fundo não consigo culpá-lo por sair com aquela filha de Satã de barriga achatada e bunda dura. Na verdade, é uma ironia: eu pensava que Brianna era a amante mais burra do mundo por engolir frases como "Minha mulher não me entende", mas pelo que vi... É a pura verdade!

Tom esteve me dizendo por anos que a busca obsessiva de Mark pelos infelizes pobres com dois gramas de crack no bolso do jeans não era característica dele. Como estudante de direito na Universidade de Nova York, ele era extremamente ativo na clínica de Direitos Humanos; sua metamorfose para promotor durão só aconteceu depois do casamento com Lara. Antigamente, a ambição de Mark era voltar para sua cidade natal, na Califórnia rural, montar a própria firma de advocacia e dar representação legal aos moradores pobres, num sistema de permuta, se necessário, mas Lara não queria nada disso. Ela nem pensava em sair de Manhattan e de qualquer modo tinha pouca simpatia pelos drogados ("Eles deviam aprender a se exercitar, é assim que *eu* fico alta."). Com o passar dos anos, Mark pareceu assumir a liderança, embora Tom sempre tenha suspeitado de que havia alguma coisa de ódio por si mesmo na transformação dele no tipo de pessoa que ele antes desprezava.

Tom pode ter uma percepção muito aguda das pessoas.

Tom — Tom. Não pensei nele por quase três horas. Estive me sentindo secretamente deliciada com os problemas no casamento de Lara e Mark, sentindo-me (para ser franca) bastante presunçosa porque o *meu* marido não está dando suas voltinhas pelas minhas costas e agora me ocorreu que, de certo modo, ele *está*. Ele pode muito bem estar tendo um caso com outra mulher, a julgar por todo o tempo e atenção que tem me dado ultimamente. O trabalho dele vem primeiro, ao que parece, antes de mim, antes do bebê.

25

Segunda-feira, 3h
Dolorosamente cansada, mas não consigo dormir. Andei pensando muito em Tom e em nossa conversa esta tarde. Talvez eu não esteja sendo justa. É verdade que nós dois sabíamos no que estávamos nos metendo quando decidimos tentar ter um filho; eu sempre entendi que Tom era tremendamente ambicioso. Na verdade, foi uma das primeiras coisas que amei nele. Ele me disse que queria se tornar sócio da Crimpson no dia em que nos conhecemos, quatro anos atrás, numa tarde quente de sábado, no início do outono (o tipo de tarde que fica na memória, quando o calor do asfalto se esgueira por seus joelhos como uma lambida de leão enquanto o bafo de um urso polar entra furtivamente por seu cabelo). Ele *tenta* me fazer companhia no jantar, mesmo que tenha de voltar ao trabalho. Ele me dá o máximo de tempo que tem. O que mais posso pedir?

E eu sei que ele pensa em mim e se preocupa comigo o tempo todo. Uma expressão tensa aparece em seu rosto sempre que ele me vê tentando me ocupar apenas com o laptop, algumas revistas surradas e um prato de comida. "Eu queria poder fazer isso por você", disse-me certa vez, a voz baixa, sufocada. "Queria poder carregar o bebê no seu lugar." E ele procura pensar em presentes para melhorar meu humor; uma noite, quando não conseguiu chegar em casa antes da hora de dormir, mandou um mensageiro me trazer um monte de lírios asiáticos gigantescos, delicadas estrelas brancas e douradas com estames em vermelho vivo. Em outra ocasião mandou uma caixa cheia de brownies; "Doces para o meu docinho", escreveu ele no cartão com a terrível letra de advogado.

Homens como Tom não aparecem o tempo todo, não mesmo.

3h30

Mas existem aspectos práticos a considerar. Vamos ter um filho. Será que devo lidar com nosso filho sozinha se ele acordar chorando no meio da noite e Tom ainda estiver trabalhando?

4h

Estou me adiantando muito; *existe* uma solução perfeitamente prática. Estarei de licença-maternidade no início, então é justo que eu lide com o bebê quando ele for recém-nascido. Depois vou contratar uma babá para o dia, e o bebê deve estar dormindo à noite na época em que eu voltar a trabalhar. Vai ficar tudo bem.

Será uma questão de conciliar, de equilibrar as necessidades de Tom com as minhas. (Não é o que sempre dizem as revistas e os programas de entrevista? Conciliação e comunicação, então tudo vai dar certo.) Vou dizer que ele tem de comer com nosso filho à noite e, depois disso, ele poderá cuidar de suas coisas.

4h15
A quem estou enganando? Segundo meus amigos, dormir a noite toda é o Santo Graal dos pais. A criança pode completar um ano antes que eu consiga descansar uma noite inteira. A não ser que Tom reduza o horário de trabalho e assuma uma parcela justa dos deveres noturnos quando eu voltar a trabalhar na Schuster, eu vou tropeçar com a vista turva e ser atropelada por um gari em certa manhã a caminho do escritório e isso será o fim de tudo.

Quanto à questão do jantar, só dará certo se nosso bebê gostar de espaguete à meia-noite. Tom *diz mesmo* que estará em casa em meia hora, mas depois ele esbarra em Phil, ou Ed, ou Ian, e passam-se três horas. Esta é a realidade de nossa vida. Além disso, não vejo como *eu* vou me tornar sócia se acabar fazendo 90% do trabalho com o bebê. A Schuster não é tão louca quanto a Crimpson — não é de alta potência, não é tão elite —, mas se a gente começar a realmente tentar reduzir o horário, se entrar no que Brianna ouviu Fay chamar desdenhosamente de "via da mamãe", vou acabar recebendo inexplicavelmente os casos bizantinos mais chatos da firma. Se quero ser um sucesso na Schuster, se quero ter uma verdadeira satisfação no trabalho, vou precisar trabalhar tanto quanto fazia antes de ficar de repouso absoluto.

Só uma das mulheres sócias em minha firma tem filhos, e ela tem uma babá em tempo integral. Levar as crianças ao treino de futebol? Pode esquecer. Ela pede um táxi.

4h30
A verdade é que nenhum de nós tem o tipo certo de vida para ter filhos. Não temos tempo para criar uma criança.

O que, em nome de Deus, estávamos pensando? Por que entramos nisso? Será que só ficamos assustados com o artigo longo e apavorante que a mãe de Tom nos mandou sobre as consequências de adiar a concepção? Foi o fato de que eu estava começando a ficar engasgada sempre que passava por uma loja para bebês (aqueles macacõezinhos minúsculos...)? Ou foi a sensação geral e incipiente de que se você se casou e tem quase 30 anos, deve ser a hora certa?

Mas agora estou começando a pensar que devíamos ter esperado. Considerando a vida que temos, nossos compromissos, nossas ambições, como é que vamos criar um filho?

26

15h
Hoje o dia foi ensolarado; o céu está claro, sem nuvens, de um azul infinito. Deitada aqui, olhando o mundo por uma janela de vidro triplo, quase dá para imaginar que é verão — até que você vê as árvores magras e sem folhas pela rua, o brilho pálido e desmaiado do sol, os pedestres escondidos em casacos de pele e jaquetas felpudas. Mas, ainda assim, *há* alguma coisa de primavera no céu de hoje — o azul é mais escuro, mais intenso do que quando comecei o repouso no mês passado, em fevereiro.

Uma enfermeira chamada Jamala me disse que, como não tem havido desacelerações cardíacas sérias nas últimas 24 horas, os médicos afinal decidiram me dar alta. Serei monitorada como paciente externa pelo resto da gestação.
    Não sei se fico aliviada ou não com isso. Ainda estou com medo de que alguma coisa vá dar errado e eu não venha a saber. Por outro lado, sinto-me perigosamente prestes a parir aqui. Como estou deitada num leito hospitalar estreito, eu sou um problema que eles querem resolver; os médicos me olham, especulativamente, debatendo

se *agora* é a hora de induzir o parto, retirar o bebê, intervir. Quando eu tinha 6 anos, tínhamos uma gata chamada Mirror que desapareceu numa manhã de verão; alguns dias depois eu a encontrei enroscada num canto escuro da garagem com um bando de gatinhos feito conchas miando embaixo de sua barriga rosada e inchada. Acho que me sinto como Mirror deve ter se sentido; quero fugir de todo mundo, encontrar um lugar sossegado e fazer um ninho para o meu filho.

Porque, seja esta a época certa ou não para ter o bebê, eu percebi nos últimos dias quanto o quero. Anseio por segurá-lo, sentir seu peso, seu calor em meus braços.

No almoço, reli meu diário da noite passada; eu estava realmente tensa, o estômago retorcido de medo e frustração. "As coisas sempre parecem piores uma hora antes do amanhecer", mamãe costumava me dizer quando eu acordava tarde com uma crise particularmente ruim de angústia adolescente. Mas esta não é só uma fantasia noturna, um pavor do escuro; Tom e eu precisamos ter uma conversa séria quando eu sair daqui. O hiato entre nós — vamos encarar a realidade — está ficando *maior*.

4h

O bebê chuta particularmente forte neste momento, como se estivesse tentando me dizer que está bem. E ele teve um longo surto de soluços há alguns minutos, o que — minha nova melhor amiga Jamala me disse, com um sorriso agradável enquanto afofava meu travesseiro de fronha plástica — é um excelente sinal de "bem-estar fetal". O médico assistente me disse enquanto me liberava que, embora eles esperem que o bebê nasça prematuramente, estão cada vez mais otimistas com sua saúde. Portanto eu me sinto muito mais confortável — na verdade, eu até permiti que Jamala desligasse o monitor. O silêncio se expande e enche o quarto. Aquecido pelo sol, é profundamente tranquilizador.

21h
Estou escrevendo isto de meu próprio sofá de estampa Liberty, sob minha própria manta azul e cinza, em minha própria sala de estar amarela, atrás da porta de meu apartamento. É pouco provável que eu saia daqui nas próximas cinco semanas. Mas pelo menos estou em casa.

27

Terça-feira, meio-dia
A Sra. Gianopoulou veio me visitar esta manhã, trazendo salsicha condimentada, cheia de pimenta vermelha, e pão caseiro para meu almoço. A fragrância do pão recém-assado enche o apartamento enquanto digito, misturando-se gloriosamente com o ar fresco e ensolarado que entra pela janela aberta de frente para meu sofá.

Assim que a Sra. G. passou pela porta, lembrei-me da carta que eu devia estar escrevendo para a Randalls sobre o prédio do outro lado da rua. Merda. A crise no fim de semana tirou totalmente a história de minha cabeça. A Sra. G. balançou a cabeça e acenou com desprezo quando comecei a me desculpar por esquecer. Por favor, por favor, disse ela. Não tem problema. Primeiro o bebê. Mas prometi que ia preparar o rascunho esta tarde e combinamos que ela e Alexis passariam para ler amanhã à noite. Ótimo, pensei, pelo menos terei algum colírio para os olhos. Pergunto-me se ele estará com aqueles jeans pretos e apertados de novo.

Brianna telefonou e pediu desculpas por não ter me visitado no hospital (*eu* me perguntei o que tinha acontecido com ela; ela normalmente é tão dedicada). Acontece que a avó dela adoeceu e ela foi visitar a senhora idosa no interior de Nova York nos últimos três dias. Acho que o tempo fora da cidade fez bem a ela. Ela parece muito mais calma, muito mais equilibrada com relação a Mark — ou o "HC", como continuamos a chamá-lo (eu ainda não deixei escapar que sei sua identidade), embora a tranquilidade de Bri com a deserção de Mark possa se dever ao advento de uma nova paixão por Alexis. Ela me perguntou — casualmente — com que frequência "aquele vizinho incrivelmente gato seu" vinha me visitar. Na verdade, eu disse, ele estará aqui amanhã à noite para ver uma carta que estou rascunhando para ele e a tia. Ah, é mesmo?, disse ela. Sim, é mesmo, eu disse. *Arrã*, disse ela, num tom cheio de significado.

Alison também telefonou meia hora atrás para dizer que pode vir me visitar; vou acreditar quando a vir, uma vez que ela me disse logo em seguida que Gregory está prestes a ser promovido e está bajulando o chefe dele. Vão passar o fim de semana fora jogando golfe com "Alan e Sue" daqui a algumas semanas e Alison dará um jantarzinho íntimo para eles no flat de Pimlico (bufê da Fortnum) este fim de semana. Não consigo vê-la decidindo não seguir o cortejo de Alan "Estou ligado ao duque pelo casamento" Atkins. Eu o conheci em uma das exposições de Alison e o achei completamente repugnante; ele é um exemplar típico de determinada espécie de executivo londrino de banco, formado em faculdade pública, gordo e rosado, e se inclina para perto demais quando fala com uma jovem. Sue também parece feita de um molde conhecido: magra e angulosa, ela tem cabelo frisado que está ficando grisalho, um jeito de falar cantarolado e uma tendência de classe média para Laura Ashley que sobreviveu à transição para a riqueza. Greg está em vias de se tornar Alan daqui a uns vinte anos, mas é improvável que Alison — graças a Deus — venha se metamorfosear em Sue. Veja bem, eu me pergunto o que isso diz a respeito de suas perspectivas para o sucesso conjugal.

15h
Fay, minha sócia sênior na Schuster, veio me visitar. Mas isso é extraordinário. Ela na verdade tirou um tempo para vir almoçar, trazendo — e achei isto muito imaginativo da parte dela — um pão *sourdough* e três potes de geleias "artesanais" da Balducci's ("La *famille* Honoré Saint-Juste prepara geleias da mais alta qualidade há seis gerações... Cada fruto é examinado pessoalmente por Hubert Honoré Saint-Juste, o último dos Saint-Juste da Alta Provença..."). Já acabei com metade do vidro de *cerises noires* e estou prestes a acabar com o *miel noisette*.

A parte mais extraordinária desta visita extraordinária é que Fay — a Fay reservada, de lábios apertados — desabafou seus problemas amorosos. A ex-namorada Julia acaba de voltar à cidade depois de vários anos de trabalho como *camerawoman* de um seriado de TV em Los Angeles e claramente supõe que seu *amour* recomeçará. Fay admitiu, num surto surpreendente de franqueza, que ela precisou da maior parte destes últimos dois anos para se recuperar do rompimento e não está com a menor pressa de voltar aos braços de uma mulher que, embora encantadora, não esconde o fato de que vai voltar a Los Angeles se e quando aparecer um novo emprego. É estranho como as pessoas podem se sentir confiantes com uma mulher de repouso. Brianna, Fay, Lara e até a Sra. G. parecem gostar de uma conversa sincera com uma Q presa ao leito. Talvez elas pensem que eu não tenho nada melhor para fazer; talvez uma gestante num isolamento sombrio traga à tona lembranças antigas de mulheres sábias e seres místicos.

Mas ocorre que hoje estou me sentindo particularmente sábia. Na metade da história de Fay sobre as maldades de Julia, lembrei que Paola, uma colega de escola de Tom, recentemente terminou com a namorada *dela* e seria um par perfeito para Fay. As duas adoram ópera (não que eu tenha percebido isso em Fay antes, mas ela acaba de me dizer que tem ingressos para ver "La Forze del alguma Coisa" no Met no sábado). *E* as duas têm gatos persas (eca!) *e* as duas recentemente viajaram ao Peru. Temos um vaso feito por um artesão andino qualquer no peitoril de nossa janela, mandado por Paola, então eu habilidosamente desviei a atenção de Fay para ele, referindo-me a Paola como quem não quer nada, e mencionei que ela fez a trilha inca até Machu Picchu no verão passado. Os olhos de Fay se iluminaram; ela se coça para discutir a flora e a fauna da Amazônia com alguém, pelo que vejo. Assumi uma expressão oracular adequada e sugeri que Paola deve nos visitar na semana que vem ou na seguinte. Pode ser a hora de dar uma festa. Eu a presidirei de meu sofá como uma rainha. "Dê festas incríveis" e "Una os amigos solitários e solteiros" *sem dúvida nenhuma* são dois itens a marcar na Lista de Coisas a Fazer Antes dos Trinta da Mulher Moderna.

28

Quarta-feira, 8h30
Acordei às 3 da manhã num pânico imenso e suado. Acabo de perceber uma coisa. Vou ter um bebê daqui a cinco semanas. Não são dez semanas, como a maioria das mulheres, mas cinco. E não tenho um berço para o bebê dormir. Não tenho uma cadeirinha para o bebê quicar. Nem tenho — espere, do que mais o bebê precisa? O que eles vestem para dormir, por exemplo? Não faço ideia. E sobre a hora de brincar — os recém-nascidos realmente precisam daqueles tapetes coloridos e horrorosos em que os filhos de meus amigos se espalham, como besourinhos virados de pernas para o ar? Será que estarei privando meu filho de experiências sensoriais se eu não tiver cubos Lamaze prontos para ele no dia do parto?

Eu orgulhosamente recusei todas as ofertas de uma coisa chamada "chá de bebê" quando descobri que estava grávida. Não é inglês, eu disse, intimidando meus amigos e colegas americanos em silêncio com um aceno; não é *nada* inglês.

Isso pode ter sido um erro.

9h
Andei consultando a internet. A babyfocus.com tem uma lista de todas as coisas de que você precisa como nova mamãe. Eles dividem as necessidades em diferentes categorias. Mal consigo me lembrar de todas as categorias, que dirá as coisas que *estão* nestas categorias. Mas, de qualquer modo, o ponto a destacar é este: não temos *nenhuma* das coisas de *nenhuma* categoria. Nada. Zero. Nadica. É hora, Q, de entrar em ação. Não posso sair para fazer compras, mas estamos no século XXI, um admirável mundo novo; tenho tudo de que preciso na ponta dos dedos. Posso comprar coisas pela Web e fazer com que entreguem na minha porta, e muito em breve estarei preparada, pelo menos materialmente, para a maternidade.

10h
Em uma época diferente de minha vida, agora eu estaria estupefata. Estaria desnorteada com as diferenças entre um carrinho-berço, um moisés, um berço e um cercado (e a vida não fica mais fácil pelo fato de que a maioria dessas coisas tem diferentes nomes na Inglaterra). Entraria em pânico com as complexidades do design de colchão e a responsabilidade de afastar esse espectro pavoroso, a síndrome da morte súbita. Ficaria tonta com a gama de carrinhos dobráveis no mercado, para não falar do significado de rodas da frente com ou sem trava e arnês de três ou cinco pontos. Mas não tenho tempo para ficar estupefata, tonta nem desnorteada, e portanto estou respondendo ao leque perturbador de "necessidades" do bebê com frieza e calma.

Vou dar um passo de cada vez. Vou me concentrar em uma categoria por dia. Hoje a categoria da babyfocus será *diaper*, as fraldas — ou *nappies*, como chamamos na Inglaterra, um termo muito mais simpático, segundo penso. *Nappy* me faz pensar em tecido macio e branco. *Diaper* parece um nome mais adequado para uma caixa de ferramentas. Quer você compre ou não mais alguma coisa, as fraldas são claramente imperativas, então parece ser um bom ponto de partida.

13h

Mas a compra de fraldas revelou complexidades ocultas.

Passei uma hora navegando por mesas de troca de múltiplos designs e de múltiplos vendedores antes de descobrir que podemos comprar uma arca de gavetas com uma "mesa de troca" no tampo. Esta parece ser uma boa ideia, particularmente num pequeno apartamento no Upper East Side. Então passei a hora seguinte procurando arcas de gavetas com tampo de mesa de troca, e descobri que é possível comprar berços com arca de gavetas *e* mesa de troca embutidas. Portanto agora estou procurando berços com arca de gavetas e mesa de troca, e minhas categorias estão se embolando, já estou na busca de sexta e sábado e hoje ainda é quarta-feira, e começo a espumar pela boca porque os berços precisam ter todo tipo de características de segurança e não sei se as opções tudo-em-um são tão seguras quanto as isoladas, só o que eu realmente queria comprar hoje era um pacote de fraldas Huggies e uma bisnaga de creme para a pele...

E o pacote de fraldas Huggies não é a decisão tranquila que pensei que seria, porque existe uma variedade de tamanhos e qualidades diferentes, e será que eu preciso mesmo de Huggies? Estaria eu sendo levada a comprar uma marca cara quando as genéricas são igualmente boas? E quanto ao creme para a pele, eu quero mesmo comprar loção para assaduras ou uma pomada profilática e, já que estou nessa, vou querer aproveitar a oferta especial leve-dois-e-pague-um da tudoqueamamaeprecisa.com e comprar um tubo de lanolina para mamilos inflamados? Mas "amamentar" é a categoria da segunda-feira, e não faço ideia do que seja lanolina ou se é uma coisa de que eu precise. Estou exausta. Antigamente, preparar-se para um bebê significava costurar umas camisolas de algodão e catar o berço da família no sótão. A vida é muito mais complicada hoje em dia. Neste ritmo, não estarei preparada quando meu filho nascer. Ainda bem que estou de repouso, eu acho.

29

Quinta-feira, 19h
Continuação de fraldas

- 1 pacote de fraldas para recém-nascido, 1 pacote de fraldas para fase um ☑
- 1 unidade de lixeira para fraldas Baby Super-Sprite ☑
- 4 sacos de lixeira para fraldas Baby Super-Sprite ☑
- 4 pacotes de lenços umedecidos, sem perfume ☑
- 2 tubos de loção para pele enriquecida com vitaminas ☑
- 1 tubo de pomada para assadura ☑
- 1 almofada de troca, com contorno ☑
- 4 capas para almofada de troca (de tecido stretch e atoalhado azul-marinho) ☑
- 1 combo mesa de troca/arca de guardados com gavetas de lona ☑

Custo Total: US$ 304,98

30

Sexta-feira, 20h15
Alexis e a Sra. G. acabaram de ler a carta que esbocei para a Randalls. Estou banhada no brilho quente de sua gratidão. Posso estar despreparada para a maternidade, mas pelo menos posso escrever uma carta de tornar Gengis Kahn temente a Deus. Alexis sorriu para mim com admiração de sob a franja solta e dourado-escura; a Sra. G. parecia maternalmente orgulhosa de mim. Sinceramente, não sei o que me deu mais prazer.

Brianna não apareceu, o que me surpreendeu — será que ela teve uma recaída por Mark? Espero que não. Ela é uma idiota se deixar passar Alexis. Ele pode ser alguns centímetros mais baixo do que eu, mas se eu não fosse uma mulher casada com uma criança estourando pela barriga, estaria comendo morangos amadurecidos ao sol em seu umbigo agora mesmo.

31

Segunda-feira, 9h
Acabo de verificar o status de meus pedidos e, segundo a fedex.com, na quarta à tarde terei em minhas mãos:

- 1 moisés com suporte de bordo e móbile musical giratório ☑
- 1 berço mais 4 lençóis de algodão, 1 protetor acolchoado com tema de parque de diversões e 3 mantas no mesmo padrão ☑
- 1 cadeira de amamentar ☑
- 1 descanso para pés da cadeira de amamentar (US$ 45 a mais, mas o que se pode fazer?) ☑
- 1 mesa de troca/arca ☑

O negócio das fraldas pode chegar já amanhã de manhã.
    Telefonei para uma série de amigos ontem à noite e os convidei para uma festa na sexta-feira. Sei que as pessoas ficaram surpresas em meu ouvir.
    "É mesmo? Oh... ah... então você pode se levantar de novo, não é? Não liguei porque pensei que você estivesse, sabe como é, fora de circulação, essas coisas." Isso veio

de Patty, uma colega expatriada da Grã-Bretanha, que antigamente era minha companheira de ginástica. Ela é prima de um de meus melhores amigos da universidade e se mudou para cá dois anos atrás para trabalhar numa agência de publicidade.

Expliquei, com um toque de gelo na voz, que não, eu ainda não posso me levantar, mas que meu problema não me impede de ver as pessoas no apartamento. Acontece que a vida *está mesmo muito chata*, presa como estou sobre o lado esquerdo o tempo todo. Um pouco de companhia será bem-vinda. Neste fim de semana. Às oito horas. Pronto.

Oh, ah, sim, disse Patty. Tudo bem. Sexta às 20h, então.

Na verdade, quase todo mundo para quem telefonei concordou em vir depois de ouvir meu breve discurso sobre a solidão do repouso absoluto. A culpa pode ser útil. (Minha mãe me treinou muito bem.)

Paola virá de Nova Jersey e ficará com uma amiga e Fay concordou em tirar algumas horas do trabalho para vir à festa, então as peças deste pequeno plano estão se encaixando. Terei as duas na mesma sala na mesma hora e, com algumas referências selecionadas dos mistérios do reino inca, certamente as colocarei na mesma cama quando terminar o fim de semana. Também decidi que, enquanto estou bancando o Cupido, posso muito bem unir Brianna e o lindo Alexis. Porém, tem um probleminha: Tom quer convidar Mark e Lara para a noite de sexta-feira ("Não posso dar uma festa sem Mark, Q, você sabe disso"). De início eu reclamei, mas depois me ocorreu que ver Mark com Lara certamente aumentará a probabilidade de Brianna avançar em Alexis. Ela vai ficar tão desesperada para provar que não está se lamentando que quase certamente pulará nos braços do primeiro homem disponível em seu caminho. Eu não ansiava tanto por uma festa desde minha primeira discoteca, na Little Stonahm Village Hall, em 1985.

10h
Haverá uma convidada inesperada na minha festa. Acabo de receber outro telefonema de Alison.

"Q, querida, prometi que ia ajudá-la enquanto você está de repouso e vou ajudar", disse ela, com um ar enfurecedor de sacrifício pessoal constrangido. "É claro que as crianças vão sentir minha falta. Gregory vai sentir minha falta. E, sim, vou perder uma recepção para as "Mulheres Escultoras da Vida" oferecida pelo Arts Council. Mas minha irmã vem primeiro. Acabo de comprar uma passagem para Nova York, Q. Chego na sexta na hora do almoço."

Ela ficou um tanto desanimada ao saber da festa e sugeriu que eu talvez tivesse de cancelar, mas voltou atrás quando sugeri algumas coisas que ela talvez gostasse de fazer consigo mesma se pensava que eu ia cancelar meu primeiro compromisso social em quatro semanas e meia. "Não, Q, será um prazer", disse ela por fim, entre os dentes trincados. "Estou ansiosa para conhecer... ah... Mike e Laura e... er... Bryony, não é? E todos os seus outros amigos de Nova York. Será um prazer. E fico satisfeita em saber que você ainda está socializando", acrescentou ela com um pesar inconfundível na voz. "Pensei que estivesse com tédio e solitária aí sozinha, num país estrangeiro. É evidente que não."

Decidi não fazer o sermão da solidão com Alison e em vez disso deixei que ela pensasse que a sociedade de Nova York mais ou menos se revira em volta de mim. Tagarelei vergonhosamente sobre Fay e Julia, a *camerawoman* de Los Angeles, para dar a impressão de que estou vivendo um episódio de *Sex and the City*, embora isso tenha sido provavelmente um equívoco, uma vez que minha irmã poderá ver por si mesma na sexta-feira o triste grupo de bobões que são nossos amigos. Pintei Fay — uma *workaholic* baixinha com pés chatos e ombros redondos — como o tipo de lésbica saborosa arrasadora que as mulheres hétero adoram e (exagerando cada vez mais) transformei Brianna (a coitada da apática Brianna) em uma Zuleika Dobson americana. Será sorte minha se Alison realmente me ouviu desta vez.

Mal posso acreditar que ela vem aqui. Por que ela vem? Seria para poder dizer a si mesma (e a todos os outros) que alma doce e generosa ela é, o tipo de irmã que larga tudo e viaja meio mundo para cuidar de uma irmã aflita? Ou será que ela assim vai poder me lembrar de que ela é uma mãe muito melhor? *Eu praticamente arrotei meus filhos, Q, não imagino por que você está tendo tantos problemas. Talvez você não seja feita para ter filhos... hahahahahahahaha...*

32

Minha primeira lembrança de Alison é do dia em que minha mãe a trouxe do hospital para casa. Eu só tinha dois anos e meio, mas ainda me lembro de encarar incrédula sua cara amarfanhada, os olhos escuros e as mãos gorduchas, roxas e feias. Minha mãe olhou para mim por sobre o corpinho incrivelmente mínimo e me disse que eu não era mais o bebê. De agora em diante, disse ela, minha tarefa era ajudar a cuidar do *novo* bebê ("Não posso esperar muito de seu pai, querida"). Eu concluí, corretamente, que minha infância tinha terminado. Não durou muito tempo.

Fui a um psicólogo uma vez, para algumas sessões de "gestão de ansiedade", quando estava entrando nos 20 anos. Na segunda semana o psicólogo, que era magro, jovem e tinha uma barba espessa improvável, pediu-me que levasse uma foto de Alison. Escolhi uma foto nossa em férias de família na Bretanha lá por 1979. Estávamos de pé na praia, o braço na cintura da outra, vestidas de maiôs roxos iguais com aros dourados no decote. Jeanie está jogada no chão a nossos pés, brincando distraidamente com um par de chinelos cor-de-rosa. Minha mãe está fora do quadro, embora seja possível ver sua longa sombra se estendendo pela areia ao sol de fim de tarde. Meu pai está tirando a foto. Há um borrão no canto superior direito porque o indicador dele cobriu a lente.

O psicólogo me perguntou por que eu tinha escolhido essa foto em particular. Eu disse que era porque Alison estava bem de maiô e eu estava horrível, e que eu tinha raiva da minha mãe por nos fazer comprar maiôs iguais (ela não podia se dar ao trabalho de esperar que eu provasse um segundo maiô, embora fingisse que estava me dando uma lição de formação de caráter. "É sério, estou surpresa que você se preocupe tanto com sua aparência. As mulheres têm sido avaliadas por sua aparência há gerações, querida. Hoje em dia devemos lutar para ser avaliadas por nossos cérebros, nossas realizações no trabalho." Tá legal, eu disse, vou lutar por isso daqui a 15 anos, mas será que agora posso ficar com o maiô vermelho de bolinhas com saia?).

Na realidade, esta é só uma parte da verdade. Eu não tive vontade de mostrar ao psicólogo — certamente cabia a ele perceber — que Alison estava beliscando minha cintura com força entre o polegar e o indicador direitos. "Vamos, vocês duas", disse-nos meu pai, "fiquem um pouco mais perto, não podem fazer isso? Vamos tirar uma boa foto das irmãs." Alison e eu nos olhamos com expressões disfarçadas de desprazer, mas nos aproximamos obedientes (em geral fazíamos o que meu pai nos pedia. Não sei por quê; talvez lamentássemos por ele). Senti o braço de Alison serpenteando por minha cintura e passei o meu braço na dela em reação a isso — só que depois que o fiz, senti que ela pegava deliberadamente uma dobra de minha pele pouco acima de meu osso do quadril e apertava. Doeu de verdade. No segundo depois que a foto foi tirada eu a empurrei e meus pais suspenderam minha mesada por duas semanas como castigo. O que resultou em que eu não tive o bastante para comprar o suéter listrado que cobiçava, ou o jogo de lápis nas cores do arco-íris numa caixa de madeira. Portanto, veja você, as consequências daquele beliscão tiveram mesmo um alcance bem grande.

 Guardei a foto no álbum e até agora a única pessoa que detectou a maldade de Alison foi Tom. (Há um motivo para eu ter me casado com ele.) Ele a pegou um dia, olhou-a com um fundo vinco no rosto e disse: "Ela pegou você aqui, não foi? Que cretina!" O psicólogo só olhou a fotografia e disse um absurdo qualquer sobre como eu estava linda no odiado maiô. Parei de ir às consultas depois disso.

33

Lembro-me de ler, numa aula de teoria feminista na universidade, um livro sobre por que as mulheres parecem muito mais envolvidas com outras mulheres do que os homens com outros homens. Na maioria das sociedades ocidentais, as crianças são criadas por suas mães, diz o autor, e as mães tendem a se ver como iguais a suas filhas e diferentes dos filhos homens. Assim, os meninos crescem pensando em si como diferentes, separados, autônomos, enquanto as meninas pensam em si como semelhantes, conectadas, confiantes. Esta dinâmica precoce da relação pais-filhos tinge nossas relações com os amigos, os amantes e os familiares por toda a vida.

Minha mãe não me achava parecida com ela. Francamente, eu queria que ela achasse. Na maior parte de minha infância, ela deixou perfeitamente claro que eu *não* era parecida com ela. Na sua idade, querida, dizia ela, eu criava tendências, não era uma seguidora delas. As meninas na escola olhavam para mim, que diabos, elas queriam *ser* eu. O que há de errado com você?

Alison, no entanto, foi eleita presidente na maior vitória eleitoral da história de nossa escola e, depois de alguns períodos em Oxford, ela era amplamente reconhecida como "a" garota. Minha mãe deve ser a única na história que teve um prazer furtivo com o vício em cigarros da filha. Ela achava que Alison ficava tremendamente elegante com a gola rulê preta e a fumaça do Camel enroscando-se por seus cílios longos e entrando pelo cabelo louro desgrenhado. Eu as ouvi uma vez conversando sobre cogumelos mágicos. Desde que você largue antes dos 30 anos, ou antes de ter filhos, não vejo problema nenhum, querida, disse minha mãe a sério. A juventude é tão fugaz. Aproveite as oportunidades enquanto elas existem. Francamente, eu queria ter tido isso com ela.

Alison pode ter sido a filha Número Dois, mas ela compensou muito rápido. Já marcou a maioria dos itens da Lista de Coisas a Fazer Antes dos Trinta da Mulher Moderna e só tem 26 anos recém-concluídos.

34

Sexta-feira, 19h
Minha festa começa daqui a uma hora. O pessoal do bufê está na sala neste momento. E minha irmã está no quarto de hóspedes, tirando um cochilo. Chegou há uma hora parecendo irritante de tão elegante e composta. Quando saio de um avião, o cabelo está mal repartido, os olhos estão injetados e a pele descasca de tão seca. Alison é o tipo de pessoa que se arma de uma bolsa elegante com cosméticos para deliciar uma colecionadora de quinquilharias: um vaporizador de água azul-celeste, um pote rosa-gelo de protetor labial sabor champanhe e um tubo cintilante de hidratante de manga e goiaba.

Tom — que chegou cedo do trabalho para ajudar a supervisionar os preparativos da festa, milagre dos milagres — recebeu-a na sala. Ela me deu um beijo no rosto, tirou os sapatos italianos de saltos achatados e se enroscou de pernas cruzadas no chão junto a meu sofá. Como foi seu voo?, perguntei com o ar de quem não dá a mínima.

Alison olhou minha expressão azeda pelo canto dos olhos, parou, depois abriu o sorriso mais encantador.

— Q, meu bem, seja boazinha comigo — disse ela, afagando minhas mãos com os dedos de manicure cara.
— Estou muito feliz de estar aqui, estou *tão* contente de ver que você parece bem. Vamos fazer um esforço de verdade para nos entendermos, está bem?
O que é típico dela. Ela sempre tem de ser a boa gente.
— Não sei bem o que você quer dizer com isso — contra-ataquei. — Eu só perguntei como foi o seu voo.
1 x 0 para Q.
Alison deu seu riso delicado, o novo que desenvolveu desde que se casou com o Honorável Gregory Farquhar e se tornou uma Dama Elegante.
— Ah, Q... sempre a mesma... É por isso que a amamos — disse ela, com um ar incrivelmente irritante de condescendência. — Sua irmã atravessa meio mundo para ver você, e você ainda está de mau humor, hein? Vamos lá, meu bem, talvez alguns presentes ajudem a animá-la um pouco. Aqui tem uma coisinha minha e de Gregory, e isto é da mamãe. — Ela me entregou dois pacotes, um coberto com um papel de presente rígido e vistoso, o outro em um papel pardo enrugado. Dentro do primeiro encontrei uma bolsa de maquiagem Kate Spade, dentro do segundo um travesseiro de germe de trigo e lavanda. Não tem prêmio para adivinhar quem mandou o quê.
— Ah... Kate Spade — eu disse distraidamente —, sim, é uma de suas estilistas preferidas, não é? Ela tem um toque de década de 1990, não acha? Mas essa bolsinha é um encanto, é mesmo um encanto — eu acrescento, parecendo uma coisa saída dos Ealing Studios. Eu estava decidida a mostrar a ela que posso comprar meus próprios acessórios de grife, muito obrigada.

Alison piscou rapidamente, duas ou três vezes.

— Se não quiser, não precisa ficar com ela — disse, a mortificação evidente no travo no fundo da garganta (um golpe?! Um golpe palpável!). — Eu queria comprar uma coisa bonita para você, Q, e sei como é frustrante quando as pessoas lhe dão roupas que parecem tendas, ou coisas que você não poderá usar por pelo menos um ano. Pensei que uma bolsinha de maquiagem era uma boa alternativa. — Ela se interrompeu e fungou ridiculamente.

Olhei seu rosto bonito, corado e abatido e parecia um inferno absoluto. Sei quando estou perdendo o jogo.

— Foi uma ideia muito boa — eu disse com relutância, aceitando a derrota. — Muito melhor do que esse ridículo travesseiro de germe de trigo. O que a mamãe pensa que eu sou, uma ratazana prenhe ou coisa assim? — eu disse, brincando (sem muito sucesso, devo admitir), querendo que ela risse. A cara de Alison de imediato clareou e ela riu obediente, segura de sua vitória.

— Assim está melhor, Q — disse ela, dando-me um afago condescendente no joelho. — Assim é *muito* melhor, querida. — Eu sorri duro para ela e afastei meu joelho três milímetros para a esquerda.

Agora ela está dormindo no cômodo ao lado. Estou me perguntando como vou passar por esta noite, que dirá a próxima semana. Estou exausta. Ficar com Alison me esgota. Assim como as festas — odeio dar festas. Por que eu fiz isso? Detesto me sentir responsável pelo prazer dos outros.

35

Sábado, 17h
A festa foi um acontecimento e tanto. Minhas falhas foram numerosas e variadas. As três primeiras que me vêm à mente, sem ordem nenhuma, são as seguintes:

1. Paola não ficou nada interessada em Fay. Em vez disso, ela simpatizou muito com Alison; elas se uniram ferozmente em torno da arte. Lá pelas dez horas, depois de Alison e Paola terem passado quase duas horas discutindo os finalistas do prêmio Turner do ano que vem, obriguei Tom a pegar Fay e introduzi-la na conversa. Paola e Fay conversaram por sete minutos inteiros e a essa altura Fay percebeu que ela era *de trop* e pediu licença. Sentou-se no canto com um ar patético e solitário por 15 minutos, depois saiu sem se despedir. Paola e Alison, enquanto isso, partilhavam promessas de eterna amizade.

2. Brianna e Alexis não se conheceram realmente, porque Brianna saiu da festa cinco minutos antes de ele chegar. Ela saiu porque obviamente não conseguia ficar no

mesmo ambiente que Mark. Assim que ele entrou com Lara pelo braço, ela assumiu um tom extraordinário de verde-acinzentado, escondeu-se no banheiro por dez minutos, depois disparou para fora, deixando o inconfundível cheiro de vômito para trás. Senti que tinha acabado de assassinar uma ninhada de gatinhos órfãos.

3. Alison disse no café-da-manhã, com uma faísca nos olhos que o *jetlag* não fora capaz de extinguir, "Meu Deus, Q, tive a impressão de ter lhe dito que seus amigos eram terrivelmente... bem... degenerados, se não absolutamente imorais. Mas na verdade são um grupo muito sóbrio, não são? Metade deles nem bebe! Meu bem, quando eu penso na quantidade de álcool que os amigos de Gregory tomam em nossos jantares e como ficam desagradáveis..."

Acho que Alison tinha razão. Minha festa foi desesperadamente calma. Não sou nenhuma grande anfitriã do Bloomsbury, nenhuma Ottoline Morrell. Não posso alegar ter unido mecenas extravagantes e poetas meio mortos de fome. Não foram ditas Grandes Coisas, o ópio estava ausente e eu duvidei seriamente se alguém saiu de minha casa ontem à noite e cometeu suicídio. (Não sei se alguma destas coisas acontecia nas festas de Ottoline Morrell, mas duvido que ela tenha ficado tão famosa se seus convidados tivessem comido impassíveis alguns sacos de pretzels e comparado suas opiniões independentes.)

E por fim, mais desastroso que tudo, Tom e eu tivemos uma briga feia nas primeiras horas da madrugada. À meia-noite, levantei-me do sofá e desapareci no quarto, esfregando os olhos e alegando minha barriga; duas horas depois, fui acordada por "*Bridge Over Trouble Waters*" cantada em meio à espuma de uma boca cheia de creme dental. Uísque Lagavulin demais, pensei comigo mesma, enquanto via Tom solenemente largar a escova de dentes no cesto de roupa suja e a cueca na lixeira. A festa foi tranquila, é verdade, mas isso não impediu meu marido que trabalha demais de secar três quartos de uma garrafa de scotch duplamente destilado.

Ele cambaleou pelo quarto ao sair do banheiro da suíte alguns minutos depois, piscando no escuro. Apoiei-me no cotovelo e sacudi a cabeça para ele.

— Você está bêbado — eu disse severamente.

Ele me espiou.

— Ah, aí está você... *dahling* — disse ele, num falso sotaque britânico que ele tende a adotar quando está três doses acima do limite do código de trânsito; e depois, com a cara retorcida num sorriso idiota: — Tudo bem, qual é o problema? — ele soluçou embriagado.

Meu marido cultiva o horrível conceito errôneo de que seu sotaque inglês é a) bom e b) charmoso. Na verdade, ele é tremendamente irritante.

— Pelo amor de Deus, vá para a cama e durma, está bem? — rebati de mau humor, deitando-me novamente. — Preciso descansar. — E bocejei ostensivamente.

Envergonhado, Tom veio e se empoleirou na beira da cama, olhando com franqueza para meu rosto.

— Está chateada comigo? Por que está chateada comigo? Por favor, não fique assim... — ele se interrompeu, amarrotando o cabelo encaracolado com uma expressão trágica. Tive pena dele.

— Tudo bem — eu disse com um suspiro pesado, rolando para abrir espaço sob as cobertas. — Não estou chateada, está bem? Só venha para a cama e me conte da festa. Com quem você conversou?

Ele deu um sorriso feliz, puxou o edredom e abriu caminho a cotoveladas pela cama, puxando meu traseiro para ele e encaixando-se em mim como duas colheres.

— A festa foi boa, as pessoas legais, Mark estava feliz, não sei de Lara, achei Patty irritante... — ele parou de novo, a respiração estável, e por um momento pensei que estava dormindo, mas então...

— Aquele Alexis é um idiota — disse ele de repente.

Abri os olhos no escuro.

— Como é? — perguntei, surpresa.

— Alexis, não é esse o nome dele? Um cara bonito, cabelo louro, franja solta? Idiota — repetiu ele para si mesmo solenemente. — Um idiota completo.

— Mas... por quê? — perguntei.

Ele se aninhou em meu pescoço. Pude sentir seu hálito, quente e fumarento, em minha pele.

— Você estava tão bem esta noite, Q, meio soberana no sofá, e eu adoro como seu cabelo brilha ultimamente. Hummmm, o cheiro é tão bom também... Do que eu estava falando mesmo? Ah, sim, Alexis. Ele me falou do prédio do outro lado da rua, demoli... demoli... demolição. Sei lá. Você sabe o que é. Disse que vai impedir. Idiotice. Não vai acontecer. Uma *porra* de idiotice, isto sim — disse ele com o ar de quem estava começando a entender a realidade da situação. — Os velhos têm de tirar a bunda dali. Tem muita grana na reta. O controle de aluguel é coisa do passado. Eu disse isso a ele. Disse a ele que ele não sabe o que está fazendo. — Eu enrijeci, mas Tom não pareceu perceber; em vez disso, abriu um bocejo imenso e passou a mão confortavelmente em meu seio direito. — De qualquer forma, eu disse a ele que a Randalls é uma empresa grande, com muitas ligações, boa representação legal, sem chances. Na verdade — ele riu — não disse isso a ele, mas *nós* representamos seus interesses na construção civil, a Smyth and Westlon faz o negócio do despejo, Phil me colocou no portfólio de construção na semana passada...

Seus dedos circundavam preguiçosamente meus mamilos. Eu os afastei firmemente e me sentei ereta.

— Vocês o quê? — eu disse. — *Vocês o quê?*

Ele olhou para mim com os olhos pesados.

— Nós... quê? — repetiu ele como um idiota. — Como assim?

— Vocês representam a Randalls? — perguntei num tom acusador, encarando seu rosto de cima, toldado pela bebida e pelo escuro.

— É — respondeu ele. — É claro, nós somos, tipo assim, a melhor firma de assistência jurídica a imobiliárias da cidade, masoq... quer dizer, e daí?

— E daí? Meu Deus, Tom, para sua informação, por acaso eu sei que a Randalls é de uns *filhos-da-mãe*. Estão tentando expulsar à força um monte de velhos que mora ali há uns quarenta anos. Talvez o aluguel controlado seja coisa do passado, mas essa gente vai perder sua casa, uma comunidade inteira vai ser rompida... Espere, você acha isso *engraçado*?

Porque Tom estava rindo. Ele estava rindo como se o que eu dizia fosse incrível e estupidamente tolo.

— Querida, espere, a Randalls é uma empresa, eles querem construir, é o que vão fazer, então... O que a aborrece tanto? Não tem nada a ver com você, você mal conhece aquela gente mesmo...

Eu o encarei de cima, sentindo-me ofendida, com raiva, confusa. Abri a boca para tentar explicar sobre a Sra. G. e os amigos dela, sobre a comunidade que será destruída se eles se espalharem pelos quatro cantos da cidade, mas depois a fechei. Por que me importo? Porque a Randalls não é muito meticulosa? Ou será porque a Sra. G. tem me ajudado e quero fazer alguma coisa por ela em troca, ou porque por acaso sinto uma solidariedade terrível por pessoas que não entendem o sistema, que não são treinadas nem educadas para conseguir as coisas que querem?

Tom ainda me olhava como se de repente se visse inexplicavelmente na cama da mulher errada.

— Q, isso é ridículo, ninguém mais acha que o controle de aluguel é bom, você é britânica, talvez não entenda isso... — Ele estendeu a mão para afagar meu queixo. — Deite-se de novo, isso é tolice, venha me dar um pouco de amor...

Tom representa a Randalls. *Tom representa a Randalls.* A ideia de fazer amor com ele de repente me enoja.

— Você deve estar brincando — eu disse furiosamente, afastando a mão dele. — Meu Deus, parece que eu *não* conheço mais você — subi o tom consideravelmente, mas não me importei. — Ultimamente, meu Deus, Tom, você só pensa em sua carreira, sua firma, ganhar dinheiro... É só o que importa para você agora? — continuei, sentindo que estava pelo menos em terreno mais firme.

— Só o que lhe importa é *você*, se vai se tornar sócio, isso me deixa doente, me deixa simplesmente *enojada*. Você não pensa em mim, nem nos vizinhos, nem no bebê, em ninguém, só em você mesmo. Vá se foder, está me ouvindo? *Vá se foder*. Pode dormir na merda do chão esta noite, no que me diz respeito. — E com isso eu rolei, virando meu ombro asperamente contra ele.

Houve uma pausa longa, muito longa. Ouvi Tom respirar com dificuldade atrás de mim. Com um esforço enorme, obriguei minha respiração a reduzir e se aquietar, fingindo (implausivelmente) estar quase dormindo. Por fim ouvi num sibilar baixo e furioso um *"Sei"*, seguido do sacudir da cama enquanto ele saía, depois os sons dos cobertores e o tapete de ioga sendo puxados da prateleira de cima do armário e atirados no chão. Alguns minutos depois um dos travesseiros que apoiavam minhas costas foi puxado da cama sem a menor cerimônia (eu gritei contra minha vontade) e largado pesadamente no tapete. Tom se acomodou na cama pequena e dura. Nós dois ficamos deitados encarando o teto cinza.

Nesta manhã, quando acordei, Tom tinha saído; o tapete de ioga e os cobertores não estavam à vista. Ouvi os sons de movimento na cozinha, o bater de pratos, o baque da porta da geladeira sendo fechada e chamei por ele — mas, um segundo depois, a cabeça indesejada de Alison apareceu na porta.

— Ah, você acordou — disse ela, irrompendo cerimoniosamente no quarto com uma bandeja e colocando-a na mesa-de-cabeceira. Puxei a coberta até o queixo e desejei que ela voltasse para o outro lado do hemisfério. — Aqui tem café e croissants para nós duas, descafeinado para você, é claro. Tom disse que tinha uma emergência no trabalho e desapareceu porta afora às sete e meia. Atirou-se porta afora, quer dizer, com uma cara sombria como o trovão e olhos como dois carvões em brasa. Tivemos uma discussão, não tivemos? — acrescentou ela com falsa solicitude, enquanto se acomodava confortavelmente na ponta de minha cama, olhando minha cara atentamente.

É desnecessário dizer que neguei que houvesse alguma coisa errada e me atirei no monólogo muito pouco convincente sobre como a gravidez nos aproximou.

36

Tom e eu nos conhecemos num final de tarde quente de domingo, em setembro, quatro anos atrás, numa cafeteria perto da Washington Square. Eu tinha chegado a Manhattan dois meses antes e estava percorrendo a lista de amigos e conhecidos que moravam na cidade, tentando ter uma nova vida. Whitney era prima de um amigo da universidade e ela era genuinamente legal, uma animada executiva de publicidade com tranças nos cabelos e um diamante mínimo na narina esquerda. (Nunca mais a vi, porque naquela noite dormi com Tom e me esqueci de tudo e de todos que tinha conhecido. Encontrei o número de telefone dela na minha carteira seis meses depois, dobrado entre um recibo de caixa eletrônico e um velho bilhete do metrô, mas na época o momento da amizade tinha passado.)

Whitney e eu tínhamos acabado de nos sentar e estávamos desfrutando nossos *lattes* ao sol âmbar da tarde quando um homem entre 20 e 30 anos, com um corte de cabelo à romana, nos abordou. Será que ele e o amigo poderiam se juntar a nós?, perguntou, mostrando-nos os dentes brancos demais e bíceps tenso demais enquanto puxava sorridente uma cadeira, seguro de nossa aquiescência. Whitney disse alguma coisa — não me lembro agora — dispensando-o com maestria. O homem com corte à romana deu de ombros casualmente, empurrou a cadeira de aço e disse algo sobre "mulheres jogo-duro" enquanto pegava uma cadeira da mesa ao lado. O amigo dele — um homem magro, de aparência tranquila com cabelos escuros e crespos, olhos cor do mar e um paletó esporte muito bem cortado — pareceu apavorado e, quando o "Caesar" se levantou para comprar um maço de cigarros, ele se aproximou para se desculpar apressadamente.

Whitney assentiu vagamente enquanto ele falava; não acho que ela soubesse quem ele era, mas olhei-o disfarçadamente por sobre a beira do copo desde a intrusão do tal "Caesar". Ele não era bem o meu tipo — não o tipo dos últimos anos; eu costumava gostar de homens louros de aparência juvenil, em geral uns 3 centímetros mais baixos do que eu e seis meses mais novos. Este homem era moreno, alto e obviamente bem-criado; suas roupas eram cuidadosamente escolhidas e passadas, e pareciam caras. Ele não devia ter mais de 30 anos, mas já tinha dinheiro. Executivo ou advogado, ponderei, antes de dar preferência, depois de pensar um pouco, a advogado. Ele tinha a ligeira aparência intelectual de um homem que pensava em seguir carreira acadêmica, mas judiciosamente escolheu uma profissão com melhores oportunidades de emprego, concluí — e eu tinha razão.

Descobri isso algumas horas depois, sentada em um banco na Washington Square. Whitney e eu nos separamos na entrada do metrô na rua 4 Oeste com promessas de amizade que foram solapadas desde o início por minha desculpa esfarrapada de que precisava ir para a zona norte a partir da Bleecker Street. Quando ela estava fora de vista, voltei à cafeteria, na esperança de ainda encontrá-lo lá — e os deuses me favoreceram, porque cheguei justo quando ele pagava a conta com uma assinatura floreada e uma caneta Mont Blanc. Ele olhou para mim enquanto eu pairava insegura a 3 metros, depois sorriu, levantou-se e veio em minha direção como se tivéssemos combinado de nos encontrar ali o tempo todo. "Meu nome é Tom", disse ele, estendendo a mão com uma combinação atraente de confiança e deferência. "Você é linda. Gostaria de dar uma caminhada comigo?"

Lembro-me de "Caesar" arfando de surpresa; lembro-me do toque da mão de Tom nas minhas costas enquanto me conduzia pela rua até Washington Square. Lembro-me de passar pelos jogadores de xadrez silenciosos que cercam a entrada do parque, a cacofonia de latidos de dezenas de cães correndo sem parar pela área dos cães. Lembro-me de crianças animadas demais borrifando água nas outras na fonte, o sopro fraco de ar frio brincando nas folhas douradas no alto das árvores. Lembro-me de roubar olhares furtivos para a pele bronzeada de meu companheiro e seus cílios longos, as mãos magras e hábeis.

Sentamo-nos em um banco perto do parquinho cercado e vimos as crianças nos balanços subindo no ar, as mães nervosas com jeans Gucci apertados agrupadas junto à cerca. Tom abriu com outro pedido de desculpas. O homem cabelo à Cæsar era um ex-colega de Harvard, explicou ele, antigamente um bom amigo que agora trabalhava para a McKinsey, a empresa de consultoria gerencial. Ele não costumava andar com gente frívola, ele me garantiu. Na última vez em que eles se viram, Daryl ainda era um *nerd* tímido, mas o dinheiro e o cargo mudaram tudo. Tom me disse que não veria Daryl de novo e acho que me apaixonei por ele naquele momento por causa da doce severidade de seus olhos.

Naquela noite eu já sabia tudo sobre as relações de sua família (razoáveis), sua experiência universitária (boa), suas ambições (sérias), sua última namorada (casada) e tudo o que ouvi confirmou minha impressão inicial. Ele era maduro, trabalhava arduamente, era estabelecido, disponível — tudo o que uma mulher adulta quer num homem. E tudo o que ela quer *de* um homem também. Passamos as três primeiras noites numa névoa de sexo suarento e vagamente sadomasô que me deixou constrangida, mas desesperada por mais. As marcas de seus dentes estavam em meu pescoço, as minhas cercavam suas coxas. Depois, na quarta noite de nosso relacionamento, ele decidiu ser terno. Acordei na manhã seguinte com a certeza absoluta de que eu seria sua esposa.

Lembro-me de olhar para ele junto ao café preto e as panquecas de *blueberry* no fim da primeira semana e pensar comigo mesma: acima de tudo, ele é *americano*. Na época, não estava claro por que isso era tão importante, mas eu sabia que era. Meses depois, meio bêbada, eu disse a uma amiga que um dos grandes encantos de meu namorado era que ele morava muito (muito, muito, muito) longe de minha mãe.

Nós nos casamos dois meses depois em circunstâncias planejadas ao máximo para irritá-la. Tom conseguiu que um juiz ministrasse a cerimônia em seu próprio escritório, e a ela compareceram apenas duas testemunhas (Mark e uma amiga minha da escola primária, que por acaso estava de visita). Depois nós cinco nos sentamos para um brunch em nosso lugar preferido no West Village e curtimos torrada com canela diante de uma lareira crepitante. É claro que isso não foi romântico o bastante para minha mãe. Para ela, ou nós tínhamos de fugir, de preferência perseguidos por uma primeira esposa ofendida, ou ter um caso grandioso de que ela pudesse se vangloriar por parecer importante. A segunda alternativa, é claro, Alison já providenciou, com seu casamento muito elegante na St. Margaret, em Westminster, e eu desconfio muito de que Jeanie conseguirá a primeira (embora duvide seriamente de que minha mãe vá gostar da realidade da situação. Quando ela pensa em fuga, pensa em Gretna Green e um malandro aristocrático escapando da ira da família, e não um cartório em Camden com um idiota perebento chamado Dave).

Minha mãe achou Tom desconcertante desde o começo. Até conhecê-lo, ela preferia fingir que ele não existia. Depois, quando fomos visitá-la em Londres e sua presença física anulou esta estratégia, ela tentou fingir que ele na verdade era inglês. E quando Tom se recusou a participar do teatro, discutindo calmamente a política do Congresso e as possíveis indicações judiciárias para a Suprema Corte, ela decidiu que a guerra era inevitável e começou uma campanha acirrada para me convencer a largá-lo. "Não sei, não, Q, nunca pensei que você seria do tipo que se *acomoda*", disse ela, os olhos arregalados de uma pseudopreocupação. "Pensei que você era o tipo de garota que esperaria até que aparecesse o homem perfeito. É o relógio biológico batendo, querida?"

Sua campanha fracassou, é claro, e nós nos casamos, embora uma coisa que ela tenha dito venha me assombrando nas últimas semanas. "Ele é muito bonito, mas lhe dará espaço para *crescer*?", perguntou ela, quando liguei para explicar que tínhamos nos casado pela manhã. "Tenho 56 anos e só agora estou começando a descobrir quem realmente sou, Q. Não tive tempo para autodescoberta quando estava casada... seu pai ficava ocupado demais perseguindo seus sonhos para pensar em me ajudar com os meus. Eu sei que você acha que coloquei o trabalho antes de tudo quando vocês estavam crescendo, mas *alguém* tinha de ganhar dinheiro para sustentar todos. Bom, querida, agora você já fez sua cama, e tudo o que posso dizer é: espero que seu novo marido dê ouvido a seus sonhos."

37

Segunda-feira, 14h
— Quais são os seus sonhos, Q? — Isso veio de Alison, durante o jantar ontem à noite, que infelizmente foi *à deux* porque Tom trabalhou a noite toda.

Alison e eu estávamos comendo os restos da festa (o que certamente é de deixar qualquer um de mau humor) e ela me contava sobre um prêmio que ganhara recentemente por uma escultura abstrata de gato. (Não parecia nada com um gato, na verdade. Para irritá-la, eu lhe disse que mais parecia um coelho, mas depois, para me irritar, ela disse que eu tinha detectado as complexidades da natureza da reação entre predador e presa.)

— Quer dizer, você seguiu a trilha ensino médio/universidade/especialização em direito e parece nunca ter pensado em largar. Às vezes me pergunto se você realmente *quer* ser advogada. Você teve o trabalho de vir para os Estados Unidos; às vezes acho que só está se escondendo de nós, escondendo-se para que não vejamos que você não sabe o que fazer de sua vida. Ou estou enganada? — Ela ergueu os olhos para os meus; vi o desafio cintilando neles.

Eu sustentei seu olhar.

— Que diabos a faz pensar que não quero ser advogada? — eu disse friamente.

— Bom, você não parece ligar para o fato de que o repouso a mantém fora do trabalho. Quer dizer, entendo que queira umas férias, entendo que queira uma pausa do sufoco, mas se eu não pudesse esculpir... Não bufe, Q, isso não combina com você... eu ficaria muito frustrada. A mamãe ficaria louca se não pudesse dar suas aulas, Jeanie adora seu curso de mestrado e eu acho que Tom arrancaria os cabelos se não pudesse ser advogado. O emprego dele parece consumi-lo. Mas você... Não acho que dê a mínima, querida. Você nem parece pensar no trabalho ultimamente, não como costumava pensar em seus ensaios e coisas para Oxford, pelo menos. Isso me diz que você não está feliz com sua opção de carreira.

Como é de se imaginar, a essa altura meu sangue fervia. Eu estava realmente puta da vida, vou lhe dizer. Olhe, irmã querida, eu disse a ela. Nem todas temos maridos que nos sustentam. Algumas de nós trabalham para viver. Sim, deveras. E só porque eu não tenho um emprego artístico, isso não quer dizer que não tenha satisfação no que faço. Na verdade, eu *ajudo* as pessoas, o que é mais do que posso dizer de seus gatos que parecem coelhos e vasos que complicam a natureza da relação entre trabalhar e ser uma maldita inútil. Rá! O que acha disso?, eu parti para cima dela de lábios franzidos.

Ela deu de ombros e começou a dizer que a arte dela empurra as fronteiras do normal, mas mudei de assunto. Não queria ouvir mais nada da baboseira de Alison.

38

15h
Não é *verdade* que eu não pense no trabalho. Brianna me mantém a par de meus antigos casos, Fay me fala dos novos e eu estou ajudando os Moradores Contra a Demolição em sua batalha com o senhorio. Então pronto.

É verdade que meu trabalho na Schuster não ocupa cada fresta de minha alma torturada como o trabalho de Tom ocupa a dele, mas isso porque eu sou mais equilibrada. Sim, é isso — eu tenho uma atitude mais equilibrada diante da vida. É o que vou dizer a Alison na próxima vez em que ela falar nesse assunto.

16h
Alison nega que eu tenha uma atitude mais equilibrada diante da vida.

— Não me venha com esse absurdo, Q. Você passa noventa horas por semana no trabalho. Isso não é equilibrado, é? Mas você pode me convencer de que seria pelo menos *razoável* se aparentasse achar excitante, se isso obviamente a estimulasse. Mas não vejo nada desse tipo. Então qual é o problema, querida?

Eu disse a ela que seus vasos idiotas me deixavam doente.

Terça-feira, 1h30, escrito à luz da tela do laptop:
Tom e eu tecnicamente nos entendemos. Eu disse "tecnicamente", porque, quando eu vi sua sombra na soleira da porta há uma hora sentei-me na cama e disse, numa voz que parecia superficial até para meus ouvidos: Desculpe por ter perdido o controle no sábado à noite. E ele disse, formal, frio, ambíguo: *Sim, peço desculpas também.*

Houve uma pausa. Eu me perguntei o que dizer, como consertar as coisas sem ceder, sem me afastar da verdade, do cerne, do núcleo da discussão. E então de repente ele disse: Olhe, Q, estou exausto, não tenho tempo para um auê emocional com você agora, está bem? Mal dormi nos últimos dois dias. Vou estender o tapete no chão esta noite de novo, assim não vou perturbar você e você não vai me incomodar.

Tudo bem, eu disse, igualmente fria, *faça como quiser*, voltando a me acomodar na cama com um gesto teatral de impaciência. Eu o ouvi estendendo seu tapete fino enquanto me deitava na cama com os pulmões apertados e os dedos formigando.

Portanto agora ele está deitado ao lado, no chão, a 1,50 metro de mim, de costas para a cama, os cabelos pretos visíveis por cima do cobertor. Eu o estive olhando dormir na última meia hora, embrulhada num corpo que de repente não parecia mais pertencer a mim.

39

Quarta-feira, 13h
Hoje está ventando incrivelmente e o céu está pesado e nublado. Uma das idosas do prédio do outro lado da rua tenta pendurar a roupa lavada. Ela luta para prender blusas num varal improvisado que atravessa sua sacada estreita. A diversão de hoje para uma Q fatigada e magoada.

Alison pediu para ver as compras que fiz para meu filho ontem à noite e Tom — para minha surpresa — surgiu de trás de uma pilha de livros e disse que queria ver também. Então ele e Alison pegaram as caixas no quarto do bebê (aliás, o quarto de hóspedes, aliás, o covil perfumado de Alison); Tom achou uma tesoura e os dois cortaram, rasgaram e dilaceraram até que a sala estava inundada de móveis, lençóis, pomadas, brinquedos e um milhão de lascas de isopor azul-claro. Alison elogiou efusivamente minhas compras e até Tom pareceu afetado pela visão do diminuto moisés verde-mar. Pelo canto do olho, eu o vi levar delicadamente um lençol azul-claro à face. Mal parece possível que nosso filho estará deitado nele daqui a poucas semanas.

Depois do jantar, Alison tocou no assunto do emprego de novo. A ocasião era péssima: olhar as compras do bebê tinha introduzido um novo jorro de calor no clima entre Tom e mim, uma pequena volta à intimidade. Não era muito, mas senti o peito mais leve enquanto Tom sorria para mim por cima de um ursinho de pelúcia que tocava "*Moonlight*" quando as orelhas eram puxadas. Ele gostou realmente dele e ficou mexendo em sua capa dourada e ondulada durante toda a refeição.

O tema do trabalho esfriou as coisas de imediato.

— Tom, você acha que a Q gosta do emprego dela? — perguntou Alison, olhando Tom de perto enquanto bebia uma taça de vinho tinto chileno de cor framboesa.

Tom, empoleirado no banco da janela, ficou imóvel.

— O que quer dizer? — perguntou ele cautelosamente. Eu vi os nós de seus dedos empalidecerem em torno da xícara de café.

Alison fez um pequeno muxoxo com a boca de batom vermelho.

— Ela não lhe falou de nossa conversa? — perguntou, os olhos disparando entre nós; eu sabia o que ela estava pensando. Senti a raiva se acumulando dentro de mim.

— Alison me deu um sermão outro dia sobre minha opção de carreira e ela acha, ilusoriamente, que sua arenga merece ser compartilhada com você, querido — eu disse a Tom, cravando adagas com os olhos em minha irmã. — Mas é óbvio que não. Eu lhe conto tudo que é importante — acrescentei em voz alta, para que ela ouvisse bem.

Alison deu de ombros e olhou inquisitivamente no rosto de Tom.

— Eu disse a Q que não acho que ela esteja satisfeita com o que faz. Ela costumava amar o trabalho na escola e em Oxford; agora ela mal parece pensar nisso. Ela discorda de mim, mas gostaria de saber o que você acha. Você a conhece melhor do que qualquer um hoje em dia — disse ela, com uma ênfase fraca mas discernível nas duas últimas palavras, como quem diz: *ela é um mistério para o resto de nós.*

Tom a fitou, depois olhou para mim.

— Sinceramente, não sei se ela está "satisfeita" ou não — disse ele por fim, devagar. — Acho que ela poderia estar feliz em um emprego diferente e menos estressante, certamente.

Alison assentiu com vigor. Ela sem dúvida achava que tinha chegado a alguma coisa.

— Isso é muito interessante, Tom; estou *muito* interessada no que você disse — afirmou ela, olhando para mim sugestivamente. Alison passou a ponta dos dedos na borda da taça especulativamente, produzindo um som baixo. — E quanto a você?

Tom ficou confuso.

— Como? — disse ele com educação. A voz parecia vir de algum lugar do outro lado da cidade.

— Bom, como eu disse a Q, é evidente que você adora seu emprego, mas você trabalha num horário *pavoroso*. Francamente, não sei como Q vai fazer quando o bebê nascer, acho que será uma provação para ela. Então *você* estaria feliz num emprego menos estressante, como você colocou?

Eu arfei, apavorada; agora ele vai pensar que *eu* a induzi a isso, que eu estava reclamando dele a minha irmã mais nova, superior e intrometida. Que eu pedi que ela intercedesse por mim...

Houve um silêncio. O vento aumentava; lá fora, ouvi uma máquina automática de jornais batendo na calçada, um grito indignado fraco de alguém que perdeu um chapéu, o farfalhar das últimas folhas do ano girando pela rua, pela esquina, na poeira. Tom se colocou de pé, baixando a xícara de *espresso* muito delicadamente em seu pires mínimo. Alisou as calças, me olhou com um jeito de — de quê? reprovação? raiva? tristeza? — depois examinou ostensivamente o relógio. Quando finalmente olhou para cima, seu rosto não tinha expressão.

— Com ou sem horário pavoroso, tenho de terminar de redigir uma coisa no escritório esta noite, então acho que terão de continuar essa conversa sem mim — disse ele com uma leve mordida, um beliscão que drenou o sangue de meu rosto. — Ajude Q a se acomodar na cama e cuide para que ela tenha bastante água, sim? Verei vocês de manhã — acrescentou ele enquanto largava um beijo leve em minha testa. Dez segundos depois a porta do apartamento bateu e ele se foi para a ventania equinocial.

Alison me olhou cheia de expectativa. Eu não disse nada. Não havia nada que pudesse dizer sem revelar a ela toda a extensão de nosso problema, que de repente parecia... *imenso*, uma bigorna formada da tensão acumulada nos últimos meses (ou seriam *anos*? Ela sempre esteve aqui, desde o primeiro dia, a primeira noite, juntando-se, dividindo-se e crescendo como as células de um câncer?). Por um momento medonho pensei que ela ia me perguntar o que esta havendo entre nós, mas ela pareceu pensar melhor, porque baixou com cuidado a taça de vinho e veio me ajudar a sair do sofá.

— Vou encher sua jarra de água — foi só o que ela disse enquanto me ajudava a me arrastar pelo chão até o quarto.

40

Quinta-feira, meio-dia
Tom foi para Tucson nas primeiras horas da manhã; vai parar em Baltimore na volta para ver os pais.

— Alison vai ficar aqui cuidando de você — disse-me ele rapidamente, rápido demais, quando soube de sua iminente visita. — Então não há motivo para eu não ir agora, não é? — Eu sacudi a cabeça devagar.

— Acho que não — eu disse monotonamente, pensando: se você não consegue imaginar um motivo, não sou eu que vou lhe dar um. (Em algum lugar na minha mente ouço o martelar surdo na bigorna, aço embotado contra aço embotado, dois objetos inflexíveis se chocando.)

Não que Alison esteja fazendo grande coisa para cuidar de mim; na realidade, ela saiu para fazer compras. Leu sobre uma liquidação de um dia na Bloomingdale's no jornal desta manhã e nunca vi a mulher se movimentar tão rápido. Ela encontrou a Sra. G no corredor ao sair.

— Q, sua amiga está aqui para ficar com você — anunciou ela cheia de pompa, como se tivesse chamado pessoalmente a Sra. G. e arrumado para que ela me fizesse companhia. — Estarei em casa a tempo para a ida ao consultório médico esta tarde — disse ela — e para preparar seu almoço — acrescentou mais alto ainda, claramente esperando que a Sra. G. visse que irmã exemplar eu tinha.

Não, é preciso destacar, que a Sra. G. estivesse em condições de perceber alguma coisa. Estava em péssimas condições quando chegou. Nunca a vi tão perturbada, nunca a ouvi falar num tom tão forte de aflição. Eu mal entendia uma palavra do que ela dizia. Tive de fazê-la beber dois copos do scotch de Tom até que ela se acalmasse o bastante para se comunicar comigo.

A carta que rascunhei deve ter colocado a Randalls em pânico. Porque eles recorreram ao comportamento mais bizarro, para não dizer antiético, para lidar com os inquilinos. Parece que, 24 horas depois de receber a carta, contrataram alguém para ver o histórico pessoal e financeiro dos inquilinos; essa pessoa (segundo a descrição da Sra. G., ele é baixo, gordo e parece um pouco com um golfinho) esteve entrevistando parentes, verificando registros policiais e literalmente fuçando o nariz no lixo numa tentativa de descobrir como "convencer" os inquilinos a irem embora. Aqueles com no máximo uma dívida do ticket de estacionamento foram ameaçados com sanções legais medonhas; os moradores falam de reuniões sombrias em garagens subterrâneas, de uma voz apavorante sussurrando ameaças de deportação e processos. Parece que o homem-golfinho disse aos inquilinos que, se eles transmitissem uma palavra de suas reuniões à Sra. G., ele jogaria o FBI para cima deles. E a CIA. E o Departamento de Segurança Nacional. A pobre Sra. G. não consegue entender por que seus amigos começaram a abandonar o grupo de ação como roedores se atirando de um penhasco, afirmando que afinal aceitariam os termos do acordo original da Randalls, e será que ela não se importaria de deixar essa questão de lado, por favor?

Viva a Sra. G., que disse que na realidade se importava, sim, e que diabos estava acontecendo? O homem-golfinho pode ser assustador, mas acho que a Sra. G. é ainda mais, e ontem à noite ela apavorou um pobre casal de velhos e os obrigou a contar a história. A nora do casal trabalhou ilegalmente por três meses como garçonete cinco anos atrás e o cara de golfinho os convenceu de que conseguiria o indeferimento da solicitação de *green card* dela, e portanto a separaria eternamente de seu filhinho, que nasceu no hospital Mount Sinai no ano passado e é cidadão americano por direito. O casal se curvou como uma barraca num furacão. Segundo a Sra. G., ontem eles estavam prestes a assinar o contrato de aluguel de um apartamento que tem 1/4 do tamanho do atual e fica a cinco quadras ao norte.

Isto não pode estar certo, disse-me ela emocionada; *não pode* estar certo. E eu tenho que concordar. Não pode estar certo.

Enquanto a ouvia falar, fitei adiante, pela janela, pensando profundamente. A Crimpson representa a Randalls — não os procedimentos de despejo, é verdade, mas seus interesses de construção. Se eu apoiar a Sra. G. nisso, se trabalhar com ela para expor a Randalls, estarei trabalhando ativamente contra Tom — contra a firma dele, contra seu cliente, contra (se pensarmos bem nisso) toda sua visão de mundo.

— Sra. G. — eu disse a ela abruptamente, antes que pudesse mudar de ideia —, vou ajudar vocês, está bem? A senhora não está sozinha, eu prometo. Vou pesquisar um pouco, vou pensar nos detalhes de sua situação jurídica. Vamos acabar com esses cretinos. Não posso prometer que seus amigos ficarão nas casas, mas vou cuidar para que a Randalls seja punida e seus amigos recebam tudo... todo o dinheiro, toda a proteção legal... a que têm direito.

A Sra. G. assentiu lentamente, o alívio transparecendo nas linhas fundas e mais escuras em volta da boca.

— Você é um amor — foi só o que ela disse. — Garota muito legal.

Estendi a mão e toquei de leve seu ombro, cheia da sensação prazerosa de trabalhar com alguém, nós duas unidas. Ela precisa de mim e eu posso ajudá-la.

Mas assim que a porta se fechou às suas costas, uma sensação fria de pânico tomou meu corpo. Acabei de me comprometer em ajudar um grupo contrário ao cliente de meu marido — quando meu marido e eu mal estamos nos falando, quando eu estou pesada de grávida de nosso filho, quando estou confinada à cama para proteger a saúde do bebê. O que foi que eu *fiz*? Mas que *diabos* eu fiz?

41

15h
Pelo menos o bebê reagiu bem ao teste sem estresse e à ultrassonografia de hoje. A Dra. Weinberg estava visivelmente animada no final de minha consulta.

— Desta vez darei um dez a ele — disse-me ela com sinceridade. — Antes que você perceba, ele estará se formando com louvor em Yale, ou foi Harvard a faculdade de seu marido? Harvard... É isso mesmo, agora eu me lembro, Harvard. *Oy oy oy*, ele saiu bem aos pais, esse menininho, se posso avaliar — acrescentou ela com um brilho caloroso nos olhos.

Eu sorri rígida para ela e não disse nada. Depois da consulta, esperei no térreo do prédio da Dra. Weinberg enquanto Alison chamava um táxi, depois lentamente me levantei para o sol de início de primavera. Enquanto andava com dificuldade para o táxi, piscando para a luz forte, pude me ver no para-brisa. Seis semanas sem exercícios pouco fazem por seu corpo. Meu pescoço tinha se enchido, minha cara estava redonda, meu peito e a barriga pareciam ter se fundido numa vasta protuberância.

Senti as lágrimas pinicando os cílios, o sangue esquentando meu rosto. Eu mal me reconheci.

Eu costumava ser o tipo de pessoa que chamam de "esguia". "Esguia" é uma das palavras que você usa para descrever os outros; parece muito estranha se aplicada a si mesma, a não ser que você esteja redigindo um anúncio para a Math.com. "Atraente" é outra dessas palavras. Também sou, por acaso, o tipo de pessoa que chamam de "atraente".

Meus amigos da universidade em geral se perguntavam por que alguém como eu — alta, esguia, atraente — ficava solteira. Nunca me pareceu estranho. Eu sou perfeitamente bonita, mas careço de alguma coisa — o que é? *Sex appeal?* Talvez. Como diz uma antiga expressão, não sei o que é, mas reconheço quando vejo. Minha amiga Lynn, da escola, tinha; é verdade que ela usava aparelho nos dentes e tinha acne no queixo, mas bastava olhá-la dançar. Lynn tinha completa confiança em seu corpo, como se o dominasse inteiramente, como se ele não tivesse segredos para ela. Eu, por outro lado, sempre considerei o meu com algum espanto, suas atividades misteriosas, seus lugares escuros onde o sangue flui perto da superfície.

Ainda assim, embora eu nunca tenha sido o tipo de garota por quem os homens babam, Tom não foi o primeiro a se apaixonar por mim. Afinal, eu sou alta e esguia; percebendo o valor da última característica, especialmente quando combinada com a primeira, esforcei-me muito para manter sob controle estrito minha paixão por todas as coisas doces. E assim a maioria das pessoas me chamava de "atraente". Não exatamente bonita — só Tom chegou a pensar assim —, mas, sem dúvida, com folga, atraente.

Mas agora... Bom. Não sou mais esguia e não estou falando só de minha imensa barriga. Nem estou falando do queixo duplo das últimas semanas. Assim que engravidei, minha necessidade de comida tornou-se insaciável. Por toda a vida fui capaz de manter meu apetite sob controle, mas assim que meu corpo registrou uma nova vida, começou a exigir cookies, bolos, chips e todas as coisas que induzem a gordura com uma rapidez extraordinária. E, assim, os quilos se acumularam; em minhas visitas mensais à Dra. Weinberg, evito olhar a balança e tapo os ouvidos enquanto a enfermeira murmura "70", "73", "77". Depois, é claro, teve o repouso, que deu um fim a minhas caminhadas depois do almoço, minhas perambulações de fim de semana no parque, para não falar de minhas idas muito de vez em quando à academia com Patty. Agora estou vários quilos mais pesada do que quando comecei e não sou mais "atraente"; não preciso olhar no vidro de um táxi para saber disso. Minha pele balança em volta dos braços e do queixo, minha carne é de um branco sujo e meu cabelo frisado está achatado do lado esquerdo por causa de todos esses dias intermináveis deitada. Eu estou imensa e uma parte constrangedoramente pequena de minha cintura é o filho. Nesse ritmo, vou chegar aos 30 com um pneu de caminhão.

É de surpreender que meu marido passe as noites no trabalho ultimamente?

18h30
Acabo de receber uma visita extraordinária de Mark. Eu estava deitada no sofá digitando isto, os dedos dos pés espiando para fora de nossa manta áspera azul e cinza de lã, quando alguém bateu na porta.

Alison tinha mudado de ideia sobre uma túnica da Bloomingdale's e correu para trocar ("Acho que preciso do tamanho 4, querida, olhe só essas dobras de tecido"), então eu estava totalmente sozinha.

— Q, eu, é, espero que a hora seja apropriada — disse Mark pouco à vontade, enquanto se livrava do casaco de couro preto, tirava um cachecol de cashmere amarelo e sentava na poltrona de couro.

— A hora é ótima — eu disse, arrastando meus pensamentos para o presente. Mark vem aqui para visitar Tom, nunca a mim. — O que posso fazer por você?

— Eu só estava de passagem e pensei em dar uma paradinha... — começou ele, depois parou e respirou fundo. — Não, não é verdade. Estou aqui por um motivo. Acho que simplesmente tinha de vir aqui dizer isso.

— Vir aqui dizer... o quê? — incitei-o, pensando: acabe logo com isso e dê o fora daqui. Eu não gosto nada de você.

Aguardei, cheia de expectativa. Os segundos passaram; ele não disse nada. Olhava para mim como um coelho desconcertado, a boca meio aberta. Percebi que um dos dentes da frente estava meio escuro.

— Ocorre que. Ocorre que... que — disse ele hesitante, depois num jato: — Q, eu andei tendo um caso.

Suspirei e resisti ao impulso de dizer sim, eu sei. Parecia o momento certo para jogar minhas cartas.

— É mesmo? — eu disse, fingindo surpresa.

— Sim, é verdade, e ocorre que, ela... minha... namorada estava na sua festa. Na sexta-feira passada. Eu a vi quando entrei, mas depois ela... ela desapareceu. Tem cabelo comprido e lindas sardas, e estava com um vestido vermelho com aquelas alcinhas finas, e o nome dela é... o nome dela é...

— Bri-*anna*? — terminei para ele, com o ar de alguém que faz uma descoberta espantosa.

— Exatamente. — Ele assentiu duas ou três vezes rapidamente.

Houve uma pausa.

— Não sei bem por que está me dizendo isso — eu disse por fim, quebrando o silêncio.

— Porque quero que você me ajude a tê-la de *volta* — disse ele, as palavras tropeçando velozes, e enquanto falava ele se colocou de pé e começou a andar pela sala, virando a beirada do *kilim* persa. — Eu ligo para ela todo dia, três vezes por dia, desde a sexta-feira, e ela não retorna meus telefonemas. Vou enlouquecer. Eu a amo, Q, quero-a de volta. Vou dizer à Lara que quero o divórcio. Acho que quero me casar com Brianna. Você vai me ajudar? — concluiu ele, virando-se com um olhar de apelo esperançoso no rosto.

Devo admitir que interpretei esse relacionamento da forma errada. Enquanto o fitava, de repente percebi que eu estava com raiva. Não só com um pouco de raiva, mas muito, muito colérica, na verdade.

— Não está se esquecendo de nada? — eu disse asperamente. — Um probleminha de dois filhos e uma mulher grávida?

Mark passou desanimado os dedos pelo cabelo fino.

— Eu sei, eu sei, e me sinto péssimo por eles. Mas, Q, não posso viver uma mentira — continuou ele sem sinceridade nenhuma. — Não posso mais fingir que amo a Lara. Ultimamente ela tem sido tão *certinha*, Q, você não faz ideia. Brianna é calorosa, aconchegante e carinhosa. Não há nada que eu possa fazer...

— Nada que você possa fazer? Não me venha com essa! — eu disse, furiosa, e antes que percebesse o que estava acontecendo as palavras verteram de mim como lava de um vulcão há muito obstruído. Não me lembro de muita coisa do que eu disse, mas sua expressão vacilante está impressa em minha mente. A conversa terminou com ele disparando porta afora, jurando que não podia imaginar por que tinha se aberto comigo, que eu era a mulher menos solidária que ele conheceu na vida e que Tom era um santo por me aturar.

A porta se fechou com um baque. Ouvi o som reverberar pelo apartamento. Tem acontecido muito ultimamente.

O telefone se intrometeu no silêncio. *Biiip*. Pausa. *Biiip*. Pausa. Esse som curiosamente americano. Era a minha mãe, seus tons curiosamente ingleses viajando pelo Atlântico, através do longo cabo de enguia que nos conecta.

— Q, tenho uma surpresa para você — disse ela, a voz densa de significado.

— Sim? — eu disse, cansada. Estava emocionalmente arrasada.

— É só o que pode dizer? — perguntou ela, magoada. Respirei fundo, me preparei e perguntei devidamente qual era a surpresa.

— Vou passar um mês com você até o parto! — anunciou ela, e eu deixei cair mesmo o telefone; literalmente ele caiu de meus dedos débeis. Eu o encarei, um bloco de plástico preto deitado na beira do sofá, e me debati entre pegá-lo ou simplesmente apertar o botão *end* e fazê-la desaparecer, talvez para sempre.

É claro que não apertei o botão. Em vez disso fechei brevemente os olhos doloridos, depois peguei o fone novamente.

— Desculpe, alguma coisa errada com a linha — eu disse, sem convencer. — Continue.

Ela me pareceu ao mesmo tempo um tanto ofendida e ansiosa.

— Espero que fique satisfeita, Q. Foi um pesadelo encontrar professoras para cobrir o estúdio, mas levei algumas broncas e consegui. Vou no dia 19. Você terá, deixe-me ver, 34 semanas de gestação na ocasião e posso ficar duas semanas no mínimo, então estarei aí para ver o bebê! — concluiu ela, numa voz que explodia de empolgação.

Vir me visitar? Na América? Em Nova York? Eu mal acreditava no que ouvia. E de repente senti uma coisa que não sentia há anos, um desejo por ela que não posso descrever. *Minha mãe.* Aqui. Enfim. Mas só o que eu disse foi: Ótimo. Obrigada. Vai ser ótimo ver você.

Alison chegou meia hora depois com um vestido minúsculo e unhas recém-pintadas com esmalte pêssego fosco. Tomando uma xícara de chá, contei-lhe sobre os planos de nossa mãe de me visitar. Ela confirmou que mamãe estivera tentando encontrar professoras para cobrir suas aulas no estúdio por pelo menos três semanas.

— Ela me pediu que não dissesse nada até ter certeza de que estava tudo acertado. Ela queria lhe fazer uma surpresa — disse Alison, depois continuou com uma fungadela. — Ela só me visitou por *dois* dias depois que Serena nasceu. Jurou que não podia se afastar do trabalho, e morava em Londres. Mas sua gravidez *é* de risco, acho que por isso...

Examinei Alison enquanto tomava meu chá Earl Grey e me perguntei se um dia íamos amadurecer.

42

Sexta-feira, 13h
Acordei esta manhã e olhei o espaço vazio ao lado de minha cama. O grande lençol banco olhava para mim inocentemente, desafiando os pensamentos ressentidos a voltarem a minha mente semiconsciente. É difícil ter raiva de um simples lençol branco. Depois meu olhar atravessou o quarto até a cadeira de madeira perto da porta do banheiro. Uma cueca Calvin Klein estava largada no assento almofadado, as pernas no alto, um oito sujo de algodão cinza franzido. Venha cá, me pegue e me coloque no cesto de roupa suja, dizia-me ela com irritação, e rápido, já estou aqui há dois dias. Você fica deitada aí o dia todo enquanto nos levantamos, vamos trabalhar e fazemos todas as coisas importantes. Vamos, por que não faz uma coisinha para merecer seu sustento?

Vá se danar, eu disse a ela rabugenta, enquanto me alavancava da cama, pode achar seu caminho sozinha, por acaso eu tenho mais o que fazer. Você não é a única que tem emprego.

Depois do café-da-manhã, abri o computador e estalei as articulações. Hora de pesquisar.

Antigamente, uma investigação sobre aluguel controlado, administração de aluguéis e os procedimentos necessários para demolir prédios em Nova York teria representado um dia numa biblioteca bolorenta escalando prateleiras vertiginosas em busca de volumes imensos com lombadas filigranadas em ouro, páginas de papel-bíblia e impressão microscópica. Hoje, armada com uma senha válida do Westlaw, uma mulher de repouso absoluto pode encontrar uma quantidade surpreendente de informações em cerca de três horas.

A primeira descoberta veio rapidamente. Cortei e colei um documento no Word: *A lei proíbe maus-tratos a inquilinos de aluguel regulado. Os proprietários considerados culpados de atos intencionais para obrigar um inquilino a desocupar um apartamento podem estar sujeitos a penalidades cíveis e criminais. Os proprietários considerados culpados de maus-tratos ao inquilino por atos cometidos em ou após 19 de julho de 1997 estão sujeitos a multas de até US$ 5.000 por cada violação.* Salvei o parágrafo num arquivo novo chamado "Foda-se a Randalls" e depois, pensando melhor, criei uma pasta para abrigá-lo intitulada (com muita gentileza) "Descobertas Randalls".

Depois passei aos procedimentos de "perquirição do código de regulamentação de aluguéis para o preenchimento de solicitação do proprietário com o fim de se recusar a renovar contratos de aluguel com base em regulamentação de proteção do inquilino em emergência de implementação de demolição". (Sempre adorei o inglês do direito, o uso arcaico de palavras como "perquirição" me faz pensar em becos escuros e nevoentos, estupradores à noite, um pergaminho enrolado na mão de um morto.) Destaquei, cortei e colei; procurei, segui links, criei subseção depois de subseção em "Foda-se a Randalls" e uma boa lista de documentos para aninhar em "Descobertas Randalls" (isto é, "Dane-se a Randalls", "Randalls Nem Pensar", "Randalls Está Acabada" etc. etc. etc.). Resumindo: as ofertas de compra da Randalls infelizmente não cumprem os estipêndios exigidos por lei e os inquilinos não receberam a papelada necessária. E, por falar em papelada — ponderei comigo mesma, enfim pegando o telefone —, onde é que está mesmo a notificação de aprovação do DHCR?

Precisei de algum tempo e algumas afirmações vagamente enganosas (tecnicamente, ainda sou funcionária da Schuster, então isso não é *bem* uma mentira) para descobrir o que suspeitava há muito tempo — a solicitação da Randalls para derrubar o prédio ainda não foi aprovada, deve haver uma audiência no mês que vem. O que significa que haverá muita oportunidade para os representantes legais dos inquilinos contestarem a solicitação *e* tornar público o comportamento execrável do senhorio. É hora de encontrar uma representação legal confiável para os inquilinos.

Peguei o telefone e liguei para Fay. Esta é a situação, eu disse a ela. Quero que a Schuster assuma o caso *pro bono*. Vou lhe mandar uma carta por e-mail e quero que você a assine e depois envie para uma empresa chamada Randalls. Mande uma cópia também para a Smyth & Westlon e a Crimpson Thwaite, seus representantes legais. Vamos ameaçar com tudo, de raios e trovões a cadeira elétrica, e vamos fazer isso para um grupo de idosos gregos por dinheiro nenhum. Está entendido?

O que Fay disse não vale a pena repetir, mas no fim da conversa meu argumento venceu.

Nunca fui muito boa em sustentar minha posição. E, francamente, nunca fui particularmente boa em manter pé firme por meus clientes também; embora eu seja confiável, não sou uma advogada especialmente dotada. O que é estranho, porque me saí bem na universidade e na formação em direito, melhor até do que Tom, mas foi ele quem terminou na Crimpson. Por que isso? Ocorreu-me nas últimas semanas, enquanto estou deitada aqui, que eu nunca consegui *me importar* muito com as pessoas que devia ajudar. Acho quase impossível me preocupar com um cliente que já está indo bem: se ele pode pagar para contratar a Schuster, bom, não pode estar sofrendo tanto assim. Mas esses idosos são diferentes, eles *estão* sofrendo e eles têm direitos; a lei é expressamente projetada para protegê-los. Não vou ficar de lado vendo seus direitos sendo ignorados.

Esse é o argumento de que vou lançar mão com Tom, de qualquer forma. Depois de encerrada a conversa com Fay, os pensamentos de meu marido ausente voltaram furtivamente à minha cabeça. Vamos encarar a realidade, um dia — em breve — ele vai saber de tudo isso. Ele vai pensar que estou mexendo em coisas que não entendo bem, vai dizer que sou boba e sentimental. Ele pode até pensar que estou trabalhando com a Sra. G. e Alexis deliberadamente para me desforrar dele, para atrapalhar o cliente dele, para constrangê-lo com os sócios.

Não posso evitar isso.

Se, quando voltar de viagem, ele me perguntar o que eu andei aprontando, vou contar. Não é de minha natureza enganar os outros. Certamente não. Vou contar tudo a ele — *se* ele perguntar. Mas não vou dizer nada a não ser que ele me procure primeiro, a não ser que ele diga "Q, tivemos umas brigas bobas recentemente, mas eu te amo, vamos ter um filho, quero que a gente se entenda. Então o que você anda fazendo?". Se ele disser estas palavras, aí, tudo bem. Se não disser — não.

43

Segunda-feira, 7h
Hoje completo 33 semanas de gestação. Tom já está fora há quatro dias. Alison está aqui há dez dias. Estou acordada há três horas. Vomitei pela última vez vinte minutos atrás.

    Tom ligou tarde ontem à noite de Baltimore; Alison estava no quarto na hora, então eu recorri ao meu sorriso mais luminoso, perguntei sobre meus sogros e tentei esconder de minha irmã o fato de que eu tremia de uma náusea fria, um tiritar horrível nas vísceras.

    A voz quase histérica de tão animada de Tom me dizia que seus pais também podiam ouvir a conversa.

    — O bebê está bem, não é? Está tudo bem? — perguntou ele, dolorosamente animado. Apesar da presença de Alison, eu revirei os olhos. Por que as pessoas pensam que uma grávida tem algum *insight* misterioso sobre como está seu feto?

    — Bom, eu perguntei a ele hoje de manhã, sabe como é, e ele disse que tem nadado bastante, mas está meio entediado — eu lhe disse sarcasticamente, e depois (consciente dos olhos penetrantes de Alison) eu ri. — Hahaha. Brincadeirinha. Quer dizer, eu o senti chutar esta manhã, se é isso que quer saber. E como está indo o caso do aluguel? — perguntei civilizadamente, acrescentando, como se compelida a isso: — Conseguiu ferrar algum morador daí? Destruiu alguns pontos turísticos com caixotes modernos? Hahaha! Brincadeirinha! — acrescentei, para encobrir a crueldade. Abri um sorriso imenso para Alison como quem diz: está vendo só?, é assim que conversamos animadamente em nossa casa.

Tom respirou fundo.

— Vai se foder, Q — disse ele baixo, furioso, e depois, como se alguém tivesse acabado de entrar na sala: — Hahahaaha! Brincadeirinha *minha*. Que engraçado. Isso é *tããão* engraçado.

As coisas de repente pareciam ter ido longe demais. Discutimos os arranjos para o voo de volta de Tom em detalhes extensos e com uma educação extraordinária pelos 15 minutos seguintes enquanto Alison folheava sua revista (tuác! tuác!) e batia o pé rapidamente no piso de madeira.

— Bom, querido, estou louca para ver você — terminei suavemente.

— Eu também, meu amor — respondeu ele, com igual brandura. — É sério, mal posso esperar para chegar em casa. — Clique.

A Sra. G. veio me ver ontem à tarde depois da igreja, acompanhada de Alexis, que perguntou, com evidente desconforto, se tinha criado problemas entre mim e Tom. Ele percebeu na festa que meu marido não sabia de meu envolvimento com o grupo de ação dos moradores (mas ele não percebeu a outra coisa, o fato de que o próprio Tom representa a Randalls, que estou dormindo com o inimigo, por assim dizer). Eu ri levemente, animada. É claro que não há problema, eu disse, consciente de novo dos olhos penetrantes de Alison; Tom não se importa, na verdade, não há problema. Não há problema algum. Alexis ainda parecia ansioso, mas eu mudei de assunto firmemente para o basquete — andei vendo muito nos últimos dias; isso deixa Alison tremendamente irritada — e ele mordeu minha isca. Conversamos sobre os tipos de habilidade que os europeus trouxeram para a NBA enquanto a Sra. G. cochilava e Alison tamborilava as unhas pintadas na mesa.

Depois de uns dez minutos, Alison se levantou para tomar um banho. Lançando um olhar à tia ainda adormecida, Alexis inclinou a cabeça morena para a frente e me disse num sussurro de quem conspira:

— Aquela garota que conheci aqui outro dia, a sua amiga, Brianna... Espero que não se importe que eu pergunte, mas ela é solteira?

Senti seu cheiro de sabonete, de lavanderia a seco e xampu de hortelã. (O cheiro de um homem. Sinto falta desse cheiro.)

— Sabe de uma coisa, acho que ela é — eu disse a ele, inclinando-me um pouco para mais perto. Pude ver o rosado por baixo de sua pele dourada, o fio de cabelo comprido em sua sobrancelha direita, a cicatriz mínima na testa, uns 3 centímetros abaixo da linha do cabelo. — Por que, está interessado?

Ele corou e abriu um meio-sorriso constrangido.

— Estou, na verdade. Quero dizer, eu estava pensando em convidá-la para jantar, mas não a vi em sua festa. Eu meio que esperava... bom. Se você puder me dar o telefone dela, então eu... sei lá... — ele se interrompeu enquanto seu rosto ficava cada vez mais vermelho.

Eu sorri com sua falta de jeito, depois rapidamente escrevi o número de Bri; disse a ele que eu achava que ele devia entrar em contato com ela assim que fosse possível. Bri obviamente está resistindo às atenções de Mark, então agora é uma boa hora para se aproximar dela, antes que sua determinação enfraqueça. Não que eu tenha explicado isso a Alexis, é claro; eu disse simplesmente que aprovava seu gosto para mulheres e, enquanto a tia dele acordava meio bufando, que eu tinha certeza de que Brianna ia concordar em jantar com ele.

Havia alguma coisa muito sexy em ajudar duas pessoas a começarem um relacionamento. Tinha algo a ver com todo o desejo reprimido, imagino, querendo explodir. Fez com que eu me lembrasse daqueles primeiros dias incríveis com Tom. (A primeira vez que toquei sua pele, macia como caramelo. A primeira vez que desabotoei sua camisa de algodão e senti o forte calor de seu peito. A primeira vez que ele me beijou até que meus ossos tremeram. A primeira vez que o beijei até que seus olhos verde-azulados perderam o foco e ficaram cor de cinza fosco.)

Reli *Emma* de Austen no fim de semana. Não consigo imaginar em por que ela tem tanto problema para ser casamenteira; é moleza. Acho que vou em frente e marcar "Unir amigos solitários" em minha Lista da Mulher Moderna hoje. Isto está definitivamente no papo.

10h
Ou... não.

Acabo de receber um telefonema de Brianna. Ela quer reatar com Mark.

— Você não vai acreditar nisso — começou ela —, mas por acaso *você conhece meu ex-amante*!

É mesmo?, eu disse, voltando cansada ao papel de amiga gentil-mas-distraída. Você me surpreende.

Sim, ela me disse; eu o vi na sua festa. O nome dele é Mark Kerry.

Meu Deus do céu. Meu bom Senhor. Estou pasma.

— Eu sabia que ficaria assim — disse ela. — Bom, é o seguinte: ele andou me ligando por uma semana, desde a sua festa. Todo dia. Muitas vezes por dia, na verdade. Eu não retornei os telefonemas, não porque não quisesse, mas porque queria ter certeza de que ele realmente me queria. Não vou voltar com ele se for apenas uma coisa impulsiva, não é justo com a mulher dele, né? Mas, sabe como é, eu acho que ele realmente me ama. Num recado de ontem à tarde, ele me disse que me adora, disse que há uma coisa que ele quer me dizer... O que acha que pode ser, Q? Você acha que ele vai deixar a mulher, afinal de contas? Quer dizer, talvez eu esteja me adiantando, mas, pelo modo como ele falou, não consigo deixar de imaginar...

Ouvi suas especulações com um pavor crescente. (E, para ser franca, com alguma preocupação quanto a minha própria reputação de confiável. Se eles reatarem, Brianna vai perceber que eu sabia sobre seu relacionamento há uma semana, e pode deduzir que eu sabia por mais tempo. Não que isso seja a coisa mais importante em minha mente agora, mas ainda assim...)

Brianna, interrompi, eu conheço a mulher dele, está bem? Eu *conheço* a Lara. Ela é uma amiga... bom, quase. Não posso ficar sentada vendo você tirar o marido dela.

Ela está grávida e tem dois filhos, ela *precisa* do Mark e... e, olhe (com um desespero cada vez maior), Alexis esteve aqui hoje, pediu seu telefone, ele vai ligar, e ele é *tão gato*, tem olhos lindos, um cabelo maravilhoso e ele também é muito legal...

— Q — disse Bri, surpresa. — Parece que *você* tem uma queda por esse homem, mas, quanto a mim, não acho que seja uma boa, não estou interessada, o Mark é O Cara. Vou entender se você achar que não pode ser minha amiga, mas, quando Mark ligar da próxima vez, vou pegar o telefone e dizer sim a qualquer coisa que ele me pedir. *Qualquer coisa* que ele me pedir — repetiu ela devagar, sugestivamente. Desliguei o telefone.

Mas assim que fiz isso comecei a entrar em pânico. Brianna é uma boa amiga; ela também, vamos admitir, é minha visita mais dedicada. Quem vai me trazer almoços saborosos e cookies à tarde, se não for Brianna? Quem vai cochichar os detalhes de encontros noturnos sensuais, se não for Brianna? Quem vai pedir meus conselhos sobre os passos complexos da dança amorosa, se não for Brianna? E quem vai ouvir solidariamente os *meus* problemas, se não for Brianna?

Sem Brianna, resta-me Alison. Peguei o telefone e liguei para ela.

Bri, eu disse, somos amigas, está bem? Não quero julgar com severidade demais. Venha me ver esta noite e vamos conversar sobre isso tudo. Mas então ela me disse que não podia. Mark tinha deixado um recado em seu *voice mail* enquanto estávamos conversando, pedindo que ela jantasse com ele no Le Bernardin.

17h
Tom deve chegar de Baltimore hoje. Alison vai embora amanhã para a Inglaterra. Portanto meu marido e eu logo estaremos juntos, a sós, mais uma vez.

Sinto-me como uma corda esticada, como a corda Mi num violino, prateada e esticada, prestes a se romper. A cavilha gira sem parar, as notas ficam cada vez mais agudas.

Meu indicador esquerdo está sangrando muito; passei a última meia hora vendo o sangue ensopar uma sucessão de lenços de papel cor-de-rosa. Cortei outro dia tentando descascar uma maçã (é difícil usar uma faca quando se está deitada de lado). Preciso de um curativo novo, mas não tem ninguém aqui para pegar para mim. Alison foi fazer compras novamente. Tenho a impressão de estar me desintegrando.

44

Terça-feira, 18h
O voo de Alison parte do aeroporto JFK às nove da noite. Ela saiu daqui há alguns minutos com duas malas Louis Vuitton abarrotadas de compras de luxo — um vestido de noite Dior de seda verde, suéteres de cashmere de todos os tons possíveis, uma pulseira e um par de brincos de ébano da Tiffany, uma gama de lindas gravatas de seda para Gregory, brinquedos de pelúcia para as crianças, e este é só o conteúdo da mala número um. Seu conselho intrometido, apresso-me a dizer, ficou aqui comigo.

— Acho que você se casou com Tom porque pensava que ele era o tipo de homem que a mamãe ia gostar — disse ela durante o café-da-manhã.

— Rá... Isso mostra bem o que você sabe — eu disse, enquanto passava manteiga em meu *croissant*. — A mamãe odiou Tom completamente no início — eu disse a ela, embarcando num *pain au chocolat* crocante e descomunal.

— Eu sei — respondeu Alison meditativa —, mas ainda assim acho que parte de você queria encontrar um profissional liberal para ter a aprovação dela, enquanto outra parte queria alguém que ela odiasse. Com o que você terminou? Um advogado americano. Você sempre foi dividida, Q, em seu relacionamento com a mamãe. Você é meio desesperada por seu amor, meio desesperada por fazer com que ela odeie você, e assim você não precisa se sentir culpada por odiá-la. Tem sido assim desde que éramos garotinhas.

— Quanto é que você paga de terapia? — perguntei, solícita. — Quer dizer, devo entender que esta é a origem de todo esse sermão psicológico?

— Você é tão agressiva — disse ela tranquilamente. — Você é agressiva porque compete mortalmente comigo. Era incrivelmente perturbador quando éramos crianças, Q. Você era um doce comigo quando queria fazer Jeanie se sentir mal e era medonha quando a mamãe fazia *você* se sentir mal. Devo admitir que por acaso eu *faço* terapia, e acho que isso a ajudaria um pouco também, Q. Você tem muita coisa para botar para fora, se não se importa que eu diga.

Eu me importava, e tentei lhe dizer isso, mas ela já havia passado para o tema "como você vai criar uma criança com um marido que nunca está em casa?".

— O fato, Q — continuou ela a sério —, é que eu fiquei aqui dez dias e eu o vi... quanto mesmo? Por três horas consecutivas. Ele usa este lugar como um hotel. Isso é mesmo aceitável para você, querida? Como vai se virar sozinha quando o bebê estiver gritando por cinco horas seguidas?

Existe alguma coisa na minha vida que você aprove?, perguntei a ela sarcasticamente, perguntando-me por que diabos uma mulher sem talento discernível, um peso morto estúpido com marido e dois filhos insuportáveis estava *me* dando um sermão — de novo — sobre condições de minha existência.

— Vou querer saber o que a mamãe tem a dizer — disse ela severamente e meus olhos reviraram para trás em minha cabeça. Ah, meu Deus, por que eu cheguei a pensar que queria essa mulher aqui... será tarde demais para impedir que ela venha?

Alison ainda falava.

— Sei que você não pensa grande coisa de Gregory, querida, você deixou isso muito claro, mas temos um acordo que é lindamente adequado para nós e ele apoia cento e dez por cento minha escultura. Temos uma casa tranquila, eu vejo meus filhos o tempo todo e gosto de minha profissão. Francamente, Q, não acho que você esteja em terreno firme para ser tão crítica. E já que estamos falando nisso, você tem sido horrível com Jeanie a respeito do Dave. Ele não é assim tão ruim e, pelo que posso dizer, você passou muito pouco tempo na companhia dele.

O pior, é claro, é que Alison tinha certa razão. Em muitos aspectos. Eu *sou* horrível ao me referir a Dave, *não* cabe a mim criticar Gregory, e meu marido, de fato, raras vezes está em casa. E, já que falamos nisso, meus amigos são chatos, minhas festas são cansativas e minha carreira não me interessa realmente. Meu bom Deus, Alison, eu disse a ela, você deve vir me ver com mais frequência. Posso contar mesmo com você para me animar.

E quanto a Tom? Ele e eu temos dançado um em torno do outro com cuidado, com muito cuidado, desde que ele passou pela porta na noite passada às dez para as oito. Ele depositou uma caixa de chocolates Godiva em meu colo com um olhar de esguelha para Alison. Agradeceu a ela por cuidar de mim na ausência dele com as boas maneiras de um cavalheiro. E à noite dormiu no canto mais distante da cama e, até onde sei, nossa pele não chegou a se tocar.

45

Eu fiz PFE na universidade, mas sempre quis estudar literatura. Política, filosofia e economia eram matérias úteis, disse minha mãe. Elas mostrariam a qualquer possível empregador que eu sou uma Pessoa Séria. Com essas matérias na manga, ela disse, você poderá chegar a qualquer lugar, fazer qualquer coisa. As portas se abrirão para você. As pessoas vão ouvi-la. Mas literatura — literatura! É quase tão ruim quanto mídia, ou economia doméstica, ou alguma outra disciplina "branda". (Isso antes de ela descobrir a iluminação pessoal na postura do cachorro de cara para baixo, é claro.)

Então eu fiz PFE, mas escapulia para umas aulas de poesia, ficção e teoria literária. Sempre adorei textos de mulheres — as Brontë, George Eliot, Emily Dickinson, Kate Chopin, Virginia Woolf, Sylvia Plath — tantas com uma vida tão trágica, a vida de suas heroínas terminando em desastre, no fundo do mar, lutando para respirar, o mundo se fechando sobre suas cabeças num momento de alívio entorpecente. Às vezes eu me deitava no quarto, de cara para o carpete, e imaginava que estava me afogando no rio que corria a 800 metros de nossa casa. Eu fechava os olhos, deixava que o corpo pesasse e sentia a escuridão me dominar. Metade de mim queria verdadeiramente morrer, mas sem a dor, sem a asfixia e o pânico. Esta era a minha fantasia de morte — a morte sem desordem.

Um garoto que morava a duas portas da nossa se enforcou dois meses antes de nosso pai ir embora. Os dois acontecimentos estão relacionados em minha memória. A paisagem de minha infância mudou aquela primavera; na época em que as peônias floresceram pela cerca da frente, eu sabia que finalmente tinha crescido. O menino se enforcou porque era atormentado pelos colegas, ou pelo menos foi o que disse a fofoca das crianças da escola. O nome dele era Patrick e era uma criança magra, loura e muito pálida. Ele se enforcou no telheiro do jardim, um lugar em que raras vezes brincava, então os pais levaram 24 horas para encontrá-lo. Sua cara estava roxa, assim disseram as crianças vizinhas, a língua preta e o arame de metal que usou para se estrangular quase arrancou sua cabeça. Eu fiquei me perguntando por que ele não tinha simplesmente amarrado uns tijolos na cintura e dado um último mergulho no rio. Acho que foi vingança pelo fato de os pais não terem conseguido protegê-lo; pessoalmente, sempre achei que o efeito de um cadáver imaculado seria maior. *Olhem como eu sou perfeito; olhem o que vocês não conseguiram apreciar.*

Depois meu pai foi embora, e eu me perguntei por algumas semanas se ele também tinha cometido suicídio e minha mãe estava inventando aquela história toda. Ou talvez ela o tivesse matado. Mas o desaparecimento simultâneo da mulher de nosso vizinho pareceu demolir esta ideia, a não ser que se tratasse de um completo massacre, e mesmo eu não achava que minha mãe poderia ser uma *serial killer*. De qualquer modo, depois de uma pausa, ele começou a nos telefonar e mandar cartas, então parecia provável que realmente ainda estivesse vivo. Fiquei meio decepcionada.

Na adolescência eu devorava livros sobre pais ausentes e inadequados, e havia muitos para ler. Pais que não protegiam suas filhas, pais que não entendiam as filhas, pais que abandonavam as filhas. *Papai, papai,* seu canalha, eu pensava. Pais que iam para a guerra (*Adoráveis mulheres*), escondiam-se na biblioteca (*Orgulho e preconceito*), ficavam violentos (*O morro dos ventos uivantes*), arrumavam madrastas visivelmente inadequadas (não me faça entrar nos contos de fadas). As mães eram invariavelmente irritantes mas, a não ser que morressem do parto, tendiam a permanecer. Os pais eram uma história totalmente diferente.

Quando percebem que a vida não está dando certo, os pais dão o fora.

46

Quarta-feira, 19h30
Eu estava olhando um casal de idosos jantando no prédio do outro lado da rua quando Brianna chegou, a cara corada e suavizada de satisfação amorosa.

— Tivemos uma noite incrível ontem no Le Bernardin, Q, nem lhe conto — disse-me ela, os olhos acesos com a lembrança. — O Mark nunca foi tão carinhoso. Na metade da refeição ele me disse que acha que quer passar o resto da vida comigo. Sei como você se sente com relação à Lara... Mark me disse que você brigou com ele ao falarem sobre isso, mas eu disse que achava que você estava disposta a fazer as pazes. Você está, não é? *Por favor*, diga que está, Q. Você se tornou uma boa amiga e quero que fique feliz por mim. Quero que você fique feliz por Mark.

Eu a fitei. Parecia que, em seu estado confuso e drogado de amor, ela não havia entendido minha duplicidade. Mas isso não importava agora. Tenho de decidir se estou disposta a dispensar a única amiga de verdade que tenho hoje, minha única amiga num país estrangeiro, em favor... do quê? De uma mulher de que nem gosto? Ou do princípio de que não se deve deixar uma grávida criar os filhos sozinha?

Meu filho chuta sem parar e nós nos deitamos juntos, contemplando o futuro. Posso sentir sua cabeça, a curva de sua coluna, a forma redonda de suas nádegas em minha barriga. Estou louca para vê-lo em sua própria pele. Embora, dada a situação entre os pais dele, desconfie de que ele está melhor aí mesmo, aninhado sob a minha.

47

Quinta-feira, meio-dia
Hoje de manhã fui ao consultório da Dra. Weinberg para outra ultrassonografia. O bebê se lançou na posição de culatra.

Senti uma estranha falta de fôlego quando tentei sair da cama esta manhã e uma nova rigidez sob as costelas. A cabeça do bebê agora está alojada sob elas, a centímetros do meu coração. A Dra. Weinberg me disse que, a não ser que ele se vire novamente, vai nascer por cesariana.

Tom decidiu ir comigo, de última hora, e eu pensei — talvez fosse só fantasia minha — ter visto uma sombra de alívio nos olhos da Dra. Weinberg quando ele entrou na sala, balançando sua pasta. Enquanto éramos informados da nova posição do bebê, ele pegou minha mão. Eu me sobressaltei um pouco com a pressão inesperada, a pele quente tocando a minha. Certamente o bebê pode se virar de novo, disse ele à Dra. Weinberg numa voz baixa e urgente, e aí, quem sabe, o parto pode ser normal? A Dra. Weinberg deu de ombros.

— É claro — concordou ela. — Mas os bebês cercados por tão pouco líquido amniótico não têm muito espaço para manobra. É um milagre que ele tenha se virado — acrescentou ela. — Ele é decidido, esse neném, tenho certeza disso. Vai deixar vocês espantados.

Perguntei-me o que Tom estava pensando. É indicativo do estado de nossa relação o fato de que eu não saiba.

Cesariana — uma cirurgia importante. Eu serei aberta, o bebê retirado. Parte de mim está aliviada — eu começava a me perguntar como ia lidar com a exaustão física do parto normal depois de semanas e semanas de cama. Mas parte de mim estava apavorada. Minha irmã deu à luz normalmente, com uma grande dose de determinação e um lábio superior rígido. Ela pariu os filhos como um animal saudável, sem ajuda nem intervenção nenhuma. Assim como minha mãe — "Quem são essas mulheres 'luxentas demais para parir'?", lembro-me dela dizendo a Alison junto ao leito do hospital. "Não sei onde o mundo vai parar; no meu tempo, nós só íamos em frente com isso, um pouco de dor não faz mal a ninguém. Alison sabe muito bem, ela teve coragem com este aqui." Alison, pálida e exaurida, sorriu para ela, depois para mim, com a presunção de uma mulher cuja têmpera tinha sido testada e aprovada. "Foi duro, mãe, mas valeu a pena", disse ela cheia de virtude. *Eu posso ser a filha Número Dois,* telegrafou ela para mim, *mas estou ganhando terreno.*

Vou ficar deitada de costas passivamente e meu filho nascerá pelas mãos de um cirurgião. Parece que não consigo fazer nada direito com o bebê.

Depois da consulta, empoleirei-me numa grade de ferro baixa, sem fôlego do esforço de andar pelo corredor da Dra. Weinberg, enquanto Tom chamava um táxi.

— Por que isso está acontecendo conosco? — eu o ouvi murmurar, à meia-voz; — Não posso lidar com... ah. Vamos, Q — chamou ele, numa voz mais alta, enquanto um táxi amarelo encostava e ele se aproximava, pegava-me sob o braço e me puxava para cima. — Tenho que voltar ao escritório, terei reuniões a tarde toda. Devo chegar em casa depois que você estiver dormindo, portanto não espere acordada.

— Até *parece* — respondi friamente, içando minha figura desajeitada no banco traseiro sem olhar para trás. Ele bateu a porta sem dizer mais nada e partiu pela calçada.

Alguns minutos depois passamos por ele — o sobretudo comprido balançando, de cabeça baixa, olhando o chão. O sinal estava verde, o motorista acelerou; olhei meu marido enquanto ele desaparecia na distância, o andar que eu amava, o cabelo crespo que eu costumava afagar de manhã, quando nós dois ficávamos nus e rindo, curto na nuca, mais comprido no alto, aparado nas laterais. E enquanto eu esticava o pescoço para vê-lo pelo canto, pela pontinha esquerda da janela, uma forma minúscula agora quase perdida na multidão, pensei ter visto (ou foi só minha imaginação?) uma loura alta de terninho vermelho se virar, olhando para ele por sobre o ombro. Pensei comigo mesma: qualquer mulher diria, como eu, meu Deus, *ali está* um homem bonito — abastado, desejável... respeitável, será que está disponível?...

Suspirei e afundei no banco. Minutos depois me vi de dentes arreganhados, sorrindo e, quando o táxi se sacudiu e parou num sinal vermelho, agarrei com tanta força o cinto de segurança que abri o corte de meu dedo de novo. Uma gota de sangue escapuliu pela ponta e caiu no peitoril da janela do táxi. Como coisa de conto de fadas — "Branca de Neve", talvez, ou "A Bela Adormecida". Talvez eu esteja prestes a dar à luz um filho com a pele branca como a neve e lábios vermelhos como sangue. Ou talvez eu vá cair num sono encantado, isolada de minha família e de todos que amo, pelos próximos cem anos.

Ah, eu me esqueci, essa parte já aconteceu.

48

Lottie, uma velha amiga minha de Londres, recentemente nos mandou uma antologia de contos de fadas, um volume imenso com meninas de olhos azuis correndo e *trolls* verdes agachados na capa. "Isto é para os muitos anos felizes de histórias antes de dormir", escreveu ela com caneta azul na folha de rosto. Eu adorava contos de fadas quando era pequena. Quando você é criança, está constantemente confundindo a fronteira entre o real e o irreal. Não tem certeza se demônios e fadas existem ou não, se um gordo vai descer pela chaminé com um saco grande de presentes no Natal, se seus pais são na verdade bruxos disfarçados. Os contos de fadas são úteis porque literalizam tudo isso. Pessoas que se transformam prontamente em animais. Lobos que espreitam em lugares escuros com os olhos vermelhos, línguas babugentas e uma preferência hedonista por crianças pequenas. Mas nos últimos dias estive relendo os contos e me perguntando sobre as lições que as crianças aprendem *no fim*. Tudo parece terminar bem para as pessoas boas — os príncipes e princesas se casam e as bestas do mal encontram uma morte horrenda de arrepiar. Acho que todas as crianças podem lidar com isso, mas não é bem uma representação exata da vida, não é? Ensinamos a nossos filhos que tudo dá certo se eles são bons e se comportam bem, mas o tempo todo sabemos que isso não é verdade. Coisas ruins acontecem a nós. Príncipes e princesas podem se amar muito — tanto que dói —, mas isso não quer dizer que viverão felizes para sempre.

49

Sexta-feira, 13h
Minha barriga está cheia de marcas arroxeadas e esticadas. Parece ter se desenvolvido meia dúzia nas últimas 24 horas. Estou dividida ente o pavor de ver minha pele manchada e uma sensação de satisfação e alívio; afinal, as marcas são um sinal externo do desenvolvimento do bebê. Ele *deve* estar bem, se está crescendo tão rápido.

Lara veio me visitar esta manhã, depois do café. Revirei os olhos quando a ouvi gritar meu nome do lado de fora da porta, mas depois notei um tom estranho em sua voz quando ela disse:

— Q, algum problema se eu entrar?

Bastou olhar uma vez em seu rosto para confirmar a suspeita; ficou evidente de imediato que ela descobrira sobre o caso de Mark. Novas rugas marcavam agudamente a área em torno de sua boca.

— Estou com problemas, Q — disse-me ela, enquanto andava insegura de um lado para outro no meio da sala. — Não sei o que fazer.

Sente-se, eu disse a ela, e ela desabou em nossa poltrona de couro sem tirar o casaco longo acinturado de grife. Sentou-se e se acomodou, com as mãos no fundo dos bolsos, encarando o chão.

Lara é uma mulher irritante, mas não posso deixar de sentir pena dela. Ela está péssima. Seu cabelo em geral fica num rabo-de-cavalo alto e vistoso; hoje estava frouxo e sujo, e a terça parte dele tinha escapado da fivela prateada, pendendo mole em torno de seu rosto. Sua pele tinha aquela aparência descuidada e gasta das mulheres que não dormiram bem e não são mais adolescentes. As unhas estavam roídas, as meias caramelo, frouxas e enrugadas perto dos joelhos. Parecia que alguém tinha começado a desmontá-la.

Percebi tudo isso enquanto ela ficava sentada em silêncio, um contraste horrível com a última vez que a vi. Depois de alguns minutos muda, ela engoliu em seco e disse, olhando para o *kilim*:

— Mark me disse ontem à noite que vai me deixar por causa de outra mulher.

Debati minha resposta, mas de repente me ocorreu que ela não dava a mínima para o que eu diria ou não. Ela estava envolvida demais em sua dor.

Cansada, passou as mãos nos olhos.

— Ao que parece, ele estava tendo um caso por quase um ano, e agora ele... quer recomeçar, com essa nova mulher. Eu... Ah, Deus, você deve estar se perguntando por que estou lhe contando isso. Mas eu meio que tinha esperanças de que você, ou Tom, pudesse conversar com ele, talvez convencê-lo a não me deixar...? — O ponto de interrogação pairou no ar entre nós.

Meu bom Senhor, pensei.

Eu não tenho influência sobre Mark, disse a ela por fim, mas vou conversar com ele, se quiser. E posso pedir a

Tom que converse com ele também, só que... Só que não sei se ele vai fazer isso, terminei, inepta.

Ela assentiu com desânimo.

— Não tenho esperança de que dê certo, mas tenho que tentar de tudo — disse ela. — *Tudo*. Ele me disse que ia passar a noite num hotel — acrescentou com um riso amargo. — Mas sei que ele estava com *ela* — concluiu Lara, como se obrigada estranhamente a uma confissão humilhante, a abrir a ferida e expor para que eu visse. — As crianças me perguntaram o que estava acontecendo; eu disse que ele tinha viajado a negócios. Não sei como vou contar a eles que o pai não vai voltar para casa. — A voz dela falhou em mil cacos.

Sentei-me ereta e a olhei chorar. Não havia nada que eu pudesse fazer.

Por fim, ela soltou uma espécie de ofegar sufocado e se levantou, enxugando o nariz apressadamente no punho.

— Desculpe por isso, Q. É a última coisa de que você precisa, eu sei — disse ela, um sorriso doentio nos lábios. — Você é uma boa amiga. Nós mulheres temos de nos unir, não temos?

Abri um sorriso falso para ela, sentindo-me péssima. É claro que eu não ia dizer que já era grande amiga da amante do marido dela. Ou que eu inadvertidamente criei os meios para que o marido voltasse para a amante. Como poderia fazer isso?

17h

Eu estava remoendo a visita de Lara quando mamãe ligou muito animada para dizer que tinha comprado a passagem de avião ("Usei a *internet*, querida. É mesmo maravilhosa. Dá para comprar todo tipo de coisas. E é muito mais barato que a Johnson's na High Street, sabia?"). Ela também comprou um novo guarda-roupa (ou ela acha que não temos roupas na América, ou acredita que precisamos de um certo nível de elegância nos trajes de nossas visitas, não sei bem o quê). E comprou uma gama extraordinária de guias e jura que quer "ver os pontos turísticos" ("Escrevi aonde quero ir, onde fica, ah, aqui está, nesta pastinha com seções codificadas por cores, no 'azul', agora escute, querida, e me diga se você acha que cobri tudo, empirestatestenislandellisislandgrandcentralcentralparkprédiodacrhyslerworldtradecentermomawhitneymetropolitanmuseumofartbibliotecapúbicadenovayorktimessquaresohowestvillageupperwestsideharlemqueensbrooklynbronx...)

— E talvez, querida — continuou ela toda empolgada —, depois que você estiver um pouco melhor, possamos fazer uma excursão. — Ela parou. — Eu sempre quis ver o *Maine*. Podemos ir ao Maine, o que acha, querida?

Engoli em seco. Eu não queria jogar água fria em seu entusiasmo inesperado, mas... o *Maine*?

— Fica muito *longe*, mãe — eu disse desanimada. — Levaríamos seis ou sete horas para chegar lá, e não sei o que o bebê vai achar da viagem de carro...

— Tanto assim, você acha? — disse ela, parecendo desestimulada; depois, voltando a ficar confiante: — Não, não creio que esteja certa, querida, acho que deve ser mais perto do que isso.

— Não, mãe, é sério...

— Tenho certeza de que é mais perto — disse ela firmemente, com o ar de quem simplesmente vai mudar o

Maine para mais perto se acontecer o pior. — Deve levar umas duas horas. Vamos atravessar a ponte pênsil para o Maine, de qualquer forma, e se tivermos um dia livre vamos passear pelo litoral e almoçar... Tem um lugar muito bom em meu guia...

Então eu só posso supor que ela está ansiando pela visita, embora sua angústia não tenha desaparecido totalmente. Ela me disse que comprou um par de meias de compressão para proteger a perna contra trombose durante o voo e uma máscara caso a pessoa sentada ao lado dela esteja gripada ("Bom, querida, pode não ser a gripe *inglesa*!", disse ela num tom vagamente ofendido. "Pode ser uma daquelas que os pobres têm na China, e tem também uma ave por lá, todo cuidado é pouco ultimamente..."). Ela também tem um cinto de dinheiro para seus "bens valiosos" (pasmem, porque sua aliança é de prata mexicana e o relógio é um Timex arranhado com pulseira puída) e por fim (esta é minha preferida) um spray de pimenta para afugentar assaltantes.

— E também uma buzina e uma lanterna — disse ela a sério —, e um rádio. É verdade, é muito versátil.

50

Meia-noite

— Há uma coisa que preciso discutir com você — disse Tom algumas horas atrás, enquanto eu me sentava perto da pia, no banco de madeira de nosso banheiro, escovando os dentes.

Respirei fundo.

— Pode falar — eu disse baixinho, pensando: *até que enfim*. O momento finalmente chegara. Desde que voltou de Tucson e Baltimore, ele passou uma incrível quantidade de tempo no trabalho, mas, mesmo em casa, ele me trata com uma polidez dolorosa e apavorante. Não sei como conversar com ele quando ele está assim. Nem sei por onde começar. Ele é como uma janela opaca, uma câmara selada, uma carta lacrada.

Ele se encostou na bancada, cruzou as pernas e depois os braços, e me encarou a meia distância. Ouvi sua respiração ficar superficial.

— Q, há algum tempo, no hospital, você pediu que eu saísse da Crimpson. Depois tivemos aquela briga idiota, antes de eu viajar... Andei pensando muito em tudo o que você disse, e você precisa saber... Não estou preparado para fazer isso. Para pedir demissão, quero dizer. Tornar-me sócio da Crimpson... é a coisa mais importante da minha vida. E perceber isso... Perceber isso... — ele parou. O mundo parou...

— Perceber isso me fez ver que... que...

— Eu *não* — disse alguém, e notei pela espuma mentolada que borbulhava pelo meu queixo abaixo que era eu.

Baixei a escova e peguei uma toalha de rosto verde e macia em um aro na parede. Depois enxuguei a boca. Houve um estranho som em meus ouvidos, como se uma cortina imensa tivesse sido dividida em duas.

Levei algum tempo para perceber que Tom ainda falava. Não conseguia ouvir o que ele dizia, mas vi seus lábios se mexendo no espelho oval na parede oposta. Não sei o que você está dizendo, eu disse a ele. Não consigo ouvi-lo. Terá de falar tudo de novo, porque acho que preciso saber se você vai me deixar.

Ele se virou e olhou para mim, e percebi que seus olhos estavam cheios d'água. Os olhos dele são da cor do sabonete no prato, dos ladrilhos na parede, da porta do boxe, verde-mar, verde-azulados, minha cor preferida.

— Deixar você... Meu Deus, eu... Q, não foi isso que eu quis dizer, pelo menos... Não sei o que vou fazer. Só sei que não posso me acostumar num emprego de segunda numa firma de terceira. Porque você e eu sabemos que não posso ir para nenhum emprego antigo. O horário não seria muito melhor, a não ser que eu descesse muito a escada. Você pode até ficar feliz com isso, mas sei que eu não ficaria. Na Crimpson, eu lido com clientes imensos e grandes questões. Não estou disposto a passar minha vida lidando com questões tediosas de zoneamento mês sim, mês não. Não posso fazer isso, Q, sinto muito. Como é que ficamos nessa?

Não sei, eu disse, esgotada. Levantei-me devagar. Depois — porque não conseguia pensar em mais nada para fazer — dei as costas para ele e, deixando-o sozinho no banheiro, esgueirei-me para a cama como um animal para sua toca.

Tom parou na porta do banheiro, olhando para mim, a cara um misto de preocupação e frustração. Puxei as cobertas por sobre a cabeça e fechei os olhos na escuridão quente e sufocante.

— Q, por favor, me escute. — Ele parecia longe, muito longe. Ergui um pouco a ponta do edredom. — Não posso mentir para você, sempre se tratou de *nós*, você e eu, sabe? Sempre fomos francos um com o outro. Não posso fingir que agora vou ficar feliz em um emprego diferente, posso?

Pensei no assunto. Parecia plausível, mas havia uma falha no argumento. Ah, sim, nós estávamos prestes a ter um filho.

— Estamos prestes a ter um filho — eu disse, a voz abafada pelo edredom. Levantei alguns centímetros mais alto para ver o efeito de minhas palavras.

— Eu sei disso — disse ele com impaciência, e começou a andar de um lado para outro. — Eu sei disso, é claro que sei, mas isso não quer dizer que nossa vida precise parar, não é? Não quer dizer que tenhamos de desistir de tudo o que é importante para nós, não é? E de qualquer forma, no início, o bebê mal vai saber que estou presente; não vejo que grande diferença vai fazer se eu estiver aqui à noite ou não...

— Muito bem, mas é claro que você acha que *eu* estarei, não é? — eu disse furiosa, lutando para me sentar enfim, lutando com as cobertas pesadas. — A não ser que você pense que o bebê vai ficar feliz se *nenhum de nós* estiver em casa?

— Não entendo o que quer dizer — respondeu ele, confuso. — Olhe, para ser franco, eu não sei o que é tudo isso, de onde vem. Concordamos em contratar uma babá. Foi o que sempre dissemos, então, sim, talvez nós dois estejamos no trabalho...

— O dia todo, todo dia, nós dois no trabalho, nunca veremos esse bebê, é isso que você acha? Depois de tudo isso, depois de carregá-lo todo dia por nove meses, deitada na cama por três meses, você acha que simplesmente vou sair pela porta e deixá-lo com uma estranha do amanhecer à meia-noite? É o que você pensa? — gritei, pegando um travesseiro e atirando na cara dele para dar mais ênfase. — É isso que você pensa?

— Bom, sim — disse ele, pegando o travesseiro calmamente e colocando-o na ponta da cama. — É exatamente o que eu penso. É o que as pessoas fazem.

— *Não, não é, não, não é o que as pessoas fazem* — gritei, tanto que minha garganta doeu. Minha laringe parecia estar se fechando, minha voz estrangulada e rouca, parecia a voz de outra pessoa, não a minha. — Não é o que as pessoas fazem, ou, se for, é horrível, as crianças querem ver os pais, isso não é coisa de mãe, é coisa dos *dois pais*, entendeu? Não ligo para o que dissemos ou não dissemos meses atrás, agora não importa, tudo mudou, não está vendo isso? Vamos ter um filho, Tom, por favor, procure entender... — Minha voz me faltou e eu comecei a chorar baixinho, ridiculamente. Por que as lágrimas vêm justo quando mais queremos parecer frias e compostas? Mas os hormônios da gravidez baixaram como uma imensa teia úmida, pegajosa, sufocante e inescapável. Tentei afastá-la mas não consegui, os soluços eram fundos em meu plexo solar, a teia estava na minha cara, eu mal conseguia respirar.

Meu marido ficou parado me olhando, os olhos cansados tensos e melancólicos.

— Q, eu não acho que você esteja raciocinando direito — disse ele por fim. — Se está considerando pedir demissão da Schuster e ficar em casa, acho que é uma coisa que podemos discutir, embora eu não esteja convencido de que seja o que você realmente quer. Mas quanto a mim... Olhe, eu tenho muitos colegas com filhos, eles conseguem de alguma forma, não estou dizendo que é o ideal, mas eles sobrevivem. Eles têm um tempo de qualidade quando podem e esperam que as crianças entendam. Eles compensam com eles, com as esposas, mais tarde, quando chegam ao auge de sua profissão. E é o que eu vou fazer. Porque estou decidido a me tornar sócio da Crimpson. Não quero aborrecer você, Q, mas temos que deixar isso bem claro; não vou pedir demissão. — Ele se virou e saiu do quarto, e em meu olho mental eu vi Peter, seu pai, frio, implacável e inexoravelmente impelido pela carreira, andando um passo atrás dele.

Fiquei vendo a *Oprah* esta tarde; o tema era "Construindo Um Casamento para Toda a Vida". O consenso dos convidados (sentados com as mãos discretamente apoiadas nos joelhos do cônjuge, as mulheres com colares de contas e suéteres tricotados à mão, os homens com calças nada confortáveis) foi: não se esqueça do romance. Socorro, Oprah, por favor, porque tenho medo de que seja preciso mais do que um candelabro e uma camisola transparente para recolocar minha relação nos trilhos.

51

Sábado, 8h30
Arrastei-me até a cozinha há uma hora e encontrei um bilhete encostado no saleiro. Por um momento terrível pensei: pronto, ele foi embora para sempre. *Querida, escolhi meu emprego, crie o filho sozinha, que se dane.* Mas o bilhete dizia simplesmente que ele podia ter de trabalhar a noite toda e me pedia (como se pensasse melhor) que telefonasse caso eu precisasse de alguma coisa.

É desnecessário dizer que eu não ia fazer isso.

Abra *Ariel* de Sylvia Plath quando a vida parece difícil demais de suportar. Sempre é bom descobrir que outra pessoa esteve mais à beira do precipício do que você.

23h
Tom mal tolera olhar para mim, mas há cinco minutos ele chegou em casa inesperadamente com uma grande *tarte citron*, que depositou na mesa ao lado do sofá. Depois desapareceu no banheiro para tomar um banho rápido e trocar de roupa, dizendo-me concisamente que ia voltar ao escritório meia hora depois.

Não tenho certeza do que fazer com esse gesto (embora eu *saiba* o que fazer com a torta; já enfiei metade dela na boca e é incrível. A massa é leve e esfarela, a gordura derrete na boca, o limão assovia e zumbe na língua). O que isso quer dizer? Bolo em lugar de amor?

Certamente não parece pressagiar uma mudança de ideia da parte dele, uma renovação da intimidade com uma Q presa à cama. Ele largou a torta do meu lado, jogou a pasta no sofá e entrou no banheiro de cara amarrada.

Olhei a pasta cheia de ressentimento. Retangular, laterais duras, marrom-escura, com fechos de bronze reluzentes. Sempre nos braços dele, sempre ao lado dele, um presente do pai para comemorar o emprego na Crimpson ("Não é um empreguinho ruim, filho, não é um empreguinho ruim. Mas também não é neurocirurgia, hahaha!"). Odeio essa pasta, sempre odiei, não há nada de macio nela, um lembrete constante dos padrões excessivamente elevados de Peter, sua superioridade fria e a condescendência com que ele *me* trata, como se estivesse pensando: ela é só uma mulher, vai tropeçar em algum momento, perceber a importância de seu útero e voltar para a cozinha, que é o lugar dela. (Alguns homens parecem despir você com os olhos; Peter parece arrancar minha pele. Sempre que ele olha para mim, tenho a sensação distintamente desagradável de que ele está me tirando a epiderme e espiando minhas entranhas, estendendo a mão e manipulando-as, coração, útero e fígado, inspecionando-as para ver se estão funcionando de acordo com seus padrões severos. Uma sensação sumamente desagradável.)

Depois me ocorreu uma ideia terrível. Tom está trabalhando para o inimigo, de certo modo ele agora *é* o inimigo. O que me impede de *abrir a pasta dele* (eu sei a combinação) e vasculhar em busca de documentos relacionados com a Randalls? Procurar alguma coisa — digamos — que prove que a história do mofo negro é só uma desculpa para a Randalls se livrar de suas obrigações para com os inquilinos de aluguel controlado?

Por um momento eu parei, eletrizada; ouvi o som da água correndo ao longe e pensei: eu podia fazer isso agora, tenho pelo menos cinco minutos antes de ele voltar... Mas é claro que não fiz. Seria absolutamente antiético para mim como advogada. Pode não haver uma cláusula sobre isso no contrato de casamento, mas está basicamente implícito: não traia seu marido. Em nenhuma circunstância. Na saúde ou na doença.

52

Segunda-feira, 14h
Mas há outras maneiras de chegar a meus fins. Passei a manhã preparando um esboço de relatório das iniquidades da Randalls, que vou recomendar que Fay mande ao *New York Times*. E também a algumas emissoras de TV locais. "A Randalls pretende demolir a presente construção da década de 1940, que atualmente abriga uma próspera comunidade grega, e substituí-la por um prédio de apartamentos de trinta andares que agrade aos *yuppies*. Os representantes legais da Randalls, a Smyth & Westlon e a Crimpson Thwaite (esta última atualmente tem um dos maiores escritórios de representação jurídica de imobiliárias em Nova York), ou ignoram o comportamento antiético de seu cliente ou apoiam suas tentativas de evacuar o prédio, dando aos inquilinos falsas informações..." Isso deve dar resultado. Eles podem tirar fotos da Sra. G. e seus amigos na frente do prédio com um ar nobre mas aflito, a verdadeira face de Nova York, imigrantes que trabalharam arduamente e merecem a oportunidade de desfrutar uma vida mais tranquila.

Minha mãe chega amanhã à tarde. É claro que ela vai achar que as peripécias da Randalls são simplesmente típicas de um lugar como Nova York. Ela provavelmente pensa que a maioria dos senhorios enterra seus inquilinos inconformados sob o asfalto da interestadual mais próxima.

15h
Meu Deus, acabo de receber um telefonema da mãe de Tom, Lucille. Por acaso hoje Peter está na cidade para uma conferência, Lucille veio com ele de Baltimore e eles querem jantar conosco esta noite. Era só o que me faltava. Um festival de pais.

Não vejo Lucille há um ano. (Estivemos com Peter há uns cinco meses; ele almoçou conosco depois de outra de suas conferências de cirurgia. "Theo ficou deliciado em saber que você enfim conseguiu engravidar essa sua esposa", disse ele jovialmente ao filho, referindo-se ao colega de escola de Tom, e eu sufoquei de raiva tomando a sopa. "Conseguiu me engravidar"? Como se conceber, para uma mulher, fosse só se deitar de pernas escancaradas enquanto o marido mete seu sêmen em sua barriga.) Como sempre, a voz de Lucille era fina e anasalada ao telefone, com aquele sotaque fraco de Boston, os W's a mais que parecem invadir os espaços entre as consoantes e vogais. "Nos sentimos tão mal por não ver vocês nos últimos meses", disse ela calmamente. "Mas Tom disse que não havia nada que pudéssemos fazer por você e estivemos terrivelmente ocupados." Hmmm, eu disse, imagino que estiveram mesmo. Tom me contou tudo sobre o concerto da sociedade de coral, parece *tão* exaustivo.

E foi, disse ela, parecendo vagamente desconfiada, embora não fosse essa a minha intenção. Com certeza você sabe que Peter esteve escrevendo um livro sobre procedimentos atuais de transplante cardíaco. Eu estive trabalhando com ele na edição, e isso é uma realização *e tanto*. O editor queria que ele cortasse umas 10 mil palavras, mas pareciam todas palavras tão boas; achei que ele não devia eliminar nenhuma delas. Ainda assim, eles insistiram...

Eu me desliguei e olhei as unhas dos pés, que agora só posso vislumbrar se der uns chutes e girar a cabeça ao mesmo tempo. Elas precisam ser cortadas, mas parece que terão de esperar até depois do parto. (*"Ele é tão talentoso, ele tem um dom para a prosa, tão clara e ao mesmo tempo tão elegante..."*) A não ser — deve ser possível ter uma pedicure em casa, não é? Peguei, com alguma dificuldade, a lista telefônica na prateleira de baixo da mesa lateral.

P de Pedicure. Não, isso não está certo. É terrivelmente difícil usar as Páginas Amarelas numa cultura que não é a sua; é quase impossível intuir como outro país se organiza. "Cinemas" são "Salas de Cinema" nos Estados Unidos, "Carros" são "Automóveis" e o britânico que tenta encontrar uma "Oficina" mais próxima para uma revisão não achará nada. E não tente usar os serviços de telefone automatizados porque a mulher robótica do outro lado da linha não conseguirá entender seu sotaque. Em geral me vejo fingindo uma fala arrastada americana para aplacá-la. Espere, encontramos pedicures em "Cuidados e Serviços Pessoais". No conforto de seu lar. Talvez eu também faça as unhas das mãos. E um corte de cabelo! É uma boa ideia, não corto o cabelo há meses. E que tal uma massagem?

Enquanto isso, Lucille ainda está falando (*"Os colegas dele dizem que nunca conheceram um homem com um dom tão grande para a comunicação, um domínio tão grande da língua inglesa..."*).

Então o casal chegará para me deixar maluca daqui a três horas, mas pelo menos eu tenho uma semana de cuidados de luxo com o corpo em minha agenda. Tom jura que sairá do trabalho por algumas horas para poder estar aqui quando os pais chegarem; se acha que vou entreter esses dois sozinha (eu disse), pode tirar o cavalinho da chuva. Não vou me levantar para abrir a porta, o que significa que se você não estiver em casa às seis, seus pais vão passar muito tempo no corredor esta noite. Entendeu?

21h

— Minha querida — sussurrou Lucille para mim durante o café, confidencialmente —, Tom me disse que você está pensando em desistir do emprego, é verdade?

Olhei para ela, depois para Tom, que servia um copo grande de scotch com gelo para o pai e parecia não ter ouvido.

— Eu... Estamos pensando no que fazer quando o bebê nascer, sim — eu disse de má vontade.

Lucille assentiu, os brincos de pingente de pérola batendo de leve em seu cabelo cacheado e perfumado.

— É claro que sim, minha querida — disse ela, alegre. — Sempre foi evidente para mim... para nós... que você teria de desistir quando o neném nascesse. — Ela de repente estendeu a mão e tocou minha barriga com um sorriso presunçoso e possessivo que me deu vontade de gritar. Eu me encolhi, mas ela não pareceu perceber. Sua mão ficou em meu umbigo, nauseante de quente, invasiva, branca, mole e coberta de pedras preciosas, a mão de uma velha rica.

— Ele deve vir em primeiro lugar — disse ela serenamente. — É o que as mães fazem.

— Pode ser que o Tom saia da Crimpson — eu disse de repente; não sei por quê, mas desta vez meu marido ouviu muito bem.

— *O quê?* — disse Peter arfando.

— *O quê?* — ofegou Lucille. As palavras deles, seu choque, pairaram no ar, nítidos como um balão vermelho. Os três me encararam, três bocas abertas, três pares de olhos arregalados, buracos, montes de buracos em suas caras brancas, mas eu não consegui ver dentro de nenhum deles...

— Sim — tagarelei —, pode ser que ele deixe a Crimpson por causa do horário, porque quer passar mais tempo com o filho. Você tem razão, Lucille — retirei sua mão de minha barriga, mas ela mal percebeu —, temos de colocar o *bebê* em primeiro lugar. Então Tom está pensando seriamente em sair de sua firma e tentar encontrar uma coisa menos exaustiva, alguma coisa menos... — Eu parei.

Tom foi o primeiro a falar. Baixou o copo lentamente na mesa e se virou para o pai.

— Estivemos pensando seriamente em todo tipo de mudança de vida — disse ele a Peter monotonamente, neutro, a pele branca e tensa em torno da boca —, inclusive na possibilidade de sair da Crimpson. Achamos, no fim das contas, que esta *não* é a melhor ideia. — Houve um soltar audível da respiração na sala —, mas Q quer que eu me certifique disso. Ela não quer que eu fique no emprego por dinheiro. Eu aprecio verdadeiramente o apoio dela nisto — acrescentou ele, virando-se para mim, os olhos azuis quase pretos, como o céu antes de uma tempestade violenta. — Posso confiar que ela vá me apoiar sempre. Sempre.

Sustentamos o olhar um do outro por uns dois segundos, depois viramos a cara exatamente no mesmo momento. Peter assentia judiciosamente.

— É bom pensar bem nas coisas, filho — disse ele, sério —, embora a última coisa que você queira fazer quando o bebê nascer seja perder o grosso de sua renda.
— Como se meu salário fosse de uns trocados, algumas centenas para as contas da lavanderia. — E os filhos precisam que alguém cuide deles — acrescentou Peter, aquecendo-se para o assunto. — Querem uma figura paterna forte, especialmente os meninos. — Ele bateu no ombro de Tom. — Não que você precise de meu conselho, mas se me *perguntasse* — ele ergue o lábio no que parecia ser um sorriso, expondo os dentes pontudos e brancos demais —, eu lhe diria para manter a rotina, o bom emprego, e seu filho lhe agradecerá quando tiver a melhor educação que a cidade tem a oferecer e um pai de quem ele realmente possa se orgulhar. Compreende?

Tom assentiu.

Abri a boca, gritei e gritei, embora não parecesse estar gritando, porque os três limitaram-se a tomar seus drinques pós-jantar como se nada de desfavorável estivesse acontecendo.

53

Terça-feira, 22h
Sentei-me ilicitamente (e precariamente) no banco da janela por vinte minutos no início da noite e olhei o Sol se pôr, os laranjas e amarelos lentamente dando lugar aos verdes e azuis. Há uma luminosidade no céu, um brilho azul-claro que confirma a passagem do ano. Pode até estar quente lá fora. As pessoas parecem estar usando suéteres e cardigãs em vez de sobretudos. E elas andam mais devagar, não têm pressa, não correm pelas ruas, mas passeiam, desfilam, de mãos dadas, os ombros para trás, os braços balançando, as caras erguidas para o céu.

Mas aqui ainda está frio — em vários sentidos.

Eu estava enrolada em meu roupão e na manta de lã cinza e azul, folheando meu exemplar da *Vogue* pela sétima vez, quando Tom chegou em casa. Largou a pasta na porta e tirou uma garrafa novinha de scotch de um saco de papel comprido. Girou a tampa e se serviu de um copo cheio, que ele secou. Depois se serviu de outra dose e se virou para mim.

Eu vi Mark esta tarde, disse ele, a cara inescrutável. Tomamos um drinque depois do trabalho. Ele me disse que veio ver você no início da semana para conversar sobre o *caso* dele. Por que não falou nada comigo, Q? Não acha que eu podia ter ficado pelo menos um *pouquinho* interessado? Ele pensou que eu sabia de tudo; há uma semana esperava algum comentário meu... Meu Deus, por que escondeu uma coisa tão importante de mim, Q? O que, em nome de Deus, você estava *pensando*?

Fiquei olhando para ele em silêncio desde que ele entrou no apartamento, perguntando-me o que se passava pela cabeça dele. Preparei-me para observações degradantes sobre vários assuntos, mas infelizmente este não era um deles.

Revirei os olhos, sentindo-me uma adolescente malcriada. Porque eu mal consegui ver você ultimamente, eu disse (até *eu* me achei infantil, lamentativa e estridente). Você acorda quando eu ainda estou dormindo, chega em casa depois que vou para a cama. Quando, exatamente, espera que eu lhe conte as coisas? Coisas de... qualquer tipo de coisa?

Isso não é justo, respondeu ele com raiva. *Houve* oportunidades. Admito que ando trabalhando muito... não vamos começar com *esse* assunto de novo... mas houve ocasiões em que você podia ter falado comigo. Então, Q, estou perguntando de novo, por que não me contou?

Eu estava prestes a rebater — sobre ele não ter o direito de me interrogar desse jeito e se ele gostaria de apontar uma lâmpada para meus olhos e enfiar alfinetes sob minhas unhas — quando me ocorreu: qual *é* a resposta a esta pergunta? Por que *eu não* contei a ele sobre Mark e Lara? Provavelmente porque eu criei o hábito de esconder as coisas de você, eu lhe disse mentalmente, mantendo a expressão serena e inescrutável. Porque eu *prefiro* não contar a você o que está acontecendo em minha vida.

— Você andou tramando para juntar Mark com aquela mulher que anda por aqui nos últimos dois meses, não foi? — disse Tom por fim, a voz baixa mal contendo a fúria.

— O que foi que você disse? — perguntei, estupefata. — Com... com Brianna? Está falando *a sério*? Mark não lhe contou que eu basicamente o expulsei do apartamento quando ele pediu minha ajuda para ter Brianna de volta?

— Ah, é claro... Ele disse que você estava num humor horroroso, começou a xingá-lo quando ele tentou lhe dizer como se sentia mal pela Lara. Você não quis ouvir *isso*, não foi? Você ficou tentando fazer com que ele a deixasse o tempo todo — continuou ele, vindo se postar de pé junto ao sofá e olhando de cima para mim.

Senti a revista se soltar de meus dedos entorpecidos e cair no chão. Tom tomou outro gole do uísque.

— Sabe de uma coisa? — continuou ele, o hálito fedendo a fogo e turfa. — Fiquei me perguntando a noite toda por que você fez isso. Você só estava entediada, queria se sentir importante, era esse seu jeito de se sentir no centro das coisas? Ou você queria arrumar um marido para sua amiga débil mental? Ou... e Q, eu espero *sinceramente* que não seja isso... foi algum plano fodido e estranho para se vingar de mim? Quer virar a vida do meu melhor amigo de cabeça para baixo conseguindo que ele deixe a mulher por uma imbecil que se veste como uma puta? Bom, meus parabéns, Q. Não sei o que você queria, mas acho que conseguiu. Mas, se eu fosse você, pararia de meter o nariz na vida dos outros, com ou sem repouso absoluto. E quanto a se intrometer nos casos dos meus amigos para me atingir... — Ele cobriu o rosto com as mãos por um momento breve e apavorante, depois se virou e saiu da sala.

Fiquei olhando, sem fala.

Eu sempre adorei os romances de Jane Austen, mas acho incrivelmente irritante a incapacidade de comunicação dos personagens. Elizabeth, pelo amor de Deus, diga a Darcy que você mudou de ideia! Jane, vá bater na porta de Bingley e diga a ele que você realmente se importa! Minha vida carece da sutileza de um romance de Jane Austen, sem falar dos vestidos bonitos e bailes de debutantes, mas sinto que estou habitando o mesmo mundo. Não sei como meu marido se sente e tampouco sei como explicar como *eu* me sinto. Nem sequer consigo encontrar as palavras. E assim eu selo meus lábios quando ele me acusa e não digo nada.

Alguns minutos depois descobri, para choque meu, na mesa lateral, uma caixa grande e ornamentada da Bourley Bakery. Eu nem o vi baixar a caixa. Aninhadas em seu interior havia três tortas de banana e rum, quatro tortas de cassis e um punhado de Napoleons num papel de seda farfalhante e transparente. Olhei a caixa por uns cinco minutos. O que será que isso *significa*?

54

Quarta-feira, 11h
Um telefonema deliciado de Brianna esta manhã. Ela passou o fim de semana com Mark e foi "tudo o que ela sonhou". Eles ficaram as manhãs na cama, passearam pelas ruas da cidade de braços dados, os corpos com a maior proximidade possível. "E voltamos para a cama de novo no meio da tarde, e *oh*, Q! Nem te conto..."

Não tente, eu disse amargamente, mas não acho que ela tenha percebido o tom. Mark está entrando em contato com o advogado dele esta semana para dar entrada nos papéis do divórcio. Fiz uma tentativa meio desanimada de sugerir que eles esperassem um pouco (a cara angustiada de Lara está viva em minha lembrança), mas Brianna mal me ouviu, e de qualquer forma ela não aceitaria meu conselho, mesmo que tivesse ouvido.

Preciso ligar para Lara e perguntar a ela como está passando — um telefonema que não quero dar. Tenho de fazer isso antes da chegada de minha mãe — ah, meu Deus, ela vai pousar daqui a algumas horas. Enquanto estou aqui digitando, a mulher está disparando para mim a

800 quilômetros por hora, impelida por quatro motores e muita determinação.

Ela está equipada com uma lista detalhada de instruções sobre como se entender no aeroporto e conseguir um táxi. Expressou alguma desconfiança da facilidade com que pode conseguir isso no terminal da própria companhia aérea — "os aeroportos são terrivelmente mal sinalizados", anunciou ela grandiosa, com o ar de quem esteve em Dubai na semana passada —, então descrevi cada elevador, cada escada rolante de que me lembrava no JFK. É claro que agora estou apavorada que ela vá terminar num avião para Reykjavik, embora este possa ser um final interessante. Desconfio de que uma terra de sol fraco e gêiseres cuspindo água seria mais ao gosto dela do que as ruas estreitas, escuras e bifurcadas de Nova York.

16h
Ela está a caminho. Acaba de ligar para dizer que está na fila do táxi ("Eles são mesmo amarelos, querida, pensei que era coisa de Hollywood") e estará passando pela porta em menos de uma hora. Liguei para Tom para avisar — ele expressou uma vaga suspeita (ou esperança) de que ela desistisse na última hora e alegasse um furo inesperado no cronograma da ioga.

55

Quinta-feira
"Minha menina, será que você devia comer *tantas* tortas?"

"O apartamento — é assim que você chama? — é um amor, mas meio pequeno para meu gosto."

"Meu Deus, este suco de laranja tem uns nacos; se me disser onde guarda o espremedor, vou preparar um para você."

Enquanto isso, Tom e eu estamos conversando em tom neutro; nossas vozes não se elevam nem suavizam.

56

Sexta-feira, 10h
Graças a Deus, ela se lançou nas ruas de Manhattan armada de um mapa do metrô e pelo menos cinco guias de viagem. ("A Sra. Walberswick, do clube de boliche, veio a Nova York no ano passado e não colocou os pés para fora do hotel sem a sobrinha, uma vez que, vamos encarar a realidade, a cidade é muito perigosa. Mas não se preocupe comigo, eu tenho meu spray de pimenta, querida.") Ela vai chegar lá pelas três horas, porque eu tenho outra consulta com a Dra. Weinberg às quatro.

Acho que ela está se divertindo. Eu, enquanto isso, pondero sobre o significado e o uso do verbo "defenestrar". Eu defenestro minha mãe. Minha mãe foi defenestrada. Vejam! Ela está defenestrando.

Tom, para lhe dar crédito, tem se comportado de forma impecável até agora. Ficou ouvindo com a aparência de profundo interesse enquanto ela nos regalava com "histórias" do voo — "e eles nos deram aquelas bolsinhas de plástico, uma coisa maravilhosa, acho que vou usar a minha para a roupa suja. Dentro dela havia um par de protetores de ouvido e um sachezinho de hidratante e uma máscara para os olhos, não que eu tenha usado a minha, tinha um par de olhos nela e não gosto de parecer boba enquanto durmo, quem gosta? Mas tinha também uma caneta de plástico rosa e pode ficar com ela, querida, porque você nunca teve muitas canetas, e a pessoa do meu lado não ficou com a dela, então eu peguei uma segunda quando estávamos 'saltando' do avião. Fiquei meio preocupada de estar roubando, então esperei até que a aeromoça estivesse olhando para o outro lado, mas não acho que tenha roubado realmente, não é? *Foi roubo? Acha que estava roubando, querido?*"

Tom lhe garantiu que não achava que era roubo e aceitou a caneta de plástico com um ar de sincera gratidão. Então, por enquanto, ela está muito impressionada com ele.

Ainda mais impressionada, para ser franca, do que está comigo. "Minha querida, você ganhou muito peso", disse-me ela a sério (como se eu não tivesse me visto no espelho recentemente). "Não pode ser bom para o bebê, ter uma mãe tão letárgica. Não será de admirar se você se colocar em risco de um ataque cardíaco. Acho que precisa melhorar sua dieta, querida. Ah, ainda bem que estou aqui. Você precisa comer mais alimentos crus e especialmente mais brotos de feijão. Os brotos de feijão são extraordinariamente bons para você, sabia? Vou comprar um pouco hoje e alguns pacotes de biscoitos de arroz também."

Minha mãe tem todo o zelo de uma convertida. Brotos de feijão = bom. Todo o resto = ruim. Não que ela seja particularmente imaginativa com a comida; o estranho é que, apesar de seu ardor pela ioga, ela tem muitos preconceitos pré-década de 1970 da Inglaterra rural (ela ainda acha pizza uma coisa um tanto exótica). Olhou minha lista de possíveis opções de almoço ontem com uma suspeita considerável e só se iluminou quando (com algum desespero) eu sugeri um sanduíche de queijo com picles. Os brotos de feijão lhe parecem um salto para a modernidade e ela está terrivelmente impressionada consigo mesma por ser tão de vanguarda ("A Sra. Hutchinson não come, não é ridículo? Convidei-a para jantar um dia na semana passada e ela os dispensou, sem nem provar um único broto. Mas sua mãe sempre esteve à frente de sua geração. Tenho certeza de que se lembra de que fui a primeira na rua a usar sabão em pó não-biológico.").

Pelas manhãs, ela some depois do café para fazer sua prática de ioga no quarto. Sai com um olhar de satisfação e serenidade e uma gota de suor aninhada na maçã do rosto. Está desesperada para que me junte a ela, mas há uma coisa muito desconfortável em aprender ioga com minha mãe — todo aquele contato com meu corpo parece um tanto sexual. Então eu dei minhas desculpas, embora a verdade seja que estou louca por minha massagem na segunda-feira para ajudar a soltar a tensão aguda em minhas omoplatas.

Sábado, 15h
Pergunto-me: quais são as possibilidades de minha mãe sair viva desta casa? (Podem ser maiores pelo fato de que não consigo ir à cozinha pegar as facas.)

O lindo Alexis apareceu depois do jantar, ontem à noite; Tom não estava em casa e minha mãe de algum modo enfiou na cabeça que tinha de defender minha honra das intenções de pilhagem de Alexis. Então ela se recusou a sair da sala, isto apesar do fato de que Alexis obviamente queria conversar comigo sobre Brianna, *e* apesar do fato de que eu estou grávida de oito meses do filho de outro homem. Mas minha perturbadora mãe o olhava com desconfiança por sobre o exemplar da seção Metro do *New York Times* com um semblante que poderia ser adequado se eu fosse uma virgem de 19 anos e Alexis um patife. O coitado do Alexis obviamente percebeu que havia algum tipo de mal-entendido, mas não conseguiu entender o que era. Ficou olhando bestificado para ela, depois para mim, como se não pudesse supor do que era acusado. Não acho que tenha passado pela cabeça dele que minha mãe imaginava que ele podia ter más intenções comigo.

Quando ele finalmente foi embora, minha mãe selou os lábios, cruzou os braços e suspirou sugestivamente.

Eu não disse nada. Peguei a página de esportes do *New York Times* e comecei a ler sobre a derrota na noite passada dos Knicks para os Cleveland Cavaliers.

Minha mãe sacudiu a cabeça com tristeza, tentou me olhar nos olhos e suspirou pesado mais uma vez.

Eu encarava uma foto de Allan Houston e não disse nada.

Minha mãe fez um muxoxo e sacudiu mais a cabeça.

Ainda assim, eu não disse nada. Os Cavs marcaram 108 pontos, e LeBron James foi o cestinha do jogo.

Minha mãe disse:

— Ah, querida, querida, *querida*.

Depois sacudiu mais a cabeça e por fim muxoxou um pouco mais em um momento de completa agressividade passiva que servia a seus propósitos.

— *Que foi?* — eu disse, dez decibéis mais alto do que o necessário, baixando o jornal com um farfalhar expressivo.

— Não grite, querida — disse minha mãe com brandura. — Não há necessidade. Estou bem na sua frente.

— Pelo amor de Deus, se tem alguma coisa a dizer, diga logo — falei acaloradamente.

— Bom, querida, se não se importa que eu diga, você acha realmente que deve receber jovens à noite na ausência de seu marido? Afinal, esta é Nova York.

— Mãe — eu disse —, os jovens são tão capazes de reprimir suas paixões em Nova York como em qualquer outro lugar do mundo. E Tom sabe perfeitamente que não há nada com Alexis.

— Tem *certeza* de que ele sabe, querida? — disse ela a sério. — Porque acho que há um pouquinho de tensão entre vocês dois. Posso estar exagerando, mas ainda assim...

Eu não ia contar a ela a verdadeira essência da tensão entre nós e francamente de jeito nenhum ia admitir que havia alguma tensão, então ficamos tolamente passivo-agressivas até Tom chegar em casa.

Foi nossa segunda maior discussão. Já fiquei chateada com ela por tratar a Dra. Weinberg como uma charlatã e o porteiro — bom, como um porteiro.

Até agora, nos comportamos uma com a outra com uma polidez mais adequada a uma dupla de cavaleiros da Távola Redonda do que a uma mãe e filha do século XXI ("Quer tomar um chá?" "Ah, sim, por favor, que gentileza a sua, eu adoraria um chá. Gostaria de ver a seção de viagens do jornal?" "Ah, sim, por favor...").

Esta manhã ela saiu para fazer compras para o bebê (deixando-me sozinha para ficar vidrada nas reprises de *Ricki*) e voltou com uma coisa que ela chamou, muito carinhosamente, de "um lafayette". As roupas são bem úteis e de boa qualidade, o que ajudou a fazer as pazes. No momento ela está no porão do prédio lavando toda a roupa do bebê. Então vou reprimir minhas intenções homicidas por ora.

57

Segunda-feira, meio-dia
Hoje completo 35 semanas de gestação, um marco imenso, um dia que sonhei por nove longas semanas. Se o bebê nascesse agora, poderia vir do hospital comigo. Seus pulmões já devem estar maduros e ele já está perto do peso normal ao nascimento. Na consulta da semana passada, o ultrassom estimou que ele tinha cerca de 2,5 quilos.

O fim de semana foi tranquilo, praticamente sem tensão alguma. Dobrei as roupas do bebê; minha mãe pôs os lençóis no moisés e encarecidamente rearrumou os móveis em seu quarto para torná-lo o mais parecido possível com um quarto de bebê. Pendurou cortinas novas e blackout na janela, depois passou a cama de solteiro para a parede, junto à mesa de troca, e colocou o berço no meio do quarto. No domingo, comprou algumas caixas no formato de vagões de trem para guardar brinquedos. Veio para casa com elas, com dificuldade, de metrô, três empilhadas nos braços, depois as encheu com uma mala de brinquedos novos — ursinhos de pelúcia, livros, chocalhos de cores vivas, argolas de plástico para morder.

Fui ver a Dra. Weinberg esta manhã e depois Cherise na sala escura feito um útero. A ultrassonografia de hoje mostrou que o bebê ainda está virado — eu não precisava que alguém me dissesse que há um crânio muito duro alojado sob minhas costelas — e portanto ainda deve nascer por cesariana. Mas meu nível de líquido é estável, então Weinberg decidiu arriscar-se a 37 semanas ("Só mais um pouco, sim? A gravidez será melhor agora, acho que podemos ir mais longe"), e nessa época o bebê estará tecnicamente a termo. Nesse meio-tempo, ela quer me ver três vezes por semana.

Minha mãe segurou minha mão com muita força enquanto a Dra. Weinberg falava dos preparativos da cirurgia. Estou dominada por emoções. Estou animada por saber que abraçarei meu filho em breve, mas também apavorada porque, na verdade, não faço ideia de como Tom se envolverá. Há dias em que eu o pego me olhando com tal amor — um amor despido e transparente — que a tristeza derrete; em outros, acho que ele está prestes a me deixar, tão perto que um bafo de mariposa pode empurrá-lo para fora de casa. Assim, enquanto fico apavorada com a ideia de que minha mãe estará aqui pelas semanas seguintes ("Acho que posso conseguir mais cobertura no estúdio, Q, então posso ficar mais uma semana, mais ou menos, e ajudar você quando o bebê nascer"), também me sinto aliviada de que ela esteja aqui, caso eu acorde uma manhã e encontre um segundo bilhete encostado no saleiro da mesa da cozinha.

Mas, mesmo supondo — ou pressupondo — que Tom ainda estará aqui, sei que vou precisar da ajuda de minha mãe. Porque, francamente, não faço ideia de como cuidar de um bebê. Estou convencida de que vou quebrá-lo de algum modo. Os recém-nascidos que vi têm um pescoço que tomba terrivelmente para trás sempre que você os cutuca. E como vou trocar uma fralda? Estudei os diagramas na *Sim! Você vai ter um bebê*, mas as crianças naquelas fotos parecem suspeitamente cooperativas para mim. Não posso imaginar a criatura chutona que tenho dentro de mim encarando pacificamente o teto enquanto eu limpo suas partes. E essa é outra preocupação. Será que devo segurá-lo quando o limpar ou isso o obrigará a fazer vinte anos de análise?

17h
Lulu, minha massoterapeuta, disse que eu tenho muita tensão no pescoço — e na parte superior das costas, na parte inferior das costas, nas omoplatas, no sacro, no crânio, nos glúteos, nos... Depois de uma hora e 200 dólares eu me senti — oooh, um por cento melhor. Um dia de massagem contínua (com talvez uns sibaritas nus banhando meus pés em óleo e agitando palmeiras diante de meu rosto) e eu posso começar a relaxar.

58

Terça-feira, 10h
Telefonema de Jeanie esta manhã, logo depois do café. Minha mãe tinha saído em busca de uma determinada marca de *pacifier*, pacificador, ou seja, chupeta (*dummy*, ou seja, mudo, como chamam na Inglaterra; não sei o que é pior) quando o telefone tocou.

— Como está indo, Q, meu bem? Ainda se entendendo com a querida mamãe? — perguntou ela, toda animada.

Quase, eu disse a ela. Ela está me deixando louca, mas estamos conseguindo.

Depois Jeanie me contou sobre uma partida de futebol que Dave jogou no fim de semana. Ao que parece, ele se envolveu em um programa de ação jovem para ajudar crianças-problema. O programa organiza excursões a parques de diversões, praias e assim por diante, e também tem sua própria liga de futebol. Este fim de semana houve uma partida particularmente bem-sucedida entre dois grupos de crianças que representam 12 infrações de roubo, 15 de narcóticos e três posses ilegais de armas. Ouvi, por uns 10 minutos, seu relato ardoroso dos melhores modos das crianças e as notas mais altas, com as palavras de despedida de Alison soando em meus ouvidos.

Claramente, era hora de falar. Respirei fundo.

— Jeanie, tenho de lhe pedir desculpas. Posso ter sido meio rude — eu lhe disse por fim (com os dentes meio trincados). — Parece que eu julguei Dave com muita precipitação, me desculpe por isso.

Houve uma longa pausa.

— Q, estou preocupada com você — respondeu Jeanie, num tom de pasmo. — Uma semana sozinha com nossa mãe e você perdeu sua força! Por que não está me dizendo que o Dave é um imbecil repugnante? Por que não está enumerando seus fracassos financeiros? Por que não está me atormentando sobre meu currículo horroroso no quesito relacionamentos?

Pestanejei várias vezes.

— A mamãe não tem nada a ver com isso — eu disse a ela. — Nós nem falamos sobre você e Dave. Mas Alison assinalou, quando esteve aqui... Bom, olhe, de qualquer forma, me desculpe, Jeanie, me desculpe mesmo por... algumas... das coisas que eu disse sobre Dave. Talvez neste verão a gente possa ir para aquele chalé na Cornwall, quem sabe? Você me ajuda com o bebê, passamos algum tempo juntas, umas férias boas.

— Eu adoraria fazer isso — respondeu ela, ainda dando a impressão de ter levado uma pancada na cabeça com um objeto grande e pesado. — Adoraria mesmo. E Q, quando você conhecer Dave, vai ver que ele não é assim tão ruim.

"Não é tão ruim" não é exatamente um endosso sonoro, mas eu não disse nada.

— Se você gosta dele, Jeanie, tenho certeza de que é um cara legal — eu disse sem convicção.

Quando minha mãe chegou em casa, contei a ela sobre minha conversa com Jeanie e seus resultados.

— Ah, que bom saber disso — disse ela vagamente, enquanto lutava para esticar uma coberta recém-lavada na cadeira "pula-pula" do bebê. — Tirei algumas conclusões precipitadas no início mas, sabe de uma coisa? Dave é um jovem muito agradável. Ele é muito bom com a mãe dele, que tem doença de Alzheimer avançada. Vai vê-la pelo menos uma vez por semana, embora ela more em Yorkshire, que é uma viagem e tanto, você sabe. É por isso que ele tem problemas para se manter num emprego, é por isso que está sempre sem dinheiro. Eu lhe emprestei algumas centenas na outra semana e ele já me pagou 80 libras trabalhando no turno da noite no supermercado do bairro, abastecendo as prateleiras. O que ele não precisava fazer, como eu ressaltei, mas ele disse que não suporta ter dívidas. Gosto de ver essa atitude nos jovens, é bom, não é, querida? Agora, acha que coloquei essa coisa direito?

Então parece que Dave é a Madre Teresa disfarçada, enquanto eu estou prestes a fazer jus a minhas credenciais de Cruela Cruel.

59

Quarta-feira, 15h
A ultrassonografia desta manhã mostrou outra queda no nível de líquido, o que foi perturbador. Mas quem sabe Cherise cometeu um erro? Não acho que ela estivesse concentrada hoje — ela teve uma briga com a mãe ontem à noite, da qual agora sei tudo (eu preferia quando ela era muda e sombria), e o batimento cardíaco do bebê está bom. Ele também parece maravilhoso, saudável e satisfeito; estava chupando o polegar, dá para acreditar?, os dedinhos mínimos enroscados num pequeno punho fechado. Então acho que vou ignorar a leitura de hoje.

60

Quinta-feira, 18h
Hoje de manhã minha mãe me contou uma história extraordinária. Ela estava batendo papo com nossos vizinhos perto das caixas de correio na hora do almoço e soube que nosso prédio também tem mofo negro!

A vizinha — não a conheço, mas parece que mora no térreo — disse a minha mãe que os problemas de mofo começaram em seu apartamento quando um cano estourou três anos atrás. Nosso senhorio pagou para limpar os danos da água, substituindo carpetes e assim por diante, mas cerca de um ano depois, quando o caixilho de madeira da janela começou a ficar frouxo, uma construtora descobriu uma coisa preto-esverdeada crescendo por dentro das paredes. A Randalls demorou a tomar uma atitude, então a vizinha (como boa yuppie que é) contratou uma vistoria independente que encontrou *Stachybotrys atra*, assim como outros tipos menos perigosos de mofo. A vizinha mandou uma cópia dos laudos para a Randalls, junto com as recomendações da empresa de vistoria, que eram de que a Randalls contratasse uma empresa para realizar uma higienização completa e imediata.

Àquela altura a Randalls contratou devidamente uma empresa de remoção de mofo e a vizinha contou a minha mãe que o problema parece ter sido resolvido. Na realidade, esta conversa toda surgiu porque a vizinha estava defendendo nosso senhorio; a mamãe resmungava sobre o tamanho dos apartamentos e a magnitude dos aluguéis, e a vizinha lhe disse que estava ótimo para Manhattan e que nosso senhorio tinha um senso incomumente forte de responsabilidade profissional.

Mas enquanto eu ouvia minha mãe, me ocorreu: aposto que foi assim que a Randalls imaginou a história do mofo como forma de se livrar dos problemáticos inquilinos de aluguel controlado. Ela sabia que o prédio do outro lado da rua também tinha sofrido vazamento de água; sabia a idade do prédio e o tipo de construção, e desconfiou de que o edifício também tivesse mofo — e realmente tinha. Mas, em vez de simplesmente tentar resolver o problema, como fizeram em nosso prédio, a Randalls encontrou uma empresa que estava disposta a recomendar a demolição. Em nosso prédio, só restam uma ou duas unidades de aluguel controlado, então a renda dos proprietários é ótima. O prédio do outro lado, por acaso, está cheio de idosos que ainda pagam 500 dólares por mês por apartamentos que valem perto de cinco vezes esse valor. Milagre dos milagres, quando o mofo negro aparece nos apartamentos do outro lado, só uma demolição resolverá.

Eu me debati sobre esconder de minha mãe por que a história dela me interessava tanto. Toda essa saga é, afinal, grão para o moinho dela, um exemplo na vida real das maracutaias de Manhattan. Mas então pensei: danese, a mulher merece algum orgulho. Mamãe, eu disse a ela quando sua história terminou, esse foi um bom trabalho de detetive. Você descobriu uma coisa muito interessante.

Descobri, querida?, disse ela, reluzente; o quê?

Respirei fundo e contei-lhe toda a história sobre a Randalls, a Sra. G. e os imigrantes idosos. Ela ouviu com muita atenção. Tsc, tsc, murmurou ela no final da narrativa, sacudindo a cabeça solenemente. Os senhorios são iguais no mundo todo. O senhorio de minha amiga, a Sra. Ruskins, tirou dois meses de aluguel da conta corrente dela... "por acidente", disse ele... e se recusou a devolver um. Só de pensar nisso! É preciso ficar atenta com essa gente, sabe disso, Q. Gostaria que eu procurasse a mulher do térreo com um gravador e pedisse que ela repetisse a história?

Eu pisquei para ela. Minha mãe, a detetive. Se eu não a conhecesse bem, pensaria que estava lendo romances demais de Raymond Chandler. Não acho que seja necessário, eu disse a ela sem convencer; supostamente existem registros detalhando o primeiro encontro da Randalls com o *Stachybotrys atra*. Os advogados da Schuster podem procurar por isso. Mas, graças a você, eles vão saber onde procurar.

Ora, querida, não hesite em me usar, disse ela, parecendo um cavalo que soube que não podia pular uma porteira particularmente atraente. Talvez esses homens maus da Randalls procurem a mulher do térreo e *a subornem*! Acho que eu devia descer agora mesmo e...

— Não, mãe, é sério — eu disse com firmeza —, está tudo bem. Fay pode encontrar alguém para pesquisar isso; vou telefonar neste minuto. Mas agradeço muito a você, e minha amiga, a Sra. Gianopoulou, também ficará grata.

Minha mãe positivamente inchou de orgulho.

— Bom, estou muito satisfeita! Se houver mais alguma coisa que eu possa fazer, é só pedir — acrescentou ela, alisando o cabelo e abrindo um sorriso largo. — Estou aqui para ajudar!

Ela agora está na cozinha preparando caçarola de legumes, um de meus pratos preferidos quando criança. O apartamento se enche do aroma de vegetais, caldo e autênticos bolinhos de queijo. A meu lado está uma modesta taça de Merlot.

— Não seja boba, querida — disse ela, quando protestei enquanto ela servia o vinho numa taça. — Eu bebia uma taça por dia quando estava grávida de vocês três; não parece ter prejudicado em nada. E você precisa aliviar um pouco o estresse, Q. Você sai da massagem parecendo que foi furada com faca e garfo por uma hora, em vez de transportada a um estado de serenidade. Aquela pobre mulher quase chora quando vai embora. Já que não faz ioga comigo, terá de encontrar outro meio de relaxar.

As preocupações com meu peso parecem ter enfraquecido. Eu a ouvi dizer a Tom para me trazer um cheesecake esta manhã.

— E sei que ela adora biscoitos com chips de chocolate; acha que pode encontrar uma coisa dessas por aqui, querido?

61

Sexta-feira, 11h
Lara ligou de manhã cedo para dizer que Mark pôs todas as roupas nas malas e se mudou para sempre. Mark ligou meia hora depois para me dar seu novo endereço. Ele e Brianna alugaram um apartamento juntos no East Village. Pude ouvir Brianna rindo ao fundo; depois de alguns minutos, ela pegou o telefone dele (eu a ouvi dizer "Agora é minha vez, Marky!", seguido de alguma coisa parecida com "Vai me pagar por isso mais tarde, garota", e mais risos). Ela me descreveu em detalhes seu novo quarto (algo sobre um buraco no teto e seus planos de pintar um abacaxi em estêncil nele — um tédio), depois me deu suas desculpas:

— Tenho que ir trabalhar agora, Q, então a gente conversa mais tarde... Ah, meu Deus, Marky, olhe a hora, vamos chegar atrasados *de novo*...

Lara ainda está no lar conjugal com os dois filhos e uma barriga que incha. Prometi a ela que iria vê-la assim que pudesse. Não que para mim ela esteja precisando de uma Florence Nightingale, mas ainda assim... Lamento desesperadamente por ela.

Minha mãe ouviu minha conversa com Lara e perguntou do que se tratava quando desliguei o telefone; ela ouviu meu relato da deserção de Mark com uma expressão sombria.

— Coitadinha — disse ela cheia de pena, quando terminei. — Se me disser onde ela mora, vou lá vê-la, se quiser. Sei como é ser abandonada com filhos. Posso levar para ela e as crianças um prato de caçarola de legumes.

Eu a fitei sem dizer nada por um momento. Quem teria pensado que minha mãe podia ser tão, ora, *humana*? Lara ficará muito surpresa ao receber um tupperware de vegetais cozidos e bolinhos de queijo — não acho que ela coma alguma coisa que não tenha a palavra "gourmet" no nome, mas de qualquer modo acho que mesmo assim vai gostar do presente. Caçarola de legumes é a comida mais reconfortante que conheço e aposto que a coitada está precisando de algum conforto agora.

15h

Durante o almoço, minha mãe levantou novamente o assunto de Lara. Ela estava equilibrada na beirinha de nossa poltrona de couro, um prato balançando no colo.

— Quem vai ficar com Lara durante o parto? — perguntou ela enquanto retirava algumas cebolas com cuidado de seu sanduíche de pastrami. — Ela vai precisar de alguém para lhe dar apoio durante o parto, sabe como é.

Dei de ombros enquanto atacava meu segundo sanduíche de peru e uva-do-monte. Estava perfeito, a baguete branca, leve e crocante, os frutos doces e tão firmes que estalavam na boca, liberando o suco espesso e doce.

— Talvez Mark, não sei. Ou talvez ela vá preferir uma amiga para agir como acompanhante no nascimento.

Minha mãe me olhou séria.

— Você deve perguntar sobre isso, Q. Se ela não tiver uma amiga íntima, quero que se ofereça para ser acompanhante dela, está bem?

— Eu? Mãe, não somos particularmente íntimas — expliquei. — Lara não ia me querer presente quando estiver de pernas para o ar, espirrando sangue para todo lado. Ela é o tipo de mulher que abre as torneiras se tiver de usar o banheiro quando estamos na sala. Ela não vai querer que eu acompanhe seu parto, posso lhe garantir. — Engoli minha terceira banana-passa.

Minha mãe sacudiu a cabeça.

— Q, quero que se ofereça para acompanhá-la, é sério. Tem alguma coisa muito apavorante em enfrentar o parto sozinha. Quando seu pai me abandonou antes de você nascer... Sim, eu sei que nunca lhe contei isso, mas aconteceu... Eu fiquei completamente apavorada. Era uma época em que nunca se pedia a uma amiga ou parente que ficasse com você. Tive pesadelos com isso por semanas. No fim, pedi a ele que voltasse, assim eu teria alguém a meu lado para segurar minha mão. Eu o achei em Clacton-on-Sea com uma mulher que ele conheceu através da Legião Britânica e disse a ele que o aceitaria sob quaisquer termos. Não, devo admitir, que ele tenha sido de grande utilidade enquanto eu dava à luz, mas pelo menos não tive de ver a solidariedade nos olhos das enfermeiras. Acho que isso teria me matado.

Eu estava completamente estupefata.

— O papai deixou você *antes de eu nascer?* — perguntei a ela, pasma.

Minha mãe meio que olhou para mim, depois virou a cara.

— Sim – disse ela, constrangida. — Depois ele foi embora novamente quando Alison nasceu, e depois mais uma vez, por uma semana, quando Jeanie tinha seis meses. Desta vez você tinha idade suficiente para entender, então eu lhe disse que ele estava viajando com a banda. Mas fiquei apavorada que fosse para sempre; eu não podia pensar no que ia dizer se ele nunca mais voltasse. Ao que parece, a mulher por quem ele foi embora se entediou rapidamente, porque ele voltou com o rabo entre as pernas antes que você ficasse desconfiada. Foi um alívio enorme para mim.

Tive a forte sensação de estar num barco vacilante sob intensa tempestade.

— Por que eu nunca soube de nada disso? Por que não nos contou?

Minha mãe deu de ombros.

— Pensei que isso a deixaria insegura. Queria proteger você ao máximo, fazer com que sentisse que sua casa era um lugar seguro e feliz. E queria que você amasse seu pai. Isso era tão importante para mim, Q. E, para ser franca, eu precisava dele. Não queria fazer tudo sozinha. Eu não tinha ilusões sobre as dificuldades que teria.

Olhei para a paisagem de minha infância e de repente tudo adquiriu uma diferença sutil. A luz tinha mudado, escurecera. Uma longa sombra se estendia por trás de meu pai. Não que eu um dia o tivesse achado perfeito, mas ainda assim...

— A Alison sabe? E Jeanie? E por que está me contando agora? — perguntei, por fim.

— Suas irmãs... Não, elas não sabem — respondeu minha mãe. — E só estou lhe contando agora porque... Bom, não há motivo para continuar guardando segredo, há? — Ela se levantou da poltrona, pegou o bule de chá na cozinha e se serviu de outra forte xícara de chá Yorkshire. — Tem muito mais no bule, querida, quer um pouco...?

Mas eu não acreditei inteiramente nela. Não acho que este seja o único motivo para ela me contar das deserções de meu pai. Eu a peguei olhando a mim e Tom juntos esta manhã, o modo como fazemos a dança de nossa intimidade, como evitamos os olhos um do outro, as pequenas implicâncias que se prendem, como anzóis, na pele ("*Precisa mesmo* bater a porta?" "Você *precisa mesmo* espalhar farelos por todo o chão?"). Será que ela está me dizendo que devo cobrir a brecha, fechar o hiato? Encontrar uma maneira — qualquer maneira — de recolocar nos trilhos minha relação com Tom? O que foi que ela disse mesmo? — "*Eu precisava dele. Não queria fazer tudo sozinha. Eu não tinha ilusões sobre as dificuldades que teria.*"

O problema é que *meu marido* não está em Clacton-on-Sea, ele está num universo diferente.

19h

Acabei de voltar de outra ida ao consultório da Dra. Weinberg. Ela me disse que começasse a tentar uma coisa chamada "giro de pélvis", que deve ajudar a convencer o bebê a se virar sozinho para eu poder fazer parto vaginal ("Não acho que vá funcionar", disse também a Dra. Weinberg, "mas não custa tentar, hein?"). Pelo que posso dizer, o giro de pélvis pretende transformar a gestante numa fonte de comédia pública. Uma versão tem a mim no chão de bunda para o alto. A outra envolve deitar no chão com os quadris para cima enquanto meu marido ("ou minha mãe; a propósito, os maridos não precisam estar presentes") fala palavras para o bebê que pretendem estimulá-lo a encontrar a saída sozinho. Vamos, bebê, vire-se. Vire-se para encarar o mundo. A abertura do útero é sua entrada para o mundo. Fique de frente para o mundo, bebê. Vire-se.

Se isso funcionar, vou comer minha placenta.

O nível de líquido caiu novamente, mas com sorte isso não significa nada. Cherise não parecia particularmente incomodada e, como explicou a Dra. Weinberg, essas leituras são só uma aproximação. Além disso, se é que minhas estrias querem dizer alguma coisa, o crescimento do bebê acontece num ritmo atordoante.

23h
Acabo de ler um artigo na internet que afirma que as estrias são resultado do ganho de peso da mãe, e não do bebê. Aaaaaaaargh.

62

Sábado, 9h
Desde o café-da-manhã, andei fazendo contagem de chutes fetais, o outro dever de casa que a Dra. Weinberg me passou ontem. Devo contar o número de vezes que o bebê se mexe na hora seguinte a minha refeição, quando ele está mais ativo. Devo contar sete chutes, roladas, silvos ou o que for, depois parar. Mas o que há de divertido nisso? Tenho orgulho de dizer que meu filho chutou, rolou e sibilou *quarenta e cinco vezes* na última hora. Obviamente tenho um atleta profissional por aqui.

Meio-dia
Trinta e dois chutes desde que terminei meu último brownie de chocolate. Claramente serei capaz de me aposentar e viver dos ganhos de meu filho como jogador de futebol. Serei uma daquelas mães na fila da frente com um megafone e camiseta com a imagem do filho.

19h
Ai, meu Deus, ele está morto? Terminei o jantar há 48 minutos e só senti cinco chutes. O que devo fazer? *O que devo fazer?*

19h02
Ufa — dois chutes rápidos vieram bem a tempo. Mas ainda estou ansiosa. Acho que vou comer outro cookie e ver se isso o acorda um pouco.

63

Segunda, 9h
Vou ter o bebê daqui a uma semana. UMA SEMANA! EM UMA SEMANA! AH, MEU DEUS.

ESTOU TOTALMENTE APAVORADA.

64

Terça-feira, 9h
Tom saiu às 5h30 da manhã, batendo a porta cruelmente.

Algumas horas depois eu estava me sentando cansada no sofá quando o telefone tocou.

— Olá, Q, bom dia — disse uma voz animada do outro lado. — Aqui é Leanne, da Crimpson Thwaite.

Ah, sim, pensei cá comigo. A secretária encantadora demais de Tom, a linda Leanne, a Leanne de pernas compridas, a elegante Leanne, uma mulher que eu teria expulsado da cidade se não fosse por seu compromisso profundo e inabalável com a igualmente linda Alyssa.

— Tom acaba de ligar e disse que acha que deixou uns documentos em casa, alguns arquivos, então estou mandando um mensageiro para pegá-los às oito. Você estará em casa?

Se estarei em casa? Deixe-me pensar...

— O mensageiro tem instruções detalhadas sobre como encontrá-los, então não deve haver inconveniente nenhum para você, mas só queria lhe dizer que esperasse por ele. Um bom dia para você! — Clique.

Olhei a sala. Não estava no banco do radiador, nem na mesa lateral, nem na poltrona — ah, sim, lá estava, na mesa, perto da entrada da cozinha. Uma caixa de arquivo preta e um envelope fino azul-marinho, por cima do *Times* de ontem mas sob uma pilha de roupas pós-bebê ("Trajes de Transição", como chamaram eufemisticamente, isto é, calçolas enormes, camisetas amplas, e sutiãs com uma lista estonteantemente longa de letras na etiqueta) que chegaram ontem à tarde. Arrastei-me para pegar os arquivos; não, é claro que eu não devia sair da cama, mas eu não queria particularmente que o mensageiro fuçasse minha roupa íntima pós-parto.

O envelope não tinha nada escrito. A caixa de arquivo dizia, na lombada: "IMÓVEIS — CLIENTES ATUAIS — PARA ARQUIVO".

Olhei a caixa. Imóveis. Clientes atuais. Crimpson. Pensei por um ou dois segundos. Hummm.

Depois a baixei, ruborizada e culpada. O que eu estava pensando, pelo amor de Deus? Eu já passei por isso, já pensei nisso e cheguei a uma conclusão moral, interpelei-me com um jeito sério de professora de filosofia. Seria ao mesmo tempo falta de ética profissional e uma séria traição conjugal olhar os arquivos particulares de Tom.

A ética que se dane, respondeu outra voz, uma rebelde agitadora com as mãos plantadas nos quadris. Seria ético deixar a mulher grávida em casa o dia todo e temerariamente colocar sua carreira acima dos filhos? A Rebelde chuta traseiros de professores de filosofia. Estendi as mãos e peguei a caixa, depois levantei a tampa e dei uma espiada.

A ponta de meus dedos de repente parecia estar carregada de eletricidade; minha cara estava ardendo com uma sensação emocionante de culpa terrível. Mas a adrenalina rapidamente diminuiu; não havia nada ali que me interessasse. Só os documentos de advogado de sempre, documentos de tribunal e anotações de caso, embaralhados, alguns presos com grandes clipes, outros soltos, precisando de uma organização cuidadosa. Na verdade, deve ser por isso que Leanne os quer. Ela reserva a parte da manhã para organizar as anotações caóticas de Tom. Mentalmente, admoestei meu marido. Na verdade, pensei cheia de virtudes, você precisa de um sistema melhor de arquivamento. Tem anotações de 15 clientes diferentes, nunca conseguirá encontrar o que precisa — o que é isso?, corporações Fred Trask, Billman & Hasselhoff Hotels, Goldview Morgan Investments, Randalls' Developments...

Randalls' Developments. Engoli em seco. Tive a sensação estranhíssima de mil formigas vermelhas e minúsculas incrustadas na pele de minha mão.

Vi um maço de anotações, com um post-it amarelo, marcado "Randalls' Developments" na caligrafia ininteligível e angulosa de Tom. Umas 15 páginas presas com clipe — o que eram mesmo?, ah, um aluguel (estaria eu aliviada ou não?) de uma propriedade no centro, na rua 128 —, nada sobre o prédio em frente ao meu, nada que tivesse a ver com isso. Mas espere aí...

Entre as páginas 7 e 8 havia uma carta, dobrada em duas, enfiada lá dentro. Eu a retirei. Abri. Vi parte de uma frase que dizia *"perdendo milhares só em manutenção e impostos, isso antes de incluirmos a possível renda de aluguel a taxas de mercado..."*.

Apressadamente, fechei a carta. O que eu estava fazendo? Meu coração parecia estar tentando saltar do peito. Perguntei-me o que o bebê estava fazendo com esse surto de adrenalina de arrepiar o couro cabeludo. Pensei por um ou dois minutos. Alguma coisa sobre a renda da Randalls, sobre suas perdas num mercado forte de imóveis — podia ser qualquer coisa, não necessariamente sobre o *meu* prédio (como agora pareço pensar). Na verdade, provavelmente trata do aluguel do prédio na rua 128. Sim, isto faz sentido. Resolutamente, enfiei a carta de volta no arquivo, depois coloquei os dois numa cadeira perto da porta e fui para o sofá do outro lado da sala.

Deitei-me novamente, puxei a manta de lã por cima das pernas e liguei a televisão. A juíza Judy estabelecia a lei, a lei de verdade, isto é, a lei do povo, não a coisa inútil praticada por nós nesse ramo. A juíza Judy não pode fazer muito para consertar os danos provocados pela amante de seu marido a sua família, seu carro ou sua autoestima, mas pode despejar invectivas morais por cinco minutos. Ela pode descarregar palavras como "certo" e "errado" para que você, e todos nós, se sinta mais seguro. Bate o martelo. Pronto! Solução sem nada daquela coisa espinhenta, o quem-paga-o-que-quando e em que dias da semana você vê as crianças, e quem vai para onde no Natal, no Ano-novo e nos aniversários.

Não olhe fixamente para essa caixa preta de arquivo, não olhe fixamente para a caixa preta de arquivo, eu dizia a mim mesma, mas parecia que eu estava olhando a caixa preta de arquivo. Na verdade, isso parecia ter se prendido a minha consciência de forma sobrenatural. Eu quase podia jurar que ela estava *ardendo* na cadeira ao lado da porta. "*Possível renda de aluguel a taxas de mercado*", uma frase bastante inócua, "*perdendo milhares só em manutenção e impostos*" — a carta podia ser sobre qualquer coisa, lembrei a mim mesma de novo. O mensageiro vai chegar a qualquer hora e vou passar o dia pensando que era sobre o prédio dos amigos da Sra. G., e provavelmente não é. Talvez — pensei comigo mesma, lá pelas 19h57 — a melhor coisa que tenho a fazer é ler a carta agora, descobrir se trata de alguma questão sem relação nenhuma com o prédio e depois me esquecer do assunto. Sim, é o melhor plano.

Atirei a manta para fora, fui até a cadeira com dificuldade, abri o arquivo, vasculhei a papelada e peguei a carta.

MEMORANDO CONFIDENCIAL, dizia no alto; e estava escrito pelo próprio Tom. Na verdade era um impresso de um e-mail para Phil, seu sócio sênior, preparado quatro dias atrás. E isto (pelo que posso me lembrar) é a essência do documento:

> Phil — As coisas agora estão em aberto com Valerie, então você estará em terreno firme. Acho que Coleman Randall (o pai) conversou com ela na semana passada. Ele marcou uma reunião com John para a terça-feira, mas aparentemente sobre o litígio do caso do shopping (mas, conhecendo J., a questão das falsas solicitações à DHCR quase certamente virá à tona).
>
> Recomendo que leve Stewart, ele está pisando fundo. Para resumir: a Randalls despejou dinheiro nas unidades de aluguel controlado na rua 83 Leste — estão perdendo milhares só em manutenção e impostos, isso antes de considerarmos a possível renda de aluguel a taxas de mercado. Vamos deixar claro: CR sabia que a DHCR tinha sido hostil às solicitações para derrubar a propriedade nos últimos anos e queria que os inquilinos saíssem para dar pouco incentivo a mais gritaria. (Ele continua se referindo à Park 283 em sua

defesa sem entender muito das questões legais envolvidas.) Stewart tem certeza de que ele mentiu sobre a situação da propriedade na escala do mofo e os procedimentos a que o Estado obriga. Ele só nos procurou porque os inquilinos podem apelar a aconselhamento jurídico de alto calibre e ele está apavorado que a coisa toda gore.

Claramente, os advogados dos inquilinos os aconselharão a pedir alto, provavelmente por danos morais. Este — e vamos ser francos aqui — é, afinal, um comportamento pavoroso. Li a jurisprudência sobre comunicação com a Câmara e ampliei o tema de corrigir as falsas solicitações à DHCR, que montam a...

E então a campainha tocou. Com mãos que de repente pareciam trôpegas, dormentes e gordas, dobrei novamente a carta e a coloquei atrás do contrato, mas em que ordem?... onde estava o contrato? — a campainha de novo, merda, merda —, enfiei apressadamente o maço de papéis no arquivo e o fechei num estalo, depois abri a porta, pregando o sorriso mais encantador e inocente na cara. O mensageiro tinha uma expressão entediada e calma de um homem que arrisca a vida todo dia na West Side Highway. Dei-lhe os arquivos sem olhá-lo nos olhos. Ele grunhiu sem coerência para mim e desapareceu na escada.

E agora estou aqui no apartamento sozinha — minha mãe saiu para procurar uma aula de ioga e na última hora estive pensando comigo mesma: o que, precisamente, eu descobri, o que sei agora que não sabia antes? As engrenagens de meu cérebro parecem estar girando numa lentidão de exasperar. Primeiro, a Randalls está batendo em retirada; a carta que disse a Fay que mandasse parece ter funcionado; parece que os inquilinos estão prestes a começar a receber as ofertas de indenização às quais têm direito. Mas tem uma outra coisa na carta que me interessa ainda mais. Tom "leu a jurisprudência" para Coleman Randall. Ele o aconselhou de suas obrigações éticas. Ele acha que o comportamento deles é "pavoroso".

Este me parece o homem com quem acho que me casei. O Tom do memorando parece o advogado que acha que Alexis e a Sra. G. têm razão, que há uma batalha a ser vencida e eles estão do lado certo. E eu também, é claro. O único problema é que eu não devia ter lido o arquivo. Eu não devia saber de nada disso, porque eu não devia ter lido o arquivo. Se Tom souber que olhei seus documentos confidenciais para descobrir informações que ajudem meus amigos, nunca mais vai confiar em mim. Como foi que acabei errando aqui?

9h25
Só há uma coisa a fazer...

9h27
Acabei de ligar para Tom. Peguei o telefone e disquei o número com uma vaga ideia do que ia dizer a ele. Bip, bip.

— Alô?
— Tom — eu disse com urgência, e depois parei.
— Ah, é você, Q — respondeu ele friamente. — O que você quer?
— Eu... é... só queria saber se seus arquivos chegaram. O mensageiro os pegou às 8h. Estavam em cima da mesa, perto da cozinha — balbuciei. — Debaixo das minhas coisas. Calcinhas e coisas assim. De qualquer forma,

eu... ah... pensei que devia verificar — terminei, de forma pouco convincente.

— Sim, eles estão aqui, obrigado — respondeu ele brevemente.

Houve um silêncio longo, muito longo.

— Então... humm... você vem jantar em casa? — propus por fim, desesperada.

— Não, não vou para casa — disse ele monotonamente. — Pelo menos, não acho que vou. Olhe, Q, estou terrivelmente ocupado agora, estou com um prazo estourando, não tenho tempo para conversar direito. Vou falar com você mais tarde, está bem? — ele desligou.

Passei toda a minha vida adulta — que diabos, minha vida desde que tinha 13 anos — decidida a ter um casamento forte, feliz e de sucesso. Eu sei como é crescer numa casa com uma cadeira vazia na cabeceira da mesa de jantar. Sei o que é colocar distraidamente um prato diante dessa cadeira e depois, com uma sensação nauseante de pavor e constrangimento, retirá-lo, na esperança de que ninguém mais na família tenha percebido. Sei o que é pegar a mãe olhando melancolicamente pela janela com um jeito que sugere, num mundo ideal, que preferia estar pendurada em um poste de rua. Não quero isso para um filho meu, pensei comigo mesma quando adolescente, cravando as unhas na lateral da mão, fundo, fundo, fundo. O único motivo de queixa de meus filhos será que os pais insistem em se beijar na frente deles ("Eeeeecaaaaa, que nojo!"). Mas acontece que pareço estar lidando com este casamento tão mal quanto meus pais — de maneira diferente, e por motivos diferentes, mas igualmente mal.

65

Meu pai era um homem baixinho, não tinha mais de 1,60 metro de altura. Tinha cabelos ruivos (seu legado a mim) e pele tão clara que era possível ver as veias azuis e delicadas em seus pulsos. Lembro-me de acompanhá-las com o dedo quando era criança, aninhada em seu braço. Ele tinha cheiro de loção após barba e Benson & Hedges.

Quando ele saiu pela última vez, chorei a noite toda por duas semanas. Na época eu tinha meu próprio quarto, então não havia motivo para esconder as lágrimas, nenhuma irmã menor assustada para ouvir meus soluços. Lembro-me de ceder a espasmos de dor sob as cobertas. Como ele pôde me deixar *com ela*? Como eu ia viver segundo os padrões *dela*? Meu pai nunca me impôs padrão nenhum, acho que porque ele mesmo nunca teve algum, e isso tornava a vida muito mais fácil. Ele ficava facilmente satisfeito com notas B e mal percebia quando eu faltava às aulas de religião.

Cerca de três dias depois de ele ter ido embora, abri o armário de secagem e encontrei sua camisa xadrez amarelo e marrom recém-lavada, pacientemente esperando por seu dono. Fiquei olhando para aquela camisa por uns vinte minutos. Na verdade sentei no chão de cortiça do banheiro e fitei. Não conseguia tirar de minha cabeça o fato de que meu pai não estava aqui e a camisa, sim. No dia seguinte voltei ao armário, o templo secreto de meu pai, e descobri que a camisa tinha desaparecido silenciosamente. Mas o cabide de arame continuava ali, nu, balançando delicadamente de um lado a outro no bafo quente do armário.

A primeira carta foi incoerente. *Querida Q, estou escrevendo isto para dizer que lamento muito e sinto sua falta e Julie manda muito amor. Tive de ir embora, você sabe que sim. Vou aparecer e ver você em breve. Com amor papai. Beijos.* Coloquei-a na caixa de joias rosa que meu tio me deu num Natal e agora é repositório de todas as minhas posses mais valiosas. Conteúdo: uma pulseira com pingente, que veio de brinde na capa de *Jackie*; um dedal de prata, "herança" de família, segundo meu pai; e todos os cartões de Natal e aniversário que meus pais me mandaram.

Estes objetos preciosos logo receberam a companhia de uma segunda carta. *Querida Q, seu pai me pediu que escrevesse para dar um alô. Estamos indo bem. Tenho outros alunos de violão agora e ele entrou para uma banda nova. Está indo muito bem, embora eles recentemente tenham perdido o baixista e o saxofonista possa voltar para a Bélgica. Acabamos de comprar uma cadela chamada Cassie, você ia adorá-la. Você precisa vir a Brighton e brincar com ela. Seu pai disse que vai telefonar ou escrever em breve. Com amor, Julie. Beijos.*

Não fiquei emocionada que Julie escrevesse as cartas por ele, mas sonhei com Cassie por meses. Imaginei como nos divertiríamos correndo pela praia de Brighton! Cassie, em minha mente, era uma afghan de pelo longo, ou talvez uma sheepdog branca e pura, e ela era o cúmulo da fidelidade — as pessoas que nos vissem juntas iam se comover às lágrimas com a profundidade e a obviedade do vínculo entre nós. Ela andaria junto a mim sem coleira. Ela salvaria criancinhas de afogamentos em reação a um assovio curto e expressivo que eu desse. À noite eu escovaria seus pelos, ela lamberia minha mão e olharia amorosamente em meus olhos.

Minha mãe nunca nos deixaria ter um cachorro ("Sujeira demais, e não vou chegar do trabalho para passear com a maldita coisa.").

Não preciso dizer que não conheci a Cassie. Meu pai nunca me convidou. Ele raras vezes me escreveu, ou a minhas irmãs. Julie mandava um cartão casual — desagradável, formal, breve — e foi basicamente isso. Eu costumava esperar num estado de tensão angustiada todo dezembro pelo cartão de Natal deles, cada ano com esperança de saber alguma notícia, descobrir uma mudança de ideia por parte dele, alguma coisa com as seguintes linhas: *Q, estou lhe mandando isto porque você é a mais velha e vai entender. Tive de ir embora porque* [entra algum motivo terrível] *mas eu a amo loucamente e quero fazer parte de sua vida de novo. Não consigo parar de pensar em você, imaginando quanto você deve ter crescido. Quero ser um pai de verdade para você de novo.*

Mas a cada ano eu lia algo infinitamente mais anódino. *Queridas crianças, Boas Festas e Feliz Ano-novo, muito amor, papai e Julie. Espero que estejam todas bem. A banda está ótima, esperem pelo disco!!!! Beijos.* À medida que minha adolescência passava, vi-me fantasiando esbarrar nele por acaso — digamos, num trem; eu ia ver Cassie primeiro, depois ia olhar para cima e ver Julie (não que eu tivesse certeza de que a reconheceria, mas eu tinha uma foto que papai nos mandou, que peguei da lixeira onde minha mãe a jogara), e depois, por fim — meu pai. Ele ia me ver e sua cara ia se iluminar — *Q, meu Deus! Nem acredito!* — e ele obviamente ia ficar pouco à vontade de tão constrangido no início, mas depois...

A fantasia tinha duas conclusões diferentes. Na primeira, nós conversávamos e logo descobríamos que tínhamos muito em comum. Gostávamos do mesmo tipo de música. Tínhamos um senso de humor parecido. Nós dois nos inflamávamos à toa ("para combinar com o cabelo"). Julie estaria sentada de frente para nós, vendo-nos conversar sem parar, e ia se sentir excluída e embaraçada diante de nossa intimidade renovada. No fim da viagem, todo um novo relacionamento seria despertado e nós juraríamos que nada ia nos separar de novo.

A segunda conclusão era bem diferente. Meu pai começaria a conversar comigo, descobriria como eu tinha me tornado adulta e ficaria apavorado com a ideia de ter perdido tudo, para não falar impressionado com minha nova atitude e maturidade. Ele iria admitir que eu era a filha de quem ele se sentia mais próximo. Depois me pediria que ficasse com eles em Brighton — ele falava a sério desta vez — mas eu fincaria pé e diria alguma coisa do tipo *Você deve estar brincando! Acha que pode me abandonar, a todos nós, e que eu vou perdoá-lo? Não percebe quanto você nos magoou? Pai, você é egoísta e imaturo. A mamãe tem seus defeitos, mas pelo menos conhece suas responsabilidades. Ela tem nos apoiado emocional e financeiramente por todos esses anos. Acha que vou começar uma relação com você agora? De jeito nenhum! Pode esquecer!* E todos no vagão olhariam, impressionados com minhas habilidades verbais e comovidos com minha paixão, e por fim eu me afastaria, deixando-o de boca escancarada, totalmente *arrasado*.

Mas eu nunca o encontrei num trem. Na verdade, além de algumas breves refeições desajeitadas no McDonald's no primeiro ano de sua partida, eu nunca mais o vi. Numa manhã, no final de meu primeiro período na universidade, recebi um telefonema. Eram seis da manhã, então antes de atender eu sabia que alguma coisa estava muito errada. "É a mamãe. Desculpe ligar a essa hora, querida, mas tenho uma notícia horrível." Ele teve um ataque cardíaco — ao que parece, tinha câncer de pulmão, mas não sabíamos de nada — e morreu nos braços de Julie na madrugada anterior.

Então foi assim; eu nunca tive a oportunidade de realizar nenhum dos cenários com ele. Julie me escreveu cerca de um mês depois que ele morreu (ela escreveu a nós três) para fazer uma última tentativa desesperada de nos convencer de que nosso pai realmente se importava conosco — *ele sempre falava de vocês, só estava sem graça demais para entrar em contato, ele sabia que tinha decepcionado vocês* — e eu gostaria que ela não tivesse feito isso; incomodou-me por anos. Será que eu devia tomar a iniciativa? Seria minha culpa nós nunca termos nos visto? Eu é que estava errada, afinal? Mas por fim percebi que *ele* era o adulto, *ele* era o pai, *ele* é que foi embora. Não era culpa minha.

Como é mesmo aquele poema de Larkin?

Eles te ferram, sua mãe e seu pai.
Eles podem não querer, mas te ferram.
Eles te enchem das culpas que têm
E ainda dão um pouco mais, só para você.

A infelicidade se aprofunda como um banco de areia... E assim por diante, Larkin aconselha sensatamente no final: *Não tenha filhos.* Bom, estou prestes a quebrar essa regra. Mas como, como impedir que a infelicidade se aprofunde?

66

Terça-feira, 21h
Tenho outro teste sem estresse, ultrassom e verificação de crescimento fetal amanhã de manhã. Mas acho que vai sair tudo bem por lá; minha mãe andou me enchendo de boa comida o dia todo e o bebê esteve chutando como louco em reação ao açúcar. Duvido que eu vá conseguir dormir à noite, em parte por causa do pequeno dançarino escocês em minha barriga, e em parte porque não consigo parar de pensar na carta que li, ilicitamente, esta manhã.

Tom definitivamente não virá para casa esta noite. Ele ligou meia hora atrás para dizer que vai trabalhar direto até amanhã. Perguntei se havia alguma coisa que eu pudesse fazer por ele, se eu podia encomendar um jantar para ser entregue na mesa dele, e houve uma pausa longa e surpresa. "Posso fazer isso sozinho, obrigado, Q", disse ele por fim, frio e reservado. "Vá para a cama. Verei você quando chegar em casa amanhã à noite. Precisamos conversar."

Engoli em seco. Duas palavras que enchem uma esposa de pavor: "Precisamos conversar." Tenho medo, tenho medo de saber o que isso significa.

67

Quarta-feira, meio-dia
Onde se acha um saco de papel quando se precisa de um? Estou no hospital de novo, à beira de uma crise de pânico.
   O líquido parece ter ido embora. Puf! Foi-se. Desapareceu. Deus sabe para onde. Estou confusa.
   — Você teve um vazamento? — perguntou-me a Dra. Weinberg.
   Isso fez com que eu me sentisse um cano congelado. Devo me lembrar de ir devagar da próxima vez.
   Estou conectada a um monitor que bipa para mim os números subindo e descendo, 135, 142, 127, 132. Lá vamos nós de novo. Tão familiar.
   Onde está Tom? Ele está vindo, está a caminho, ele me disse com um toque de histeria na voz dele, em minha voz, quando liguei para ele da ambulância a caminho do hospital. Venha rápido, eles vão me abrir em algumas horas. Vão esperar por você, mas não muito. Por favor, corra. Eu *preciso* de você.
   Uma hora atrás, no escuro da sala de ultrassom, Cherise passou a sonda pelo arco convexo de minha barriga esticada e tensa, com a gosma azul de sempre. Para lá, para

cá. Procurando por bolsões escuros. Olhei a tela acima de minha cabeça; posso ver a longa coluna de vértebras, um dinossauro minúsculo curvado perto de meu umbigo. Não há escuros ali; um pedacinho aqui, alguma coisa lá, mas tem a mão no meio, isso não conta, ela me diz. Tenho que falar com Weinberg.

A médica entrou às pressas, toda pragmática, depois deslizou na banqueta, pegou a sonda e olhou atentamente a tela. Ela murmura consigo mesma ("1,2; 1,3, nada aqui, espere... não; 1,0 aqui"); ela para, recomeça, passando a sonda por minha pélvis, empurrando firme contra a forma do bebê. Ele se mexe, indignado; minha barriga ondula enquanto ele vira o ombro para ela. Ela dá um sorriso torto.

Minha mãe, sentada a meu lado, segura firme minha mão, firme.

— Qual é o tamanho dele?

A Dra. Weinberg aperta alguns botões, franze a testa.

— Uns 2,800 quilos, eu acho — diz ela, dando de ombros. — É difícil saber.

Viro-me para sorrir para minha mãe, aliviada. Não é um peso ruim ao nascimento, eu digo a ela, e ele ainda tem quase uma semana de crescimento! Minha cesariana está marcada para segunda-feira.

A Dra. Weinberg e minha mãe trocam um olhar.

Mais alguns minutos de pressão firme e a Dra. Weinberg baixa a sonda em silêncio e deliberadamente. Vira-se para mim; seu rosto está estranhamente iluminado pela luz verde da tela. Seu nariz parece extraordinariamente comprido, as bochechas altas e angulosas.

— Está na hora de encerrar as apostas, *bubeleh* — diz-me ela com ternura. — Quero que vá direito para o hospital e tenha este filho. Sua gravidez terminou.
E o ar parece estar correndo rápido demais por meus pulmões, estou tremendo...
— *Terminou?* — eu ofego. — Não pode ser, só devo entrar em cirurgia daqui a cinco dias e ele pode se virar até lá, eu faço o giro da pélvis *religiosamente* — digo a ela.
Porque de repente percebo que estive esperando, inutilmente, que ele *se virasse*, que eu conseguisse dar à luz "normalmente", como outras mulheres, como as mulheres nos filmes, com um monte de gemidos, gritos e empurrões, seguidos por um momento de triunfo e realização.
Mas ela me diz que não acha que ele possa esperar mais cinco dias; ele precisa sair agora, está em risco imediato de compressão do cordão e privação de oxigênio.
— Não acho que vá acontecer na próxima hora, vou deixar você num monitor até seu marido chegar. Mas se houver algum problema enquanto estiver esperando, será uma emergência C, entendeu? Vista o casaco, vou chamar uma ambulância para levá-la à sala de parto. Vai ter o bebê hoje.

Luzes piscam, eles me conectam a um monitor de imediato, uma correria pelo trânsito...
Estou numa cadeira de rodas disparando por corredores bege, pisos azuis passam voando por mim, portas cor-de-rosa se abrem — "Weinberg ligou sobre esta aqui, ela vai fazer cesariana" —, uma pulseira de plástico é presa a meu pulso — "Tire a roupa" —, a bata com fenda de

novo, minha figura sobrando atrás, minha pele nunca pareceu mais branca, aquelas marcas roxas mais evidentes, logo haverá outra, um talho pela minha pélvis...

Por favor, Tom, por favor, venha rápido, nem imagino fazer isso sem você. Chegue logo, por favor!

23h
Meu filho, Samuel Quincy, está deitado a meu lado. Uma nova página de uma nova vida.

68

Quinta-feira, 13h
Na noite passada, pude sair do repouso pela primeira vez em 11 semanas.

Depois que passou o efeito da anestesia, as enfermeiras me ajudaram a me levantar e eu andei sozinha até o banheiro. A dor em minha barriga é intensa — sinto o que antigamente imaginava que uma ajudante de mágico devia sentir sendo colocada numa caixa reluzente e cortada em duas —, mas saber que o repouso absoluto acabou me faz continuar. Deram-me morfina no início, agora estão passando para uns comprimidinhos brancos que descem fácil e entorpecem o pior da dor da incisão.

Meu filho está dormindo; parece exausto dos últimos dias, como eu. Ele tem o nariz do pai — e a boca, e o queixo. Os olhos são ilegivelmente escuros.

Eles o tiraram vinte minutos depois de Tom chegar a meu lado no leito. Eu já estava sendo preparada para a cirurgia sob uma luz verde e quente quando Tom apareceu pelas portas, vestido num traje de papel que o deixava parecido com um criado de um daqueles filmes de James Bond ambientado nas entranhas da Terra.

— Graças a Deus cheguei — ele ficava dizendo sem parar. Minha mãe rapidamente se retirou.

Enquanto eles cortavam, ele se sentou segurando minha mão, olhando fundo nos meus olhos.

— Está doendo? Como se sente? Está enjoada? Ei, alguém aí, ela está enjoada! Ela precisa de remédios! Assim está melhor? — ele perguntava ternamente. Eu podia sentir o cirurgião pressionando a cabeça do bebê abaixo de meu esterno.

— Peguei as pernas, estou puxando para fora... para fora... para fora... e... aqui está ele! — disse o cirurgião por fim, e depois, com um cantarolar na voz: — Um menino saudável!

Uma pausa, um breve momento de silêncio, depois um choro que faz o coração de uma mãe se dissolver.

Os médicos da unidade de tratamento intensivo neonatal avaliaram o bebê e depois saíram, empurrando seu carrinho, seus instrumentos, sua incubadora, para outra sala de parto, para outra mulher, outro bebê. Eu os vi partir. Eles não eram necessários aqui. Nosso filho foi entregue a Tom, cuja expressão se desmancha. Samuel Quincy olha o pai com alguma surpresa.

Nós três ficamos sentados nos olhando por vinte minutos, tempo que o cirurgião usou para me costurar e me grampear de novo. Tom e eu pensamos na semelhança dele com os avós. O bebê se mantém reservado.

Não há sinal de danos, dizem-nos, embora ele seja menor do que esperávamos, com 2,500 quilos. Mas é saudável e seu choro é alto e decidido ("Estou lhe dizendo, você vai se divertir com ele", disse a Dra. Weinberg com um sorriso quando veio nos visitar algumas horas depois do parto. Ela afagou a testa dele com um dedo dobrado e dissemos coisas educadas e gratas a ela, mas ela parece meio deslocada em nosso quarto, um vestígio de outro mundo, de outra vida, já a um oceano de distância).

Dormimos pouco ontem à noite, nós três juntos num quarto, meu marido e eu com uma nova sensação de intimidade. Samuel deve sua existência a nosso amor; seu corpinho reafirma esta existência. E então, esta manhã, enquanto Samuel dormia em meus braços, Tom apareceu e se sentou na cama a nosso lado. Pegou minha mão e olhou para mim por sobre a cabeça do bebê.

— Q, preciso conversar uma coisa com você — sussurrou ele, os olhos azul-esverdeados fixos nos meus.

E meus intestinos congelaram.

— Tom, por favor, não — sussurrei para ele —, não me fale nada hoje. Se você vai me deixar, não me diga hoje, justamente hoje. — Enquanto eu afagava o cabelo fino e encaracolado de nosso filho com a mão livre, senti uma lágrima quente rolar pela lateral de meu nariz.

Meu marido apertou minha mão.

— Meu Deus, Q, não é isso, olhe para mim, sim? Olhe para mim! Quero lhe contar sobre uma conversa que eu tive com Phil, o sócio sênior, ontem de manhã, quando você ligou da ambulância.

Soltei um suspiro pesado.

— Ah, sim... Ele disse quando você estará pronto para ser sócio, imagino. O prazo, os aspectos práticos, todas essas coisas. Pode me dizer em outra hora, Tom, é sério. Podemos conversar sobre isso quando estivermos em casa.

— Q, escute — disse Tom devagar e decidido —, não foi o que aconteceu. O que ele me disse foi o seguinte: eles não vão me recomendar como sócio. Acabou, Q. Eu não consegui. Não vou me tornar sócio da Crimpson.

Em meus braços, o bebê Samuel fungou, depois abriu a boquinha num bocejo de gato. Suspirou e se acomodou mais fundo em meu seio.

Olhei meu filho dormindo, depois meu marido. Mal conseguia acreditar no que ouvia.

— Eles não vão recomendá-lo? Mas você trabalhou tanto, estava se saindo tão bem, é inacreditável, Tom, quem sabe... — eu disse, atordoada.

— Não — disse ele, cansado. — Não mesmo. Talvez seja por causa desses últimos meses... Vou ser franco, eu andei muito distraído por tudo que tinha a ver com você e o bebê... Mas talvez não tenha nada a ver com isso. Não acho que tenha me recuperado daqueles desastres do ano passado e eu não ajudo em nada "dando uma de santinho" (palavras de Phil) em relação à Randalls nas últimas semanas. A firma simplesmente quer lançar um véu sobre o que anda acontecendo, proteger o cliente, fazer o que for preciso. Enquanto eu... bom. *Você* sabe, não é, Q? Porque você não ia fazer isso também. É uma das coisas que mais amo em você — disse ele dando um beijo quente em minha orelha. — Aqueles caras merecem ser expostos e eu me recuso a impedir que isso aconteça. De qualquer forma, eu verdadeiramente acho que não fui muito competitivo por um tempo no trabalho; Phil disse... ele foi muito claro... que eles não acham que sou "material" para sócio da Crimpson. Então tenho que começar a procurar outro emprego. Seu marido está desempregado, o que acha disso?

Seus olhos brilhavam de lágrimas. Mas de repente me ocorreu que ele não estava tão triste como eu teria esperado.

— As coisas andaram tão mal entre nós, amor, nos últimos meses; acho que eu devia explicar. Eu meio que sabia que minhas chances estavam se desfazendo na Crimpson. Eu ia enlouquecer tentando ficar no topo de tudo no trabalho, tentando fortalecer minha posição. E quando as coisas começaram a dar errado, não consegui suportar...

Delicadamente, estendi o braço por sobre a cabeça de Samuel e coloquei a cara de Tom em minha mão em concha.

— Eu fracassei, Q — disse ele com a voz trêmula —, mas acho que a pessoa com quem realmente fracassei foi *você*.

Talvez ele não tenha dito isso, talvez eu meio que desejasse que ele dissesse, mas ainda assim tenho certeza de que foi o que ele quis dizer. Ou coisa parecida, de qualquer forma. Senti um jorro repentino de ternura.

Hora — se esta hora um dia existiu — da confissão de Q.

— Tom — muito hesitante —, eu fiz uma coisa ru... im. — Mordi o lábio. Samuel estava deitado entre nós, porque ver sua reação podia ser terrível. — Muito ruim, na verdade. Tom, eu estava dando conselhos aos inquilinos da Randalls nos últimos meses, me senti tão mal por eles, eu... hã... olhei em sua caixa de arquivo — eu disse, num jato só —, aquela que você esqueceu em casa. Encontrei uma cópia da carta que você escreveu para Phil sobre a Randalls e... eu li. — Ele arfou.

— Você fez *isso*? — disse ele; o corpinho de Samuel se mexeu um pouco. Ele repetiu para si mesmo, desta vez num sussurro: — Você fez *isso*?

Ele ficou sentado me encarando, boquiaberto de pasmo. Examinei as cartas que tinha na mão e ponderei qual delas usar. Havia o curinga — eu era uma mulher boba, fiz uma coisa ruim, mas me dê um beijo, garotão, e vamos esquecer tudo isso. E havia a Rainha. Imperiosa, fria. Não me venha com esse papo de ética, meu amigo, você está em terreno muito instável.

No fim, eu cerquei minhas apostas. Pareceu dar certo.

— Que loucura, Q, uma loucura, mas acho que você esteve fora de seu juízo perfeito todo o tempo, e a culpa é minha — sugeriu ele quando terminei. — E, para ser franco — com uma sombra de sorriso nos lábios —, eu meio que pensei que você podia ter alguma coisa a ver com todas aquelas cartas furiosas da Schuster que começaram a aparecer na caixa de correio.

Eu sorri e, quando ele se afastou para pegar um copo d'água, soltei um suspiro fundo de alívio. Seu senso de lealdade para com a Crimpson claramente estava passando; ele se referia a sua firma como "eles" e não "nós", percebi, na conversa rápida, calorosa e em voz baixa que se seguiu.

Não podíamos dar o beijo feroz que queríamos porque nosso filho dormia entre nós e assim, quando o momento das palavras passou, ficamos sentados nos olhando por sobre o corpinho dele e de mãos dadas muito, muito apertadas.

Tom agora voltou a nossa casa, para pegar roupas para o bebê, produtos de toalete para mim e minha mãe — ela dormiu aqui na noite passada. Ela foi extraordinariamente boa desde que o bebê nasceu, silenciosa, não invadiu, cheia de orgulho de avó.

— Ele é lindo, Q — disse-me ela quando pus meu filho em seus braços pela primeira vez. — Simplesmente lindo. Você fez um trabalho incrível. De verdade, um trabalho incrível.

69

18h
Uma visita à tarde de Brianna e Mark.
— Ele é muito gracinha — disse Brianna, espiando no berço. — Humm, números certos de dedos nas mãos e nos pés, tudo em ordem, hein?
Todo mundo parecia vagamente pasmo de que ele não tivesse duas cabeças. Claramente, todos prognosticavam consequências nefastas da baixa no líquido amniótico nos últimos três meses.
Mark tirou Samuel com cuidado do berço, depois o ergueu em seu ombro com a tranquila segurança de um pai.
— Ele é um garoto de ótima aparência — disse ele, virando-se com um sorriso para Tom. — Estou tão feliz que tudo tenha dado certo para vocês. — Ele deu um soco no ombro de Tom de um jeito másculo, beijou meu rosto, depois sacou uma garrafa de Piper Heidsieck. Bebemos champanhe morna em copos de papel com crackers integrais de um pote numa mesinha no corredor.
— E então, o que vocês acham? — perguntou Mark, com uma sugestão de sorriso. — Valeu a pena, toda essa

história de repouso? — Tom e eu nos olhamos, depois olhamos para Samuel deitado nos braços de Mark. Se valeu a pena? É claro que sim.

— Embora... e Q, eu nunca lhe disse isso, pensei que poderia derrubar sua confiança... eu não estivesse *convencido* de que era necessário — disse Tom a sério. — Parece-me que quando as coisas dão errado numa gravidez e eles não sabem o que fazer, mandam a mulher para a cama. Tudo muito vitoriano, se quer minha opinião. Ainda assim, a gente tem que fazer tudo que puder pelos filhos, não é? — Ele sorriu para Samuel, que heroicamente atirou o braço direito no ar e pegou Mark no queixo. Eu assenti. A gente tem que fazer o que puder.

No ar, sem que ninguém dissesse nada, estava nosso conhecimento da gravidez de Lara. Mark voltará aqui daqui a cinco meses para conhecer o próprio filho, uma criança que entrará no mundo sem um dos pais, por assim dizer. Sei que Tom está pensando a mesma coisa, porque quando pega Samuel dos braços de Mark, ele dá um beijo disfarçado na cabeça do menino e o segura mais perto.

Enquanto Mark, Tom e eu conversávamos sobre o parto, sobre amamentação, sobre a mescla curiosa de exaltação e exaustão que se sucede à chegada de um filho, Brianna parecia pouco à vontade. Por fim ela resvalou num silêncio amuado. Tentei conversar com ela sobre coisas que ela pudesse discutir — trabalho, amigos —, mas seus olhos se voltavam tristonhos para a cara preocupada de Mark ("Depois do nascimento de Edward, Lara mal conseguiu ficar de pé por uma semana, é apavorante ver a mulher que você ama com tanta dor, mas pelo menos Ed é uma criança tranquila, não é como Lucy, que uivou desde o momento em que botou a cabeça para fora."). Eu disse a Brianna que íamos levá-la para jantar em breve em agradecimento pela amizade e o apoio que nos deu nos últimos meses, mas não sei bem se ela me ouviu. Eles nos deixaram depois de meia hora em dois mundos muito separados.

Fay foi a seguinte.

— Só uma passadinha entre os clientes, eu nem devia estar aqui, mas queria lhe dar *isso* — isso era um buquê ridículo de tão grande de flores de estufa presas com uma fita de cetim azul — do escritório. E dizer a você que estamos ansiosos para ter você de volta, é claro.

É claro.

— E dizer que a Randalls está se dobrando como um bando de fodidos... Ah, Tom! — disse ela enquanto Tom voltava com um jarro fresco de água gelada —, arrã, bom, Q, você vai saber de tudo pelos seus amigos, sem dúvida, mas acho que vai aprovar como aquele probleminha se resolveu. Aliás, quando você voltar a trabalhar, devemos conversar sobre casos *pro bono*, estou disposta a lhe dar espaço para assumir mais no futuro. Mas olhe, eu tenho que voltar, tenho que cuidar daquela maldita papelada... Mas onde foi que meti minha pasta...

E ela saiu, para seu mundo atarefado, solitário e pequeno.

Dez minutos depois, enquanto eu estava tentando forçar meu mamilo esquerdo na boca resistente de Samuel, apareceram a Sra. G. e Alexis. A Sra. G. olhou nós dois lutando sem resultado algum por um momento, depois se aproximou, apertou meu mamilo num formato de bala e o esfregou no lábio superior de Samuel. Ele abriu a boca como um filhote de passarinho e se agarrou firme; alguns segundos depois, ouvi um som de deglutição. Antigamente eu podia ter achado um tanto invasivo alguém pegando meu mamilo, mas hoje, depois de 16 horas lutando para alimentar eu mesma meu filho, só senti gratidão. Alexis olhava com aparente interesse para algo do lado de fora da janela enquanto meu filho se nutria.

A Sra. G. se acomodou a meu lado na cadeira de plástico e mostrou uma caixa de chocolates e um prato de papel com doces gregos. Depois, quando Samuel largou meu peito num coma de leite, ela me envolveu num abraço enorme e me disse que os amigos dela do prédio estavam salvos — ou, pelo menos, que a Randalls tinha começado a fazer algumas ofertas exorbitantes de indenização. Alguns inquilinos, ela me disse, devem aceitar de pronto, para deixar toda essa experiência para trás; outros estão falando em brigar um pouco mais. Mas o que quer que aconteça, seja o prédio realmente demolido ou não, os inquilinos de aluguel controlado vão receber dinheiro suficiente para encontrar boas acomodações pelo resto da vida.

— Eu sei que tenho de agradecer a você — disse a Sra. G. solenemente. — Você fez isso. Você garota doce. Sabe, eles me fizeram uma boa oferta também, querem meu apartamento, acho que vou aceitar, me mudar para o campo, entende? Estou cansada de tudo isso. Comprar um bom lugar para mim, cozinhar, aproveitar meus dias. Mas vou sentir saudade *sua*!

E eu vou sentir saudade dela. Ela é minha melhor — a única — amiga no bairro. Nós nos abraçamos de novo e ela plantou um beijo no rosto de Samuel ao sair. Alexis sorriu vagamente para mim enquanto ia para a porta; eu o olhei partir com certo remorso. Ele é um homem bom e eu gostei de desejá-lo nas últimas semanas; não acho que eu vá vê-lo muito depois que a Sra. G. for embora. Ele será uma daquelas pessoas que sorriem para você animadamente na rua, até que um dia você não as vê mais. Veja bem, pensei comigo mesma enquanto meu marido descruzava as pernas e se levantava com um sorriso de seu poleiro no peitoril da janela do hospital, isso, sim, é o que eu *chamo* de volume...

Lara veio uma hora depois, com Edward e Lucy a reboque. Ela estava abatida, as bochechas encovadas.

— É um lindo bebê, Q, estou tão feliz que tudo tenha dado certo — disse ela. — Sua mãe tem sido incrível, ela me levou o jantar nas últimas duas noites, o que é totalmente maravilhoso, uma vez que ela tem um neto novo, e até se ofereceu para me ajudar com as compras. Você tem sorte por ter alguém assim, sabia? A *minha* mãe mal dá pela minha existência, nunca deu. Lucy, pare de puxar as calças de Edward... Pelo amor de Deus, pare com isso! Vocês viram o Mark? Não, eu não devia perguntar isso, desculpe... LUCY! Eu já falei! Ele me ligou ontem à noite para dizer que ele e a mulher pretendem se casar assim que nosso divórcio estiver concluído. É difícil ouvir seu marido falando de casamento com outra. Desculpe, Tom, eu não devia criticar seu amigo, mas não sei se posso suportar... LUCY! PARE! Eu tenho que ir, eles estão ficando com fome de novo e as próximas semanas serão difíceis para eles. Irei ver vocês quando estiverem em casa, isto é, se não se importarem, talvez vocês prefiram só ver o Mark no futuro...?

Tom e eu lhe garantimos apressadamente que ficaríamos amigos dela, embora eu verdadeiramente me pergunte se iremos mesmo. É difícil ser amiga do cônjuge de quem você se sente menos próximo num casal separado. Mas, ainda assim, lembrando as palavras de minha mãe, eu disse a ela que se precisasse de alguém para acompanhá-la durante o parto, eu ficaria feliz em fazer isso. Ela me agradeceu, embora eu não tenha certeza se ela realmente ouviu o que eu disse, porque Lucy finalmente tinha conseguido arriar as calças de Edward e tentava enfiar cubos de gelo nas pernas dele.

Jeanie e Alison ligaram nas últimas horas para dar os parabéns. Jeanie colocou Dave na linha por alguns minutos e trocamos civilidades de má vontade; Alison pôs Serena e Geoffrey na linha e — bom, eu fiz o máximo para ser legal com eles. Vocês têm um priminho novo, eu lhes disse, e ele vai gostar muito de brincar com vocês. Todos serão muito, muito amigos.

Minha mãe passou a maior parte do dia aqui, embora periodicamente escapasse para fazer compras ("Vai querer voltar com uma geladeira bem abastecida, Q, e espero deixar algumas refeições no freezer para depois que eu for embora. Sei que não sou uma cozinheira excelente, mas você ficará satisfeita em ter um pouco de caçarola de legumes a mais, não é?"). Ela provocou uma pequena rixa a certa altura acusando uma enfermeira de lidar mal com Samuel — "Desculpe, querida, mas ela não estava apoiando a cabeça dele direito, o que queria que eu fizesse? Ficar sentada, vendo o pescoço do meu neto se quebrar?" —, mas, à parte isso, tem se comportado de forma exemplar. Mas é claro que isso não pode durar.

Peter e Lucille telefonaram há algumas horas para dizer que estão vindo de Baltimore para nos ver esta noite.

— Peter tem uma quantidade tremenda de trabalho esta semana, francamente, você não faz ideia, mas ele vai arranjar tempo para ver o... como é mesmo?, deixe-me pensar, ah, sim, o quarto neto dele — disse Lucille suavemente (talvez eu devesse me sentir lisonjeada por ser um ornamento maior na paisagem mental de Peter do que realmente sou). — Mas soubemos que você ficaria *desesperadamente* decepcionada se não fôssemos vê-la e o bebê, então estamos largando tudo...

Tom pegou o telefone assim que comecei a sufocar.

— É sério, mãe, está tudo bem, não ficaremos ofendidos se... Não, mas mãe, entenda... É sério... Sim, tudo bem, tudo bem. Sim. Veremos vocês às nove, então. Ótimo.

Ele baixou o fone com uma expressão decepcionada e eu ri. Leve, feliz. Peter e Lucille — podem vir. Posso lidar com eles. Tom terá de contar aos dois sobre a Crimpson, terá de explicar que não será sócio — mas não hoje. Concordamos, não seria hoje. Talvez primeiro procuremos um lugar muito, muito distante (um dos polos, quem sabe), e depois ligaremos para eles.

Tom e eu estamos sentados aqui e olhamos Samuel, depois nos olhamos, e olhamos o futuro. Não sei aonde iremos a partir daqui. Não conversamos sobre o tipo de emprego que ele quer, nem começamos a discutir minha carreira. Onde estaremos daqui a um ano? Será que ainda moraremos em Manhattan, criando nosso filho enquanto fazemos malabarismos com duas profissões loucas, ou finalmente realizaremos nossa fantasia de morar no subúrbio e ter um fogão Viking? Ou aceitaremos um corte imenso nos salários, iremos para um lugar totalmente novo e cultivaremos uma forma mais desacelerada de vida e talvez uma pequena horta? Não sei. Mas pela primeira vez em meses, quando eu olho para o futuro, vejo nós três vivendo juntos e gosto do que vejo. Estou acrescentando um item à Lista de Coisas a Fazer Antes dos Trinta da Mulher Moderna: Não se prender demais a marcar esses itens. Deixar que o futuro cuide de si. (☑)

Ouço meu filho respirar. Para dentro, para fora. Para dentro, para fora. Seu peito se ergue e baixa. Acompanho as pequeninas veias em seus pulsos que carregam o sangue por seu corpo, para seus pulmões, para seu coração. Vejo as pálpebras tremerem, as narinas se retorcerem. Afago com meu nariz as orelhas, um arranjo delicado e incompreensível de pele e cartilagem. Puxo seu corpo enroscado, leve, quente, enrugado e rosado em meus braços, onde ele encaixa com perfeição, como uma xícara num pires. E penso comigo mesma — *eu* o criei! Eu consegui!

Este livro foi composto na tipologia Minion-Regular,
em corpo 12/15, impresso em papel off-white 80g/m²,
no Sistema Cameron da Divisão Gráfica
da Distribuidora Record.